芭蕉の風景

小澤實

上

ウェッジ

芭蕉の風景（上）

小澤　實

はじめに

芭蕉の句をたどる旅を二十年近く続けてきた。雑誌の連載で毎月、芭蕉の句に関わる土地に行き、芭蕉の句について真摯に考え、じっくりと書く機会を与えていただいたことは、まことに幸運だった。最初はいわゆる名句の詠まれている土地を訪ねて、書いていた。しかし、連載が続く内、それでは続かず、有名でない句も取りあげるようになった。有名でない句にも確かな魅力がある。さらには、芭蕉が句作の際、赴いていない地にも行くようになった。もちろん句中の地名や単語に関わる地である。その旅先でゆっくり句について考えた。発句（俳句）だけでなく、連句の付句に詠まれた場所まで訪ねるようになった。連句の付句の中の場所は、詠んだその時、芭蕉はそこにはいない。芭蕉の付句一句にも、強い求心力があるものがある。いつか芭蕉の句が、さらに大好きになっていた。

連載を通して、次のようなことを考えていた。ぼくは俳人である。俳人として、芭蕉の句にあって、現代の俳句には無いものを知りたいと思った。それを現代の俳句にもたらすことはできないか。また、芭蕉は俳句の原型を作っているが、その誕生の際の大きな力を感じ取りたいと思った。

芭蕉の句と向き合う際には、次のようなことを考えていた。芭蕉の発句は、ある時期まで、先行する和歌などを受け、それと響きあうように作られているものが多い。『おくのほそ道』などの散文も、和歌、漢詩などを裁ち入れるように書かれている。この先行する詩歌との交響を読み解くことが大切であると思ってきた。書名『芭蕉の風景』の「風景」という語は、実際の山河とともに詩歌の内の山河を同じか、それ以上の重さで含んでいるのだ。それで、多くの詩歌を引用してきた。

芭蕉の発句は、改作されることが多かった。芭蕉は初案を実に粘り、改作を重ね、佳句へと変えてゆく。なぜ、そのように改作しているかを読み解くことは、芭蕉の息遣いを感じることだった。

芭蕉の発句は、現代の俳句のように単独のものではない。連句の発句として、脇句が付けられることも多い。その脇句とは、その発句の最初の読みの試みであったはずだ。脇句が付けられている句は、しっかりと脇句との響き合いまで読み解きたいと思った。

連載原稿ゆえ、重複部分がたくさんある。たとえば、去来の嵯峨野の草庵、落柿舎を何度訪ねていることか。また、現在再建の落柿舎と元禄時代のそれが同じ場所にあったか、違う場所にあったかという、二説の間で揺れてもいる。これも整理、統合はできなかった。本書における重複は、芭蕉にとって重要な箇所を意味すると、微笑みとともに読み流していただければ、ありがたい。

一句の文章は完結しているので、開いたところから読み始めてほしい。また、芭蕉俳句の製作順に並べ直してみたので、通読して芭蕉の人生のうねりのようなものを、それらの句を通して感じとっていただけたらと思う。本書を読んで、芭蕉や、俳句の世界に親しみを持っていただければ幸いだ。

新型コロナウイルス感染症の拡大が続いている。いつかこの疫病の時代が明けたら、ふたたび芭蕉の句を訪ねる旅を再開したいと思う。いまだ書いていない、芭蕉の愛誦句は数々あるのだ。

最後になるが、学恩を賜った先生方をはじめ、連載時の編集者の皆さん、そして、取材先でお世話になったさまざまな方々にお礼申し上げたい。担当編集の海野雅彦さん、お世話になりました。装丁の山口信博さん、玉井一平さん、宮巻麗さん、装画の浅生ハルミンさん、ありがとうございました。

芭蕉の風景(上)　目次

はじめに……2

第一章／伊賀上野から江戸へ

解説一「貞門から談林へ」……16
解説二「漢詩文調と蕉風　『われ』を詠う詩」……17

京は九万九千《くまんくせん》くんじゅの花見哉《かな》……18
うち山《やま》や外様《とざま》しらずの花盛《はなざかり》……21
山は猫ねぶりていくや雪のひま……24
黒森をなにといふともけさの雪……27
盃《さかずき》の下ゆく菊や朽木盆《くつきぼん》……30

此《この》梅《うめ》に牛も初音《はつね》と鳴《なき》つべし……33
命なりわづかの笠の下涼み……36
夏の月ごゆより出《いで》て赤坂や……39
大《おお》比《ひ》叡《え》やしの字を引《ひい》て一《ひと》霞《かすみ》……42
実《げに》や月《つき》間《ま》口《ぐち》千《せん》金《きん》の通り町《ちょう》……45
雨の日や世間の秋を堺《さかい》町《ちょう》……48
塩にしてもいざことづてん都《みやこ》鳥《どり》……51
発《ほっ》句《く》也《なり》松《まつ》尾《お》桃《とう》青《せい》宿《やど》の春……54
花に酔《よえ》り羽《は》織《おり》着てかたな指《さす》女……57
武《む》蔵《さし》野《の》の月の若《わか》ばへや松《まつ》島《しま》種《だね》……60
あさがほに我《われ》は食《めし》くふおとこ哉《かな》……63
世にふるもさらに宗《そう》祇《ぎ》のやどり哉《かな》……66
氷苦く偃《えん》鼠《そ》が咽《のど》をうるほせり……69

第二章／野ざらし紀行

解説三「取り合わせ俳句の発明」……74
霧しぐれ富士を見ぬ日ぞ面白き……75
猿を聞人《きくひと》捨子《すてご》に秋の風いかに……78
道のべの木槿《むくげ》は馬にくはれけり……81
僧《そう》朝顔幾死《いくしに》かへる法《のり》の松……84
露とく〱試《こころ》みに浮世《うきよ》すゝがばや……87
御廟年《ごびょうとし》経て忍《しのぶ》は何をしのぶ草《ぐさ》……90
秋風や藪《やぶ》も畠《はたけ》も不破《ふわ》の関……93
宮守よわが名《な》をちらせ木葉川《このはがわ》……96
明《あけ》ぼのやしら魚《うお》しろきこと一寸《いっすん》……99
あそび来《き》ぬ鰒釣《ふくつり》かねて七里迄《まで》……102
此海《このうみ》に草鞋《わらんじ》すてん笠《かさ》しぐれ……105
狂句《きょうく》木枯《こがらし》の身は竹斎《ちくさい》に似たる哉《かな》……108

海くれて鴨のこゑほのかに白し……111
春なれや名もなき山の薄霞《うすがすみ》……114
水とりや氷の僧の沓《くつ》の音……117
奈良七《なな》重《え》七《しち》堂《どう》伽《が》藍《らん》八重ざくら……120
梅白し昨日《きの》ふや鶴を盗《ぬすま》れし……123
我がきぬにふしみの桃の雫《しずく》せよ……126
山《やま》路《じ》来て何やらゆかしすみれ草《ぐさ》……129
辛《から》崎《さき》の松は花より朧にて……132
命二つの中に生《いき》たる桜哉《かな》……135
杜《かき》若《つばた》われに発《ほっ》句《く》のおもひあり……138
古池や蛙《かわず》飛《とび》こむ水のおと……141
君火をたけよきもの見《み》せむ雪《ゆき》まるげ……144
花の雲鐘は上野か浅草か……147
笠寺やもらぬ崖《いわや》も春の雨……151
月はやし梢は雨を持《もち》ながら……154

蓑虫の音《ね》を聞《きき》に来《こ》よ草の庵《いお》……157

第三章／笈の小文

解説四「師と弟子、同行二人の旅路」……162
星崎《ほしざき》の闇を見よとや啼《なく》千鳥……163
寒けれど二人寝《ね》る夜ぞ頼もしき……166
冬の日や馬上に氷る影法師……169
鷹一つ見付《みつけ》てうれしいらご崎……172
麦はえて能《よき》隠《かくれ》家《が》や畑《はたけ》村《むら》……175
磨《とぎ》なほす鏡も清し雪の花……178
いざさらば雪見にころぶ所《ところ》迄《まで》……181
歩《か》行《ち》ならば杖つき坂を落馬哉《かな》……184
旧《ふる》里《さと》や臍《へそ》の緒《お》に泣《なく》としの暮……187

春立《たち》てまだ九《ここの》日《か》の野《の》山《やま》哉《かな》……190
丈六にかげろふ高し石の上……193
何の木の花とはしらず匂《におい》哉《かな》……196
御《お》子《こ》良《ら》子《ご》の一《ひと》もとゆかし梅の花……199
此山《このやま》のかなしさ告《つげ》よ野《とこ》老《ろ》堀《ほり》……202
神垣《かみがき》やおもひもかけずねはんぞう……205
裸《はだか》にはまだ衣《き》更《さら》着《ぎ》の嵐《あらし》哉《かな》……208
香にゝほへうにほる岡の梅のはな……211
さま〴〵の事おもひ出す桜哉《かな》……214
手鼻かむ音さへ梅のさかり哉《かな》……217
よし野にて桜見せうぞ檜の木笠……220
春の夜や籠《こも》り人《ど》ゆかし堂の隅……223
猶《なお》みたし花に明《あけ》行《ゆく》神の顔……226
ちゝはゝのしきりにこひし雉《きじ》の声……229
行《ゆく》春《はる》にわかの浦《うら》にて追《おい》付《つき》たり……232

灌仏《かんぶつ》の日に生《うま》れあふ鹿《か》の子哉《かな》…………235
若葉して御《おん》めの雫《しずく》ぬぐはばや…………238
草《くた》臥《びれ》て宿かる比《ころ》や藤の花…………241
杜若《かきつばた》語るも旅のひとつ哉《かな》…………244
須磨寺やふかぬ笛きく木下《こした》やみ…………247
ほとゝぎす消《きえ》行《ゆく》方《かた》や島一つ…………250
蛸壺やはかなき夢を夏の月…………254
かたつぶり角ふりわけよ須磨明石…………258
なでしこにかゝるなみだや楠《くす》の露《つゆ》…………261
有《あり》難《がた》きすがた拝まんかきつばた…………264
花あやめ一夜にかれし求《もと》馬《め》哉《かな》…………267
五月雨《さみだれ》にかくれぬものや瀬《せ》田《た》の橋…………270
やどりせむあかざの杖になる日まで…………273
此《この》あたり目に見ゆるものは皆涼し…………276
降《ふら》ずとも竹植《うう》る日は蓑《みの》と笠《かさ》…………279

第四章／更科紀行

解説五「次の旅への予行演習」……284
木曾のとち浮世の人のみやげ哉《かな》……285
俤《おもかげ》や姨《おば》ひとりなく月の友……288
吹《ふき》とばす石はあさまの野分《のわき》哉《かな》……291
叡慮《えいりよ》にて賑《にぎわ》ふ民の庭竈《にわかまど》……295
菊鶏頭《けいとう》きり尽《つく》しけり御命講《おめいこう》……298
元日は田毎《たごと》の日こそ恋しけれ……301
うたがふな潮《うしお》の花も浦の春……304
西行の庵《いおり》もあらん花の庭……307

イラスト　浅生ハルミン

凡例

○初出は雑誌『ひととき』（株式会社ウェッジ）と『L&G』（株式会社パッセンジャーズ・サービス）の連載「芭蕉の風景」です。この本は、同連載を発句の成立年代順に並べなおしたうえで、大きく加筆・修正しています。
○各項の最後にある（○○○○・○）は連載時の掲載月号です。２０００年５月号から10月号までは『L&G』、２００１年８月号から２０１８年７月号までは『ひととき』に掲載されていました。
○漢字は、句・文章ともに新字を用いています。ただし一部人名などはこの限りではありません。
○振り仮名はすべて現代仮名遣いとしています。
○下巻巻末に各種索引を設けています。
○文中の交通機関や施設、店などの情報は初出時のままになっています。お訪ねの際は、事前にご確認ください。

第一章／伊賀上野から江戸へ

寛文六年から天和三年
（一六六六年から一六八三年）

三重県北西部の小都市、伊賀上野。
京都・奈良・伊勢などを結ぶ街道の結節点である。
芭蕉はここに生まれ、
新しい文芸「俳諧」を志して、江戸へと向かう。

【解説一】貞門から談林へ

のちに芭蕉となる男は、正保元（一六四四）年、伊賀上野で生まれた。寛文二（一六六二）年、十九歳で藤堂新七郎《とうどうしんしちろう》家に召抱えられ、当主良精《よしきよ》の嫡子良忠《よしただ》の近習役となる。良忠は、二歳年長、俳号は蟬吟《せんぎん》と言い、季吟《きぎん》門の俳人であった。この後、蟬吟とともに貞門《ていもん》俳諧の修行に励んだ。当時の俳号は宗房。

作年次がわかる最古の句は、次の通り。

廿九日立春ナレバ
春や来《こ》し年や行きけん小晦日《こつごもり》　『千宜理記《ちぎりき》』

十二月二十九日に立春が来た年は寛文二年。芭蕉、十九歳の作品である（異説もあり）。句意は「春が来たのか、年が行ったのか、今日は大晦日の前日だ」。年内に立春が来ることに興味を覚え、「君や来し我や行きけむ思ほえず夢かうつつか寝てかさめてか」（『古今和歌集』『伊勢物語』）の伊勢の斎宮《さいくう》が秘かに在原業平と会った時の和歌のことばを借りて、詠む。歌意は「君が来たか、それとも私が行ったか、わかりません、夢であったか、現実であったか、寝ているうちのことか、覚めてからのことでしょうか」。年内立春が、にわかに艶やかなものとなる。この古典を踏まえた、上品なことば遊びが貞門流であった。

蟬吟を通して師事した、季吟は古典学者であり、芭蕉の深い古典の教養はこの人に養われたところがあるかもしれない。季吟に秘伝書『誹諧埋木《はいかいうもれぎ》』の伝授も受けている。

寛文六年、蟬吟が没し、寛文十二（一六七二）年、江戸に下る。延宝三（一六七五）年、江戸で大坂より東下中の西山宗因《にしやまそういん》歓迎の俳諧が興行され、芭蕉はこれに一座している。この頃から宗因を総帥とする談林《だんりん》俳諧に夢中になっているのだ。この頃の俳号は桃青《とうせい》であった。

談林俳諧は貞門流のことば遊びを排して、当代の風俗流行を句中に捉えようとした。

大裏雛《だいりびな》《ママ》人形天皇の御宇《ぎょう》とかや　『俳諧江戸広小路』

延宝六年の句。句意は「内裏雛の華やかな世界から、今は人形天皇が治める世かと思われる」。謡曲「杜若《かきつばた》」の「仁明天皇の御宇かとよ」の文句を引用して、飾られた内裏雛から、架空の人形天皇の世を夢想している。この謡曲詞章を使うというのも談林俳諧の特徴のひとつであった。

【解説二】漢詩文調と蕉風　『われ』を詠う詩

延宝八（一六八〇）年冬、芭蕉は江戸市中の俳諧師生活をやめて、隅田川東岸の新開地深川の草庵に入った。庭には弟子からもらった芭蕉を植えた。

茅舎ノ感
芭蕉野分して盥《たらい》に雨を聞夜《きくよ》かな　『武蔵曲《むさしぶり》』

天和元（一六八一）年作。句意は「芭蕉の葉が暴風でばさばさ鳴り、庵の中では雨漏りを盥で受けて、雨音を聞く夜であるなあ」。芭蕉は唐の詩人、杜甫を愛し、その「茅屋秋風ノ為ニ破ラルル歌」を踏まえて、この句を作った。

杜甫は台風による草堂の内外の被害を詠んだが、芭蕉もそれを受けて庵の内外の状況を描いて句としている。「芭蕉野分して」という表現も、漢詩的である。この句には確かな主人公がいる。杜甫に重ねられた芭蕉像である。

談林俳諧は定型破壊に陥り、混乱を極めていた。その中から、芭蕉たちは漢詩文調という、新しい傾向を生み出す。それは単なる新しみを求めたものではない。芭蕉は杜甫など漢詩人に仮託して、「われ」自分自身を詠おうとしているのだ。従来、和歌は「われ」を詠う詩であったが、俳諧はそれには劣る「われ」を詠い得ない詩であった。芭蕉は、その高いハードルを、漢詩文調とともに越えたのである。これこそが、現代の俳句の原型を作った第一歩とぼくは考えている。この「芭蕉野分して」の句において、初めて「芭蕉」という新俳号を使っている。まさに芭蕉が芭蕉となった瞬間である。

蕉風とは、芭蕉のグループ特有の俳句の傾向。漢詩文調をもって、その最初としていいと思う。ただ、それではちょっと堅苦しく、難解に過ぎるかもしれない。

同じ頃、天和三年の次の句を挙げておこう。

花にうき世我酒《わがさけ》白く食《めし》黒し　『みなしぐり』

前書には白楽天の詩の一節を引くが、略す。句自体は漢詩文臭さはそれほどない。句意は「世は花に浮かれるが、貧しい私は白い濁り酒をすすり、黒い玄米を食べるばかりだ」。しっかりと「われ」を見つめて、その生活の具体的な姿をたしかに描いている。ここに描かれる庵での脱俗的な、侘びの極まった生活は、魅力的である。このような体臭を強く感じさせる句は、芭蕉が詠みだすまでなかった。

京は九《く》万《まん》九《く》千《せん》くんじゅ（群集）の花見哉《かな》

芭蕉

花の京、謳歌の句

寛文六（一六六六）年旧暦四月、その後、芭蕉になる青年に、たいへんな事件が起きた。故郷の伊賀上野で仕えていた主君が急逝したのだ。主君の名は藤堂良忠。伊賀を統括する上野城の侍大将を嗣ぐはずの存在であった。青年は良忠に近習として仕えるとともに、俳諧をいっしょに学んでいたのだ。良忠の俳号は蟬吟、享年は二十五であった。青年の当時の俳号は宗房、わずか二十三歳。宗房は深い悲しみと将来に対する不安とともにあった。この地点から宗房は、偉大なる詩人への道を歩み出すのである。掲出句は蟬吟の死の寸前、花の季節に作られた。

磐城平藩主で俳人の風虎《ふうこ》編の俳諧撰集（作品集）『夜《よる》の錦《にしき》』（寛文六年・一六六六年成立）所載。同書は失われてしまったが、桑折宗臣《むねしげ》編『詞林金玉集《しりんきんぎょくしゅう》』（延宝七年・一六七九年成立）に収録されていて、現在も読むことができる。

句意は以下のとおり。「京都には家が九万九千あると言われているが、その家を出てきた人々が、貴いものも賤《いや》しいものも群れ集まって花見を楽しんでいることだよ」。平和が続いている、まさに「花の京」を謳歌している句である。

安土桃山時代、京都には九万八千、家があると言いならわされていた。井原西鶴《さいかく》の小説集『本朝《ほんちょう》二《に》十《じゅう》不《ふ》孝《こう》』（貞享《じょうきょう》三年・一六八六年刊）にも信長時代の軒数としてそのように書かれていた。それを千増やして、景気よくＫ音を並べて調子良くしている。さらに世阿弥《ぜあみ》作の謡曲「西行桜」などに用いられている「貴賤群集《きせんくんじゅ》する」（「身分の貴いもの賤しいもの区別なく群れ集まる」という意）ということばを掛けているのだ。「きせんくんじゅ」と「くせんくんじゅ」、一字ずれてしまっているが、それも楽しい。当時流行していた貞門俳諧流のことばあそびである。

掲出句を読んで、ここに描かれた風景をかつて見たことがあると思った。数年前、花のころに、京都を訪ねたことがある。友人に祇園と八坂神社の奥、円山《まるやま》公園の夜桜を案内してもらったのだ。照明を当てた満開の枝垂れ桜を何重にも囲んで、群衆が花見をしていた。その夜桜を囲んでいた人々の花と酒とに上気した顔を思い出した。当日、宿がどうしようもなく取りにくかったことも思い出された。当たってみた、どの宿もどの宿も満室になっていた。花の季節には京の人だけが花を楽しむのではない。全国から多くの人が桜を楽しみに京都に集まってくるのだ。掲出句は寛文時代の作で、人口に膾炙《かいしゃ》した句ではない。しかし、詠まれている世界は、現代においても生きている。

京の花、その特別な魅力

東海道新幹線京都駅下車、駅前からバスで八坂神社に向かう。余寒厳しい日暮れだが、境内は灯されて明るく、観光客も多い。円山公園に入ると、さすがに電灯も少なく、人影も多くはない。枝垂れ桜の老樹の近くに、桜の木が多く植えられている。まだまだ寒いが、枝の先を見るとたしかに花芽を付けている。芽はつやつやと堅く張り詰めている。見上げていると、比叡山の方から雲がゆっくり流れてきた。

掲出句は実際に京にのぼった上で作っているのか、それとも京の花を詠んだ和歌俳諧などを読んで想像で作っているのか、このころの芭蕉の動静は不明な点が多く、はっきりしたことは言えない。ただ、主君良忠公逝去以前に上京することはむつかしかったのではないか。たしかに掲出句は京にのぼらなくても作れる。逆に言えば、この句の膨大な数字とK音を重ねた響きに、京にのぼりたい、京の桜を見たいという青年の情熱を読みとることはできないだろうか。京都は永く天皇がおわして、政治、文化の中心であったところだ。桜もまた、この国の自然、とりわけ花を代表するもの。この地の桜には、特別に人を魅きつける力があるのだ。

先に挙げた謡曲「西行桜」の後半は、京の花の名所尽くしになっている。世阿弥の活躍した室町時代、京の桜を楽しんで見て歩いた人々が存在していたことを示すものでもある。謡曲好きだった芭蕉は、この曲に親しんで、京の花に憧れ、掲出句を作ったのかもしれない。

ホテルに向かおうとタクシーに乗った。運転手さんに現代の京の花の名所を聞いてみた。運転手さんは、円山公園も平安神宮も哲学の道もいいけれどもと言った後、木屋町通の桜並木を勧めてくれた。「花が咲いているときには通るだけでもうれしいのです。たとえ、渋滞していても、桜を見ると、いらいらしません。でも、できたら仕事から離れて、桜を楽しみたいですね。若い人向きの沖縄料理屋、ホルモン焼き屋なんかで、明るい内から店に入って、ゆっくり暮れていく桜を楽しみたいのです」とのこと。京都にはこういう桜好きがいる。出会えたことがうれしかった。運転手さんとともに、今年の花を待ちたい。

比叡より雲流れ来《き》ぬ桜の芽　實

手袋を脱ぐや桜の木肌に触る

（二〇一一・〇四）

うち山《やま》や外様《とざま》しらずの花盛《はなざかり》

芭蕉

古拙なことば遊びの句

岡村正辰編『大和順礼《やまとじゅんれい》』という発句集に所載されている句である。寛文十（一六七〇）年旧暦六月刊なので、この年の春か、それ以前の句ということになる。芭蕉の年齢は、二十七歳以前。当時は宗房と名乗っていた。まだ、江戸には出ていない、故郷の伊賀上野で作られている。『大和順礼』は、いろは順に大和の名所を並べ、それぞれの地の発句を集録した書である。これを読めば、いながらにして巡礼をしたことになるわけだ。掲出句には「宇知《うち》山　山辺郡」と前書が付されていた。内山永久寺が詠まれている句なのである。

さて、「外様」といえば、「親藩」「譜代」に対する「外様大名」のことを思うが、本句ではそこまでの意味はない。「内山の地はそのことばどおり、外部のもの、よそものには知られないみごとな花盛りであることよ」という意。「内」と「外」という対照的な二字を、一句の中で用いている。こういう他愛ないことば遊びが、当時芭蕉が親しんでいた貞門俳諧の特徴である。この時代の芭蕉の句は語られることが少ないが、ぼくは古拙な味わいに魅力を感じる。

内山永久寺の名は以前から知っていた。平安時代の仏画に興味があるものにとって、国宝「両部大経感得図《りょうぶだいきょうかんとくず》」（藤田美術館所蔵）は忘れがたい傑作である。密教の成立に関わる説話を描いたもの。五重塔の下に座す僧が瑞雲を見上げて指差している。北天竺の風景であるというが、岩山のそびえる不思議な空間がひろがっているのである。この絵が掛けられていたのが、もはや失われてしまった内山永久寺の真言堂であったという。残された名画がこの寺のすばらしさを想像させる。

廃仏毀釈という愚行

桜井線・近鉄天理線天理駅を降りたのは新年の快晴の午後。とても寒い。雪が舞っている。たよりは大安《だいやす》隆《たかし》著『芭蕉　大和路』（和泉書院・平成六年・一九九四年刊）である。まず、石上《いそのかみ》神宮へ向かう。駅から東へ約二キロを歩く。神宮に参った後、現在、東海自然歩道になっている山の辺の道を一キロ弱南下すると、内山永久寺跡に出た。

堂も、古い石塔も、何もなかった。残っているのは、ただ本堂池とよばれる濁った池だけだった。池のほとりに江戸期の「和州《わしゅう》内山永久寺之図」の写真が拡大して掲げられてある。説明書も見える。

内山永久寺は、永久二（一一一四）年に鳥羽天皇の勅願で創建された。豊臣秀吉が、九百七十一石の寺領を与えているが、それは法隆寺とほぼ同格。それほどの大寺だったわけだ。それが明治元（一八六八）年の廃仏毀釈で寺宝は散逸、建物もほとんどが破壊されてしまった。さらに明治十八（一八八五）年の大火が追い討ちを掛けたという。宇治の平等院にも堂の前には池が作られてある。その池だけを残して、すべての建物が消えてしまったところを想像してみていただきたい。それが現在の内山永久寺跡である。寺名の「永久」の文字が悲しい。廃仏毀釈という愚行をまのあたりにさせてくれるということで、この地は逆にたいせつである。

本堂池の周りには「無断で釣を禁ずる」旨の看板が立っている。現在は会員制の釣堀になっているようだ。寒い日だったせいか、釣りをしている人はだれもいない。周りは冬菜などが植えられている農地になっているので、農業用水池として、今まで生き残ってきたのだろう。池の周りのかつての境内には、葉を落とした枝の鋭い木がたくさん植えられている。通りかかった人に聞いてみると、柿であるという。このあたりは柿の産地とのことだ。堂塔が立ち並んでいたあたりには、太い竹がぎっしり生えている。竹の葉が寒風に鳴っている。足もとから何かかなり大きな生き物が竹藪の中へと走り込んだ。驚いた。正体は狸だろうか。雉だろうか。

池のかつて弁天堂があった島が、今は地続きになっている。何もないところに「内山永久寺記念碑」が立っていた。池の周りには桜の木が植えられている。江戸中期の『大和名所図会』（寛政三年・一七九一年刊）の絵を見ると、池の周りには松しか見えない。芭蕉の句の縁で植えられたものなのだろうと思うと興味深い。枯れた桜の木の根元に、一輪の冬薊《あざみ》が花を付けているのを見つけた。今思い出すと、風景の中でこの薊だけに色彩があったような印象である。芭蕉の句碑も池のほとりに立っている。永久寺のかつての庭石を用いているという。

さて、掲出句を作るにあたって、芭蕉は実際にこの寺に来て、実見の印象も込めているのか。それとも、未踏のまま「内山」という地名からの連想で作っているのにすぎないのか。ぼくには判断がつかない。ただ真実がどちらであっても、芭蕉の発句が、内山永久寺の華やかだった時代をものがたる一つの証となっていることはたしかである。

大伽藍いま竹林や冷えわたる　實
ふゆあざみ弁天堂の緋はまぼろし

（二〇〇八・〇三）

山は猫ねぶりていくや雪のひま　芭蕉

名所を行かずに詠む

掲出句の前書には「猫山」とある。春になって、ようやく雪が解けてきた山を詠んだ句なのだ。句意は「山には猫の名がついている。その猫が舐《な》めていったのか、ところどころ雪がとけたところがある」。

俳諧撰集『五十四郡《ごじゅうしぐん》』（宝永元年・一七〇四年成立）所載。書名の五十四郡とは陸奥国《むつのくに》の郡の数である。この書は江戸の俳人沾竹《せんちく》が、陸奥国磐城平（現在の福島県いわき市）に俳人露沾《ろせん》を訪ねた記念に編んだ。露沾は岩城平藩主の子で、芭蕉と交遊があった。露沾はこの書に収録させるために芭蕉も参加した「陸奥名所《みちのくめいしょ》句合《くあわせ》」を編者沾竹に贈ったのだ。句合、発句を二句ごとに組み合わせて優劣を決めたものの中に、掲出句が含まれていた。ほかに、芭蕉の陸奥の名所を詠んだ句三句も記録されている。

「天和年中」と成立年代も記されているが、掲出句自体は天和期（一六八一～八四年）の漢詩文調よりもずっと古風である。地名の猫といきものの猫とを重ねているところは、芭蕉にとって最初期の俳風、貞門の様式を思わせる。制作年代は天和よりずっとさかのぼる可能性がある。

さて、掲出句に詠まれた陸奥の名所「猫山」は、会津の磐梯山の西に位置する猫魔ヶ岳であると考えられている。芭蕉が陸奥を訪れたのは、『おくのほそ道』の旅ただ一回だけ。当然、猫魔ヶ岳を実際には見ていない。「猫山」という題から発想しているわけだ。「猫山」という題は、和歌に詠まれた名所の中には見られない。芭蕉が見出した名所かもしれない。今日は猫魔ヶ岳を眺めに行きたい。

想像から写生へ

東北新幹線郡山駅下車、磐越西線《ばんえつさいせん》に乗り換えた。郡山は晴れていて雪はなかったのだが、磐梯熱海駅を過ぎるあたりから曇りだした。雪も積もっている。西に行くにつれ、車窓の山の斜面の雪も厚くなってきた。雪の表面に獣の足跡が見えた。狐か狸のものだろうか。さらに西に進んで上戸《じょうこ》駅を過ぎるころ、雪が降りだした。

磐梯町《ばんだいまち》駅に下車すると、吹雪のなかであった。磐越西線でもっとも猫魔ヶ岳に近い駅であるが、今日は近くも見えない。駅前にタクシーはおらず、駅員の方に聞くと、会津若松駅から呼ばないと乗れないとのこと。タクシーを呼んだ後、磐梯町商工観光課の方に猫魔ヶ岳がよく見える場所を聞く。「今日は無理でしょうが、晴れた日ならアルツ磐梯スキー場に行けば見えます」とのこと。車が来たので、とにかくスキー場まで行ってもらう。スキー場も当然ながら猛吹雪で、積雪量は八十五センチ、多くのスキー客が滑り下りている。うかつにもスニーカーを履いて来てしまったぼくは、スキー場には場違いな存在で、吹雪の奥の猫魔ヶ岳を思うばかりであった。

猫魔ヶ岳という名は、この山に化け猫が棲んでいて、登ってきた人を食べていたという伝説によるという。また、麓にある慧日寺《えにちじ》の僧が、鼠除けの猫を山に祀ったことによるという伝説もあるそうだ。慧日寺から修験者が磐梯山に行く際の経路でもあった。その神秘的な山は、降りしきる雪で見えないほうがふさわしいのかもしれない。

芭蕉研究者は、芭蕉の初期のスタイルの句に対して厳しい。評論家の山本健吉は『芭蕉全発句』（河出書房新社・昭和四十九年・一九七四年刊）のなかで、掲出句を「貞門風の言葉の洒落にすぎない」と酷評している。しかし、山全体が猫と化して、自分の身体を舐めているというイメージは、大胆で、自由であり、斬新である。アニメーションのような幻想を見せてくれているとも言える。芭蕉の人生とは離れたところで自在につむがれたことばを、ぼくは評価したい。

初期のころの芭蕉は、掲出句のように、実際に名所を訪れずに想像だけで詠んでいた。これは基本的に和歌と同じ発想である。和歌においては、西行など例外的な歌人が、実際に陸奥などの名所を訪れて詠んだだけで、多くの歌人は想像のみに頼って名所を詠んでいた。

けれど後に芭蕉は、実際に名所を訪れて写生的に詠むようになる。その代表が『おくのほそ道』の句である。芭蕉以降は、現地に立って現実の風景と向かい合うということが、和歌に対しての俳諧の特質ということになってくる。掲出句の存在を無視してしまうと、先に述べた日本の詩歌の大きな転換点に、芭蕉が立っている事実がわからなくなってしまうとも思うのだ。

陸奥への関心が、『おくのほそ道』の旅のはるか以前から、芭蕉の中に用意されていたことを示す句でもある。

タクシーで磐梯町駅まで戻って来たとき、吹雪が止んで、太陽が差した。タクシーの運転手さんは、「駅周辺が晴れても、スキー場のあたりのガスは晴れないでしょう。昨日も吹雪、明日も晴れる確証はないですね」と言う。会津は雪深き地なのだ。

雪の上《え》の獣の足跡おくやまへ　實

雪の面の足跡消しぬ雪降つて

（二〇一四・〇三）

黒森をなにといふともけさの雪　芭蕉

陸奥の地名を詠んだ句

芭蕉の人生にとって、陸奥という地は『おくのほそ道』の旅で訪れるたいせつな場所であった。しかし、『おくのほそ道』の旅で訪れる、ずっと以前にも、陸奥の地名を詠んだ句を残していた。掲出句である。俳諧撰集『五十四郡』に収められている「陸奥名所句合」に所載の句である。

句意は「黒森をいくら黒森といっても、今朝降った雪で、白くなってしまっているではないか」。黒森に雪が降っても黒なのか、白ではないのか、という地名への疑いを理屈っぽく述べた句で、先の「山は猫ねぶりてゆくや雪のひま」同様芭蕉にとって最初期の俳風、貞門の様式であると考えられる。「陸奥名所句合」には「天和年中」と制作年代が記されているのだが、天和期の漢詩文調の印象とは違っている。延宝期（一六七三～八一年）以前にさかのぼりそうだ。

俳人加藤楸邨《かとうしゅうそん》の注釈書『芭蕉全句』（筑摩書房・昭和四十四年・一九六九年刊）によれば、この黒森は「羽《う》前西田川郡《ぜんにしたがわ》、赤川によった丘」であるという。現代の地名でいえば、酒田市の黒森となる。今日はここを訪ねてみたい。

秋晴の午後、羽越本線《うえつほんせん》酒田駅に下車した。タクシーに乗って、「黒森へお願いします」と言う。「黒森のどこに着けましょうか」と聞かれたので、「黒森日枝《ひえ》神社へ」とお願いした。

酒田駅から十キロほど、南下してゆく。最上川を渡って、さらに南へ行くと、「右手が黒森地区です」と運転手さんが言った。小高い丘に木が密生していて、馬のたてがみのように見えた。たしかに黒森の名にふさわしいと思った。この木々に雪が積もった様子を想像してみた。

日枝神社には、境内に黒森歌舞伎演舞場がある。ここで二月十五日と十七日、年に二日だけ江戸時代以来伝えられた歌舞伎が、地元の人によって演じられる。近くを流れる赤川ではかつて舟運が盛んで、この地と京、大坂とは直接結ばれていた。それでこの地に歌舞伎が伝えられたのだ。運転手さんに見たことはありますかと聞いてみると、「体が冷えてしまって、途中で見物を止めて帰ってきてしまいました」と残念そうだ。ただ今日境内には誰もいない。大きな欅《けやき》の木がしずかに葉を落としている。

神社からさらに南へと進むと赤川に出る。江戸時代には赤川は北上して最上川へと合流していたが、洪水が多いため明治時代の治水工事によって西に進んで海へ流れ出るようになった。

運転手さんに赤川の河口まで連れていってもらった。よく澄んだ川が海に入り、海の波が川に入ってくる。釣り人が糸を垂れている。何を釣っているか聞いてみると、鱸《すずき》であるとのことだ。河原の砂の上で胡桃を一つ拾った。上流から流れてきたものかもしれない。

芭蕉は黒森を思い出したか

芭蕉は、『おくのほそ道』の旅で黒森の近くを二回通っている。一度目は元禄二（一六八九）年旧暦六月十三日。鶴岡を発って、赤川を川舟で酒田に来ている。当時鶴岡と酒田とは赤川でつながっていて舟で行き来できた。二度目は六月二十五日。酒田から大山《おおやま》へと向かう際である。

これらの時、芭蕉はかつて黒森という地名を使ったことを思い出しただろうか。黒森を用いた掲出句を思い出しただろうか。

実は黒森は和歌に用いられた地名ではない。正式な歌枕ではなかった。訪ねることもせずに、そういう地名をあえて句に取り上げて遊んでみたのが、若き日の芭蕉だったのだ。

黒森は、陸奥に多い地名である。加藤楸邨が、酒田の黒森と書いているのに従って、ぼく自身も訪ねてきているのだが、掲出句の黒森が多くの黒森の中で酒田のそれである理由を、楸邨は書いてはいない。確証がないのである。

元禄の芭蕉は『おくのほそ道』の旅で、松島、象潟《きさかた》などの重要な歌枕を実際に訪ね、向き合ってきた。そうすることで、和歌の世界と競い合い乗り越えようとしているのだ。かつての、地名と戯れていたころとは別の境地に立っている。できたら、陸奥の旅の途中でちらとでも黒森の句を思い出してほしいところだが、残念ながら思い出すこともなかったかもしれない。

だからといって、掲出句をつまらないとは、ぼくは思わない。雪の降った朝の率直な驚きが句全体から読みとれる。「黒森」という陸奥に多い地名は、常緑樹のよく茂った陸奥そのものを示しているのではないか。雪が降ると、黒い陸奥全体が白くなる。そこに若い芭蕉の陸奥に対する憧れを読みとることはできないだろうか。

（二〇一五・一二）

月山より流れきたれる胡桃かな　實

赤川河口釣捨《つりすて》の河豚《ふぐ》泡噴けり

盃《さかずき》の下ゆく菊や朽木盆《くつきぼん》

芭蕉

朽木盆漆絵の菊

芭蕉は三十代前半、初めて江戸に下ってきていた。自身の俳諧を確立する以前の句であり、当時、談林時代の句は現在あまり評価されていない。しかし、これもまた、芭蕉そのひとが作っている句である。

蝶々子《ちょうちょうし》編の俳諧撰集『誹諧当世男《はいかいいまようおとこ》』（延宝四年・一六七六年刊）の「重陽《ちょうよう》」という季題の部分に収められている。延宝三年作。「重陽」とは、陰暦九月九日のこと。菊の花の盛りのころである。その日、宮廷では宴が行われ、群臣に菊の酒をたまわったという。菊の露を飲んで七百歳まで生きたという菊慈童《きくじどう》の故事にならっているのだ。

「朽木盆」は、近江（現在の滋賀県）朽木地方で作られた塗盆。多くの場合、盆の表に大きな菊の花が漆絵で描かれている。

重陽の日、朽木盆に盃を乗せて、酒を酌んでいると、盃の下の漆絵の菊が、実際の菊となり流れていくように思われてくる。これこそまさに菊の酒ではないか、という句意である。

芭蕉が謡曲から詞を取って用いているという説もある。謡曲「養老」には、美濃（現在の岐阜県南部）養老の滝で、親孝行の子のために、不老長寿の水が湧き出したという奇蹟が描かれている。その中に次のような詞がある。「夏山の下行く水の薬となる」。「夏山の下を流れて行く水が、そのまま薬となる」という意。この「夏山の下行く水」という部分を、「盃の下ゆく菊」と詠み変えているというのだ。すると、飲んでいる酒は不老長寿の薬とも通うものとなる。謡曲から詞を取るのは、当時、芭蕉が心酔していた、西山宗因のグループ、談林の特徴だ。

ぼくがこの句に魅力を感じているのは、酒を酌むための道具が置かれた盃が詠まれているところにある。酒好きだった芭蕉が、盃を前に酒を酌む様子が想像できるからだ。それだけではない。「盃の下ゆく菊や」という表現は、すこし酔って視界がちょっと動くような感じを、うまく捉えていると思ったからだ。

盃の上の酒器は何か

今日は、芭蕉が用いた朽木盃の故郷、朽木を訪ねてみたい。芭蕉は訪ねていないと思われる場所である。夏の終わりの夕暮れ、湖西《こせい》線安曇川《あどがわ》駅下車、駅前から江若《こうじゃく》バスに乗る。町を出て、田の中を行き、杉山を越える。白いシャツを着た高校生がたくさん乗っていたが、停留所ごとに何人か降りていく。三十分ほど乗って、朽木に着いた。

この地に朽木盃の研究、収集を続けるI先生がおられる。ご自宅で収集の盃を見せていただけることになった。部屋にはたくさんの盃が飾られていた。代表的な菊を大きく描いた図柄の他に、盃の両端に菊を半分に分けて描いたもの（別れ菊）や、なでしこの花を描いたものなどもあった。素朴で美しい。手に取らせてもらうと、厚くてずっしり重い。収集は三十年、なんと百枚もの盃を集めたという。

朽木盃の歴史をうかがう。朽木盃は室町末期から作られてきたと考えられている。架蔵の盃の中で、もっとも古い年号の記されたものは、元和《げんな》七（一六二一）年箱書のなでしこの絵の盃である。

朽木盃について言及してある文献一覧を説明いただく。最初に現われるのが、正保《しょうほう》二（一六四五）年刊の重頼編の俳諧書『毛吹草《けふきぐさ》』、二番目は、俳人貞徳《ていとく》が慶安三（一六五〇）年に編纂した手習用教科書『貞徳文集』、そして、三番目がわれらが芭蕉の掲出句ということになる。俳諧がふだんの生活の道具の名を詠み込んで今に残してきたのだ。

朽木盆の終焉は明治時代。明治二十七、八年、近隣の麻生木地山の木地師《きじし》が消え、昭和三十年、岩瀬の塗師《ぬし》が消え、作られなくなってしまった。

芭蕉のこの句の墨書に、盆と酒杯の墨画を添えた軸が、I先生の部屋に掛けてある。芭蕉が朽木を訪ねたことがあるかと尋ねると、「記録がないのでわからないが、まずないでしょう」とのことだった。また、「朽木盆に乗せて、芭蕉が酒を飲む際に使った盃は何だったんでしょうか」と尋ねると、「わかりません。よかったらじっくり考えてみてくださいね」と、I先生は目を細めた。家の周りの虫がにぎやかに鳴いていた。夜も更け始めている。失礼しよう。

宿の料理には、まず、鯖のなれずしが出てきた。この地は福井の小浜と京都とを結ぶ鯖街道の一地点である。強烈な発酵臭を味わいつつ、冷酒を酌み、先ほどの宿題を考える。芭蕉の酒器は何だったか。延宝期、伊万里はさかんに生産を続けていた。塗盆に白磁の猪口がよく映えるだろう。ただ、高価な伊万里製品、庶民の手まで届くだろうか。手に届くものとしたら、漆塗りの木杯か。でも、塗盆に塗盃では、野暮ったい。答は出るはずもないが、ゆっくりと考えたい。それがまた、いい肴となる。

朽木盆百枚虫の鳴きしきる　實
木地師消え塗師もほろびぬ虫の声

（二〇〇八・一〇）

此梅《このうめ》に牛も初音《はつね》と鳴《なき》つべし

芭蕉

梅に鶯ならぬ梅に牛

延宝四（一六七六）年の作。三十三歳の芭蕉は江戸にいる。寛文一二（一六七二）年、故郷の伊賀から下って来ていたのだ。掲出句は『江戸両吟集《えどりょうぎんしゅう》』（延宝四年・一六七六年成立）という、友人山口素堂《そどう》と二人で巻いた連句を収めた俳諧撰集に掲載されている。

当時の江戸の俳壇は古い貞門俳諧に飽きて、新しい流れを求めていた。その求めに応ずるように、延宝三年、談林グループの俳諧の指導者、西山宗因《そういん》が大坂から江戸に下って来る。江戸の門人たちは、宗因に発句をもらって歓迎の連句を巻き、松意編の『談林十百韻《だんりんとっぴゃくいん》』（延宝三年・一六七五年刊）という俳諧撰集を刊行した。その巻頭の発句が「されば爰《ここ》に談林の木あり梅の花」であった。この句が新派を名乗る宣言であったわけだ。グループが談林派と名付けられたきっかけともなる重要な句である。句意は「梅の花が咲いている。梅の花では菅原道真を慕って京から太宰府まで飛んだという飛梅《とびうめ》が有名だ。わたしたち談林派の仲間の付句は飛躍した連想で付ける飛躰《とびてい》である。ここに飛が共通する。つまり梅の木はわれら談林グループの木なのだ」。この句に付けられた脇の句は「世俗眠《ねむり》をさますうぐひす　雪柴《せっし》」。「鶯《うぐいす》の声に世間の人が眠りを覚ますように、先生の指導による談林派の新俳諧が世間の迷妄を解くことでしょう」という意になる。

芭蕉も親友の素堂も、当時、新たな俳諧、談林派の作者として知られるようになっていたところだった。芭蕉は宗因の先の宣言の句を受けて、自分に引き付けて掲出句をつくっているのだ。「此梅」とは宗因が詠んだ梅を踏まえている。「初音」も雪柴の脇句の「うぐひす」を受けている。

句意は次のようになる。「宗因先生の来訪で江戸に新たな俳諧の梅の花が咲きました。その談林派に参加します。自分のことはけっして鶯とはいえません。鈍物の田舎もので、牛のような存在ではありますが、それなりに初音を啼いてみせましょう」。

梅に鶯という前時代的な俳諧の連想を乗り越えて、梅に牛を登場させたところに新しさがある。天満宮の境内に置かれている石造りの撫で牛などから発想したのだろうが、自分を牛に重ねているところに、ふてぶてしさまで感じさせている。

芭蕉の奉納した神社は

掲出句の前書には「奉納二百韻」とある。宗因への挨拶と同時に、芸術の神様である天神へと句をささげているのだ。宗因は俳諧師であると同時に、大坂天満宮の連歌所の指導者でもあった。それも関わっているだろう。芭蕉は当時江戸にいる。江戸の特定の天満宮との関わりはあるだろうか。芭蕉側の資料からはわからない。都内の天神様を訪ねてみようと思う。

まず、湯島天神を訪ねる。東京メトロ千代田線湯島駅下車。よく晴れた師走の午後、境内の銀杏の大木がみごとに黄葉している。宝物殿には天神像の数々が展示されていた。江戸時代の画家、狩野洞雲が描いた「牛乗天神像」の解説に天神、菅原道真と牛との関わりが示されていた。道真の生年は丑《うし》年である。道真の遺骸は牛が運んだが、とどまった位置を墓所、後の太宰府天満宮とした。牛は農耕に使われた。天神が雷神でもあるところから、雨を降らせる農業の神様であることも牛によって示している。境内には牛乗天神の図の絵馬がたくさん掛けられ、受験合格の願いが書かれていた。撫でると願いがかなうという撫で牛はかなりすり減っていた。社務所で神官の方に芭蕉との関わりを聞くと、伝えられていないとのこと。境内の撫で牛は明治時代のものであることを教えられる。さらに湯島天神同様、江戸時代にも信仰を集めていた、北野神社と平河天満宮とを訪ねることを勧められた。

ということで、都営地下鉄大江戸線春日駅下車、北野神社を訪ねる。牛天神という別称もある。女性の宮司に聞くと、芭蕉との関わりは伝えられていないが、その可能性はあるとのこと。鎌倉時代、源頼朝が石に腰掛け休んでうとうとしていると、夢に道真が現われ、瑞兆を示したという。その牛の形をしている石が、現在も境内に伝えられている。これが撫で牛の原型になるのだろう。芭蕉も触れた可能性はあるが、確証はない。

次いで東京メトロ半蔵門線半蔵門駅下車、平河天満宮を訪ねる。管理人さんに聞くと、芭蕉については伝えられていないとのこと。撫で牛はあるが、空襲に遭って、いつの時代のものかわからない。芭蕉との関わりは結局判明しなかった。見上げると梅の蕾が小さいながら膨らんでいる。

芭蕉は特定の神社に奉納したのではなく、菅原道真その人に句をささげたのかもしれない。しかし、天神を祀る神社はまだ多い。そうもいい切れない。何もわからないままだが、芭蕉俳句に導かれての師走の天神巡り、心地よさが残った。

吹き敷ける銀杏落葉や黄金《くがね》の道　實

小さくも梅の蕾や紅しるき

（二〇〇九・〇二）

命なりわづかの笠の下涼み

芭蕉

涼み松で詠まれたのか

延宝四（一六七六）年、芭蕉は初めての東下以来、四年間滞在していた江戸を発って、故郷の伊賀に帰った。その際の句である。不卜《ふぼく》編の俳諧撰集『俳諧江戸広小路《はいかいえどひろこうじ》』（延宝六年・一六七八年刊）所載。前書には「佐夜《さよの》中山《なかやま》にて」とある。佐夜中山（小夜の中山）は歌枕（古歌に詠まれた地名）。東海道の遠江金谷宿《かなやじゆく》と日坂宿《につさか》（現在の静岡県島田市と掛川市）とを結ぶ峠である。

句意は次のとおり。「夏の日盛り、小夜の中山に通りかかった。立ち止まっても影もない。わずかの笠の下ばかりを涼み場所として、わが命はあるのだ」。

芭蕉は、東海道を西へと向かって歩いているときに、掲出句を詠んだ。今日は、小夜の中山を芭蕉とは逆に歩いてみよう。よく晴れた晩春の午後早い時間、東海道新幹線掛川駅に降り立った。駅前から東山行きバスに乗って「八幡宮前」下車。日坂宿の古い家並を過ぎたあたりで、旧東海道は山に入る。七曲りの急坂である。このあたりからが小夜の中山なのだ。

歩きはじめは胸つきの急坂だ。やがて、ゆるやかなのぼり坂に変わり、視界が開ける。道の左右は一面の茶畑である。楽しそうに話しながら手摘みをしている男性一人女性二人の三人組を見た。このあたりに茶畑が作られるようになったのは、明治以降。芭蕉の歩いたころはただただ山地であった。

そのまま二十分ほど行くと、「涼みの松」と掲示のある、小さな松が生えていた。説明には、昔このあたりに大きな松があり、芭蕉の掲出句はその下で詠まれたと書いてある。そして、周辺の地名もその故事によって、「涼み松」となったという。しかし、笠の下しか涼む場所がないと、掲出句は詠っているのだから、松があっては筋が通らなくなる。矛盾があるようにも思えるが、芭蕉の句が土地の人に愛されてきた証ではあろう。

メモを取っていると、子どもたちの声が向こうから近づいてくる。遠足である。小学校高学年だろう。先頭を歩く先生と児童たちが挨拶してくれた。句碑を見つけた児童が掲出句の句意を先生に質問し、先生が楽しげに答えている。遠足の列は通り過ぎてゆき、あたりは再び静まる。

西行の命、芭蕉の命

さらに二十分ほど歩くと、小夜の中山公園がある。池の中に円筒型の歌碑が立てられている。「年たけてまた越ゆべしと思ひきや命なりけり小夜の中山」。『西行法師家集』（成立年不詳）所載の西行晩年の名歌である。歌意は、「若いころ、けわしい小夜の中山の山道を越えた。そのころ、年をとってから、この急な山道をふたたび越えることがあろうと思っただろうか。いや、そのころは何も思わなかった。しかし、年を重ねた自分は、あろうことか、また小夜の中山を越えている。年老いた自分が若いころの自分を思いかえしてみると、まさにしみじみと命そのものの手応えを感じる」。

西行はその生涯において二度、東国へと赴いている。最初は三十歳のころ、憧れの歌人、能因《のういん》にならって陸奥（現在の東北地方）の歌枕を見て歩いた。二度目に東へ下ったときは六十九歳。東大寺の大仏再建の勧進《かんじん》のために赴いた。西行とは遠い親戚にあたる陸奥平泉（現在の岩手県平泉町）の藤原秀衡《ふじわらのひでひら》のところまで足をのばしている。

老いた西行は、東海道の難所、小夜の中山の急坂に苦しめられながら、若年のころ、この坂を上ったことを思い出す。かつての自分と現在の自分とを対比させる。そこに「命なりけり」の感慨が生まれた。命そのものの実感、手応えを感じ取っているのだ。ぼく自身も、西行のこの歌を愛誦してきた。生きていると、さまざまなことが起こる。若いころ喧嘩をしてしまったひとに、後年はからずも世話になったりすることもある。そんなとき「命なりけり」と口を衝いて出てくるのだ。今回、小夜の中山を芭蕉の行き方とは反対の日坂側から上ったのは、むしろ西行の追体験をしたかったところもある。西行はこの歌を小夜の中山の日坂側の登り口、七曲りの急坂でうめくように詠んだのではないか。

芭蕉の掲出句は、この西行の歌の影響下にある。「命なり」という上五は、西行の「命なりけり」を踏まえてのものだ。ただ、同じ命ではあるが、芭蕉が詠んだ命は、西行の歌のような過去と現在とを擦り合わせて感じ取っているような重い命ではない。強い日差しから小さい笠が守りえている命、まことにささやかな命である。しかし、ここにも確かな生の実感がある。じつはこの時期の芭蕉は表面的なことばのおもしろみの濃い句ばかりを作っていた。その中で、西行歌の本歌取りのかたちを取った掲出句は、異彩を放っている。本歌取りということばの遊びにとどまらず、芭蕉は自分自身の命を詠みえているのだ。西行の秀歌の命が芭蕉に流れ込み、新たな世界へと向わせたと言うべき句であろう。

小夜の中山遠足の二列過ぐ　實

前半赤帽後半白帽遠足過ぐ

（二〇一〇・〇七）

夏の月ごゆより出《いで》て赤坂や

芭蕉

御油と赤坂間は

江戸で談林派の新進俳人として活躍していた三十三歳の芭蕉は、延宝四（一六七六）年、故郷の伊賀に初めて帰省する。掲出句はその途上の句と考えられている。不卜編の俳諧撰集『俳諧向之岡《はいかいむかいのおか》』（延宝八年・一六八〇年刊）所載。この句はずっと後まで、芭蕉愛着の句であった。元禄十四（一七〇一）年刊の大町編『涼石《すずみいし》』という俳諧撰集に掲出句を掲載、次のような前書が付けられていた。「（前略）小夜の中山の命も廿年《にじゅう》前のむかしなり。今もほのめかすべき一句には」。延宝四年の二十年後は元禄九年、芭蕉はこの世にいない。だいたい二十年後ということで、芭蕉最晩年の自句の評価である。世間で評価の高い長旅の句としては、「命なりわづかの笠の下涼み」という、同時期佐夜中山で詠まれた句が挙げられる。しかし、今も変わらない自信の句としてほのめかしたいのは「夏の月」の句であると言うのだ。句風の変化を越えて、芭蕉の愛着は変わらなかった。

御油は赤坂とともに、東海道五十三次の三河（現在の愛知県東部）の宿駅である。東海道ネットワークの会編『完全　東海道五十三次ガイド』（講談社・平成元年・一九九六年刊）を開くと、宿間距離は一・七キロ。最短である。最長は宮―桑名間の二十七・三キロ。これは海上だが、陸上では小田原―箱根間の十六・五キロが最長となる。御油―赤坂間はそのほぼ十分の一。群を抜いて短い。御油は脇往還、本坂街道（姫街道）へと分岐する追分の宿として設けられたため、このような短さとなった。

句意は「夏の月は御油の宿から出て、赤坂の宿に入ってしまったよ」。夏の夜は短く、空に月のある時間も短い。月の照らしている時間の短さを宿駅間の距離の短さで例えているわけである。「ごゆより出」るのは月であり、同時に旅人である。今日は御油から赤坂まで歩いてみたい。

東海道新幹線豊橋駅下車、名鉄名古屋本線に乗り換え、国府《こう》駅下車。西口から南下して国道一号を横断すると、旧東海道である。大社神社の大楠が花を咲かせている。地には元々あった廃寺の礎石が置かれていて、そこに花を降らせている。蒲郡信用金庫国府支店の庭が「御油一里塚跡」。「江戸日本橋ヨリ七六里」と掲示があった。本坂通への分岐点には常夜灯が立っている。音羽川に架かる御油橋を渡ると、古い家が並んでいた。このあたりが御油宿である。庇の下、かなり低いところに燕の巣があった。覗こうとすると、親燕がさっと飛びたった。

芥川龍之介の評価

御油と言えば、東海道の天然記念物に指定されている松並木が有名である。六百メートルほど並木が続いている。慶長九（一六〇四）年、幕府の道路政策として植えられたものである。樹齢三百年を超えるものも多い。御油の松並木資料館まで建てられている。宿場、松並木に関する資料が展示されていた。

松並木には人家がなく、人通りも少ない。そのため、自動車はスピードを上げる。それなのに、道幅は狭く、車道と歩道の区切りはない。歩いて旅をするものにとっては、恐怖を覚える場所になってしまっている。今日は昼歩いたが、この句どおりに夜歩こうとしたら、さらに危険である。歩行者の道へと戻せないだろうか。それが本来の姿である。松並木の真の価値を生かすものと思う。

松並木が終わると、赤坂宿である。たしかに近い。入り口には関川神社がある。ここにも大きな楠の木があった。花を降らしている。見上げていると、通りかかった女性が、「この木が昔、大火を止めたと伝えられています」と教えてくれた。あらためて見ると、幹には深い傷があった。

ここには掲出句の句碑が立つ。明治二十六（一八九三）年建立のものである。

この句の美しさを見出したのは、小説家芥川龍之介である。「芭蕉雑記」（『新潮』大正十二年・一九二三年～大正十三年・一九二四年）の中に一章を立て、俳諧における「調べ」の重要性について書いている。「一句の妙を『調べ』にのみ託したものさへある」と述べ、その例として掲出句を掲げる。「これは夏の月を写したために、『御油』『赤坂』等の地名の与へる色彩の感じを用ひたものである。（中略）耳に与へる効果は如何にも旅人の心らしい、悠々とした美しさに溢れてゐる」と絶賛する。さらには「仮に『夏の月』の句をリブレットオよりもスコアのすぐれてゐる句とするならば」という部分も見える。「リブレットオ」は台本、「スコアア」は楽譜。意味と調子と言い換えてもいいだろう。談林的な比喩の句でしかなかったものを読み直している。「夏の月」と「油」「赤」を含む地名とが映発していることを発見。さらにこの句のおおらかな響きを見いだす。上五冒頭の一つのa音（natsu）が引き出したように、下五には五つのa音が並ぶ（akasakaya）。山からようやく出た月が、短夜の空に輝いている様子が示されているかのようだ。これは晩年の芭蕉も感じていたことではないか。この句への愛着は、龍之介の読みにまで届いていたことを意味しよう。

東海道御油の宿なるつばめの巣　實

楠大樹花微塵なり降らしをる

（二〇〇五・〇七）

大比叡《おおひえ》やしの字を引《ひい》て一《ひと》霞《かすみ》

芭蕉

大景の句の先駆

芭蕉の発句の魅力の一つに大景を詠ったということがある。後年の『おくのほそ道』の「五月雨をあつめて早し最上川」にしても、「荒海や佐渡に横たふ天の河」にしても、そこに捉えられた風景は大きく、いきいきとしている。掲出句は純粋な風景句ではないが、大きな景を詠った句で早い時期のものである。

不卜編の俳諧撰集『俳諧江戸広小路』所載。延宝五年作。句意は「比叡山に細い霞がたなびいている、それがひらがなの「し」の長い字を横にしたようだ」。これには典拠があった。談林俳諧風の機知を含んでいるのだ。『一休咄《いっきゅうばなし》』(寛文八年・一六六八年刊)巻二の第九話である。室町時代の禅僧、一休が比叡山を訪れたことがあった。僧たちは「大文字を長々と書て給《かい》べ《た》」「読み易き事を頼み奉る」と注文する。叡山の宝とするため長々として、簡単に読めるものを書いてくださいと頼んでいるのだ。一休はまず比叡山の山頂から麓の坂本の町まで紙をながながと継がせる。そして、大きな筆を持って走り下り線を引いた。これが「し」の字というわけだ。一字ではあるが、たしかに長いし、たやすく読むこともできる。ということはこの句は京都の側から見た比叡山ではなく、坂本から見上げた景であるらしい。

短冊などに記した芭蕉の書にとりわけ「し」の字を長く伸ばす書き癖がある。たとえば「しぐれ」ならば「し」だけ長いのだ。「し」の字を引き伸ばしながら、一休のエピソードを思い出すこともあったかもしれない。もちろん、実際に風景を見ての句ではない。この句が詠まれた、延宝五(一六七七)年の春、芭蕉は江戸に滞在している。ただ、その前年の夏、伊賀に帰郷している。その際に京都にも出ている。この往復で見た、比叡の山容が発想の一因になっているのかもしれない。

この句ゆかりの比叡山と麓の町、坂本を訪ねてみたい。東海道新幹線を京都で降り、旧友I君を訪ねる。彼は坂本生まれ、今回の取材の相談をしたら、愛車で案内してくれるという。I君のお父さんは僧として比叡山におられる。

京都から比叡山に登るには、八瀬《やせ》からケーブルカー、ロープウェイがあるのだが、今日は自動車である。比叡山ドライブウェイを経て東塔の地域へ着くと、昼だが、気温は零下である。雪雲が手の届きそうなところを過ぎて行く。根本中堂にお参りする。堂全体が冷えきっていて、外陣に敷かれている電気カーペットがありがたい。内陣を見下ろすと、秘仏をまつる厨子《ずし》の前に開創以来灯りつづけている「不滅の宝灯」が輝いている。国宝殿に配した毘沙門天立像など仏像の数々も見ごたえあるものだった。

石垣の町、坂本

I君のお父さんに紹介される。芭蕉のことを調べに来たことを言うが、比叡山に芭蕉の足跡は残されていないようだ。近代俳人高濱虚子との関わりは深いのですが、と言われる。虚子は京を愛し、中でもこの山を愛した。西村和子の『虚子の京都』（平成十六年・二〇〇四年刊）によれば、九十一句が残されており、京都の中のどこの地よりも多いとのことである。ただ、芭蕉が比叡山に登らなかった証拠もない。聖地に深い関心のあった芭蕉が訪れなかったというのもいぶかしく思える。

西塔《さいとう》、横川《よかわ》も訪れたかったが、雪が深くて危険、車で入ったら春になるまで帰れなくなると言われて、断念する。

比叡山ドライブウェイを滋賀へと降りる。琵琶湖の眺めがまさに地図のかたちに見える。坂本に入った。町中に石垣がある。穴太衆《あのうしゆう》積みであるとI君が教えてくれる。自然石を巧みに積んである。近江は石の豊かな地なのである。車が理髪店の脇を通ったとき、「ここは子どものとき、通っていた店です。この町には二軒しかないんです」と言う。小さな、静かな町である。

日吉大社に参詣。豊臣秀吉が寄進した石の橋を渡る。桃山時代の社がたくさん残されていた。社の周りを水路が巡っていて、水はよく澄んでいる。

芭蕉は坂本には訪れている。貞享二（一六八五）年旧暦七月十八日付千那《せんな》・尚白《しょうはく》・青鴉《せいあ》宛芭蕉書簡に「琵琶負《おい》て鹿聞《きく》に入篠《いるしの》のくま」という付句が引かれている。篠竹で身を隠せる場所で、琵琶を背負って、鹿の声に聞き入っているという意であろう。その句に「坂本を心の底に置候《おきそうろう》か」と注記がある。芭蕉は近江蕉門の千那らと坂本に泊まって、鹿の声を聞いたことがあったようだ。また、元禄六（一六九三）年旧暦五月の「其《その》富士や」歌仙（三十六句よりなる連句）に芭蕉は「みな坂本は坊主百姓」という句を付けている。自坊自給のため、僧が百姓をしているという意だろう。坂本は芭蕉にも印象深い土地だったらしい。

日吉大社の隣に比叡山への登り口がある。石碑には、「根本中堂まで二・七キロ」とあった。この道を駆け下ってくる、一休を、そして、芭蕉を思い見た。

初比叡《はつひえい》点としてわれ立ちにけり　實

秀吉公寄進の橋や初詣

（二〇〇五・〇三）

実《げに》や月間口千金《つきまぐちせんきん》の通り町《ちょう》

芭蕉

富を礼賛する芭蕉

掲出句を発表した延宝六（一六七八）年は、芭蕉が故郷の伊賀から江戸に出て来て七年目となる。当時、三十五歳。西山宗因率いる談林俳諧の作者として、芭蕉の評判はしだいに上がってきていた。この翌年には、連句を指導して捌《さば》く「宗匠」役のお披露目まで行っている。

掲出句は江戸の繁華街を詠んでいる。「通り町」は江戸の商業中心地の目抜き通り。現在の呼び名は「中央通り」。銀座、京橋、日本橋を貫いて、今も変わらぬ繁栄を示している。「実や月」の意は「まさにいい月が出ているなあ」。「間口千金の」は、地価の高額なことを「土一升金一升」というが、「間口」一つに千金の価値があるという意。通り町に居並ぶ店の間口には、千金の価値がある。そこに名月の光が差しているという句意である。月の光と黄金の光とが照らし合っているような趣がある。ここで芭蕉は商業の繁栄、富を礼賛している。この芭蕉の姿勢には、後のわび・さびの世界に生きたとされる芭蕉を知るものには、信じがたいものがある。

梅雨が明けた、よく晴れた暑い午後、東京駅八重洲口下車。街路樹の銀杏《いちょう》の葉がくたびれて風に吹かれている。中央通りを左折して日本橋へと向かう。街路樹はない。舗道に花壇が作られていて、ぎっしりとサルビアが咲いている。この通り沿いには海苔店、飴店、鰹節店、寝具店、紙店など、江戸時代以来の老舗が多い。それは、この道じたいに古い歴史があるからなのだ。

掲出句の引用は華麗だ。まず、「実や」は謡曲に用いられる慣用句。謡曲からの引用は当時の新風、談林俳諧の特色の一つだった。さらに、「千金」の語は、北宋の詩人、蘇東坡《そとうば》の詩句「春宵一刻《しゅんしょういっこく》直《あたい》千金」（「春夜」）から取っている。元の詩は、春の夜の情趣を詠っていたが、それを秋の夜の町の描写に用いている自由さも談林調といえよう。「春宵」という時間を「一刻」に刻み込んだ蘇東坡に対して、芭蕉は「通り町」という空間を「間口」に刻み込んでいる。蘇東坡の詩句を器用に受け止めて唱和しているのである。わび・さびにはまだ至らぬが、この時代の芭蕉の句も評価すべきと思う。

西鶴との接点

掲出句は、延宝六（一六七八）年旧暦七月に刊行された『江戸通町《えどとおりちょう》』という俳諧撰集に、追加として収録された歌仙の第一句目であった。上梓の直前に、巻かれたと考えられる。成立事情からすると、掲出句の「月」は七月の月と読むべきかもしれない。ただ、そう読むと句柄が小さくなってしまう。旧暦八月十五日の月、仲秋の名月と読んでおきたい。

『江戸通町』の編者、神田二葉子《じょうし》はなんとこの時、十二歳の少年であった。父は名のある俳人、神田蝶々子である。編集や句作には父の手が入っている可能性があろう。この連句には、父蝶々子は参加していない。蝶々子が息子になりすまして編集や句作を行っている可能性も、談林的悪ふざけとして、あるかもしれない。俳文学者、阿部正美によれば、神田二葉子の名は、その後、一、二の俳書に見えるのみで、成人後の動静は知られていないとのこと。阿部は夭折の可能性を説くが、実際にはいなかった可能性さえあろう。

菊岡沾涼《きくおかせんりょう》編「誹道大系譜《はいどうだいけいふ》」（『綾錦《あやにしき》』享保十七年・一七三二年刊所収）には、蝶々子の住所は「鍛冶橋《かじばし》」と書かれてある。東京駅八重洲口の外堀通りを有楽町へと向かい、外堀通りが鍛冶橋通りと交差するあたりが、江戸時代の「鍛冶橋御門」。ここから鍛冶橋通りを中央通りまで歩く。この通りは交通量が多く、車が絶え間なく走っている。このあたりに神田蝶々子・二葉子の家があったのだ。そして、若い芭蕉はそこに訪ねてきた。掲出句によって「通り町」を褒め、蝶々子の家を褒め、近々刊行の『江戸通町』を褒めているわけだ。

掲出句に付けられた脇句は「爰《ここ》に数ならぬ看板の露　二葉子」。句意は「こういう繁栄の地に、取るに足らない、ささやかな看板を上げています。露のようにはかない存在ですが」。この付句を文字どおりと考えると、蝶々子は通り町沿いに商店を営業していた可能性もある。

この歌仙に加わっていたのは、あと二人。芭蕉の後援者であった、小沢卜尺《ぼくせき》。そして、僧、紀子《きし》であった。紀子は西鶴と大矢数《おおやかず》（一昼夜の独吟の句数を競う俳諧）を争っていた。この時点での最大の句数は、西鶴、千六百句。紀子は千八百句。おそらく、この席で、大矢数のこと、西鶴のことが、話題になったことだろう。西鶴はまだ、浮世草子の第一作目『好色一代男』（天和二年・一六八二年刊）を書いていない。芭蕉は後に西鶴を軽蔑したことばを遺しているが、この時点ではどうだったろう。西鶴を仰ぐ気持ちがあったか、どうか。芭蕉もまた、芭蕉にはなりきっていない。

元和《げんな》元年以来蚊帳《かや》売る今日もまた　實

サルビアのくたびれ咲きや枯れはせで

（二〇〇九・〇九）

雨の日や世間の秋を堺町《さかいちょう》

芭蕉

堺町は芝居の町

寛文十二（一六七二）年、二十九歳の芭蕉は、故郷の伊賀を出て江戸に赴いた。俳諧師として生きていこうとしたのである。ただ、俳諧の指導だけで生きることはかなわない。延宝五（一六七七）年から四年間、小石川における水道工事に事務職として携わっている。このような臨時雇いの仕事につきながら、俳諧の門人、仲間を増やしていったのである。

掲出句は、延宝六年秋の作。同年に江戸の俳人不卜によって編まれた俳諧撰集『俳諧江戸広小路』に所載されている。句意は、「雨の日である。世間ではものさびしく感じられているはずであるが、ここ堺町だけは世間の秋とは別で、にぎわっているのだ」。

「堺町」は江戸の地名であるが、「境」の意味が掛けられている。世間と別世界との間の境界になっているのである。

現在の日本橋人形町あたりに、「堺町」はあった。江戸時代の初めこの地には、多くの芝居小屋が立ち並んでいたという。芝居が上演される熱気が、秋の雨のさびしさを感じさせない、というわけだ。

東京メトロ日比谷線・都営地下鉄浅草線人形町駅下車。人形町交差点に出て、人形町通り西側の舗道を北へ向かうと、植え込みの中に説明板が立てられている。「堺町・葺屋町《ふきやちょう》芝居町跡」に関する解説である。葺屋町は、かつての堺町に隣り合う町だった。解説にさまざまなことを教えられた。幕府が興業を許した芝居小屋のうち、歌舞伎を興業していた中村座と市村座とがこの地にあったこと。他に人形浄瑠璃の芝居小屋も多くあったこと。堺町、葺屋町の芝居小屋は、天保の改革により天保十三（一八四二）年から翌十四年にかけて浅草に移されるまで、約二百年間この地で興業されていたこと。

歌舞伎小屋の中村座と市村座は、現在の日本橋人形町三丁目の人形町通り西側にあったらしいが、記念碑などを見つけることはかなわなかった。

歌舞伎役者への仲間意識

説明板の立つ場所の反対側、人形町通り東側の路地の奥に三光《さんこう》稲荷神社がある。社殿前に用意された「御由緒」なるプリントを、お金を納めていただいてきた。御由緒には、三光稲荷神社命名の由来が記されている。

神社はそもそも、中村座に出演していた大坂の歌舞伎役者二代目関三十郎《せきさんじゅうろう》の屋敷の庭にあった伏見稲荷の社であったという。関三十郎が歌舞伎を演じていると、芝居小屋の中に閃《ひらめ》きが走り、観客には彼の体から光が放たれたように見えた。その不思議な光によって三十郎は評判をとり、名声をほしいままにした。この光を、屋敷の庭の伏見稲荷の加護によるものと感じとった三十郎は、自分の名前の「三」の字と「光」の字とを合わせた「三光稲荷」という名を、あらためて稲荷の社に付けたと伝えられている。

境内の棚には、狐ではなく陶製の招き猫がたくさん置かれている。現在の三光稲荷神社は、失踪した猫のための神社として参拝されているのだ。愛猫が失せたとき、この神社に願えば霊験によって猫が戻るという。招き猫は失せ猫が見つかった際のお礼に置かれたものであるとのこと。しばらく滞在している間に、高齢の女性、それから幼い娘を連れた父親が拝していった。

人形町通り西側の日本橋堀留町一丁目には、出世稲荷神社もある。郵便配達員の方に聞いてたどり着いた稲荷は、マンションの一階奥。自転車がたくさん置かれた通路のつきあたりにある。こちらは歌舞伎役者初代市川團十郎が日参して、高名を得たという。ぼくも出世を果たしたいと賽銭箱を探したが、見あたらなかった。

掲出句は、秋の雨の日を二つの角度から捉えている。一つは世間一般の見方である。それは、気温も下がって、どこかものさびしいという感じである。もう一つは、堺町に暮らす歌舞伎役者をはじめとする芸能者の見方である。秋の雨をさびしいと見ていたら商売にはならない、雨もまた景気付けの一つ、活気あるものとして捉えるという積極的な見方である。

守屋毅の『元禄文化　遊芸・悪所・芝居』（講談社・平成二十三年・二〇一一年刊）によれば、江戸時代の歌舞伎役者は、ただ舞台を務めるだけでなく、男娼性をもっていたという。座敷で遊興して、相手は同性である男性であることも、異性である女性であることもあったらしい。歌舞伎者《かぶきもの》は妖しい存在で、身分秩序から外れたアウトサイダーであった。芭蕉はこの句において、歌舞伎者の目で秋の日の雨を見ている。堺町の歌舞伎役者に仲間意識を抱いているように感じられるのである。

梅雨明けん稲荷に並べ招き猫　實
梅雨長し失せ猫祈願料いかほど

（二〇一四・〇九）

塩にしてもいざことづてん都鳥《みやこどり》

芭蕉

塩漬けの都鳥は友情のあかし

延宝六（一六七八）年ごろ、芭蕉は江戸の中心部に住んで、俳諧師として生活していた。郊外深川に庵を結ぶのは、二年後のことである。当時は大坂の俳人、宗因の強烈な滑稽と自由な俳風に心酔し、門弟らの作品を評価する点者生活の糧を得ていた。いわゆる談林俳諧の時代である。

その年の秋、京の俳人青木春澄《はるずみ》が、陸奥松島（現在の宮城県松島町）行脚の帰りに芭蕉を訪ねて来た。春澄もまた、宗因流の俳諧に熱中していた。芭蕉と春澄、そして、もう一人、江戸の談林派の俳人似春《じしゅん》も交えて、三吟歌仙三巻を興行しているのである。三吟歌仙の「三吟」は三人で成される連句、「歌仙」は三十六句を連ねる連句の形式である。春澄編『江戸《えど》十歌仙《じっかせん》』（延宝六年・一六七八年刊）には、その三巻が収められている。

掲出句は、三巻の歌仙のうち、最後のものの発句である。江戸を発って京に帰ろうとしている春澄に、芭蕉が贈った句であった。季語「都鳥」が用いられているところからすると、季節はすでに冬になっていたろう。

掲出句は、『伊勢物語』の中の在原業平《ありわらのなりひら》らしき人物が、京から東に下ってきて、隅田川のほとりで詠んだという、次の和歌を踏まえている。「名にし負はばいざこと問はむ都鳥わが思ふ人はありやなしやと」。歌意は「都鳥よ、その名に都という名を持っているのなら、たずねてみよう。私の愛する人は、都で無事に過ごしているのか、いないのかと」。

この名歌の「こと問はむ」を芭蕉は「ことづてん」と変化させているわけだ。「ことづてん」の意味は、「ものを託そう」。全体の句意は、「都鳥を生で京まで届けるのが無理ならば、塩漬けにしてでも託してお届けしましょう」。おそらく、春澄は隅田川で期待した実際の都鳥を見ることができなかったのではないか。無念がる春澄に、今後見つけたら、塩漬けにしてでも京まで届けようというわけだ。もちろん、ことばの上だけのことだろうが、芭蕉の春澄への思いが篤い。食用にする鳥である鴨を塩漬けにするところからの発想かもしれない。

業平が心細げに呼び掛けた鳥である都鳥を、塩漬けにして届けようとは、なんとも乱暴であるが、魅力的である。『伊勢物語』の卑俗化がなされているわけである。古典の卑俗化は、宗因流の詠みぶりの特徴の一つ。その中にあって、三十代半ばの芭蕉は過激である。

あじ鴨は秋に飛来、都鳥は冬

十月半ばのよく晴れた日の午後、都営地下鉄新宿線浜町《はまちょう》駅に下車した。隅田川に都鳥を見に来たのだ。都鳥はユリカモメの雅称。東京都民の鳥はユリカモメである。鳥類図鑑には、カモメとしては小さく、全身は白く、嘴《くちばし》と脚とが赤いのが特徴とある。この色は『伊勢物語』にも記されていたものだ。夏の間にははるか北、シベリア東北部やカムチャツカ半島あたりで繁殖したものが、冬になると日本各地に渡ってくるという。

新大橋を渡って隅田川を下流に向かえば芭蕉庵のあったあたりに行き着くが、今日は橋を渡らないで上流へ歩を進めてみよう。川のほとりに遊歩道が造られていて、歩きやすい。ベンチも置かれているので、座ってじっくりと鳥の姿を追う。

対岸に首都高速道路があって、たえず自動車が通っている。車の騒音が響いているが、それでも川の上を鳥は飛んでいる。どの鳥も川上から川下へ向かっている。鳥の姿が絶えない。同じ鳥が川下で迂回して、また、川上に戻っているのであろうか。手元の鳥類図鑑を開くと、胴体が灰色のセグロカモメらしい。全身が黒いカワウもときどき飛んでくる。都鳥を見つけることはできない。やはり季節が早すぎたかもしれない。春澄と同じ体験をしていることになる。

掲出句に春澄が付けた脇句は、「只今のぼる波のあぢ鴨」だった。「あぢ鴨」は小型の鴨、巴鴨《ともえがも》のことで、雄の顔には巴形の紋があるという。句意は「都鳥は見られませんでしたが、波の上に乗るあじ鴨が見られたから十分です。芭蕉さん、江戸ではお世話になりました。これから京に上りますが、都鳥の塩漬けを託すというようなお気遣いはなさらないでください」。「のぼる」には鴨が川上へと進むと、京に上るという二つの意味が掛けられていよう。春澄は、隅田川であじ鴨は見ているのだ。あじ鴨は秋にシベリアから飛来するとのことなので、理屈にあっている。しかし、今日の隅田川には、あじ鴨らしき鳥の姿も見えない。

掲出句は若き芭蕉の友情の熱を示すものだ。それから、俳人として芭蕉だけが陸奥松島を目指したのではなかったということも重要である。若き芭蕉の春澄との交遊が、陸奥への憧れを育てた可能性も考えられよう。

いつか日暮れが近づいて、東京スカイツリーが灯っている。薄紫の人工光が、かなりの速度で塔を回っている。

都鳥待つ隅田川みなぎれる　實
都鳥くれなゐの嘴《はし》舌蔵す

（二〇一三・一二）

発句《ほっく》也《なり》松尾《まつお》桃青《とうせい》宿《やど》の春

芭蕉

囂しき地に住む

寛文十二（一六七二）年、芭蕉は数えで二十九歳。故郷の伊賀を出て、江戸に赴いた。俳諧師として立とうとしたのである。まず、落ち着いたのは日本橋近くの小田原町（現在の日本橋本町、日本橋室町）であった。尾張鳴海宿《なるみしゅく》（現在の愛知県名古屋市緑区）の俳人、下里知足《しもざとちそく》が書き残している俳人住所録に次のようにあった。

「小田原町小沢太郎兵衛店松尾桃青」。

東京駅から大手町駅まで歩いて東京メトロ東西線に乗り換え、日本橋駅下車。日本橋交差点に出る。日曜ではあるが、交通量は多い。銀座通りを日本橋へ向かう。

日本橋は江戸時代、五街道の基点とされている。橋の周辺は江戸時代初期から繁華の地であった。この地に居を構えること自体に、俳諧師として全国に覇を唱えたいという若い芭蕉の思いもうかがわれる。

現在の日本橋は明治時代に架けられたもの、重要文化財に指定されている。欄干に付けられている青銅製の有翼の龍などの装飾も重厚である。日本橋駅を背にして橋の右側を渡ると、「日本橋魚市場発祥の地」という碑が立っている。エジプト彫刻のような乙姫像が置かれ、「乙姫広場」と名付けられている。この市場はもともと佃島の漁師が幕府に納めた残りの魚を戸板に載せて売ったことから始まったという。月岑《げっしん》編『江戸名所図会』（天保五〜七年・一八三四〜三六年刊）には「漕ぎつだふ魚船の出入《でいり》、旦《あした》より暮《くれ》に至るまで嗷《ごう》々として 囂《かまびす》し」とある。漁を終えた漁船の出入が絶えず、やかましかったのだ。江戸城内をはじめとする、大消費地江戸を控えて、魚市場は発展した。芭蕉の門人、越人《えつじん》は『鵲尾冠《しやくびかん》』（享保二年・一七一七年成立）のなかで、芭蕉の当時住んでいた地について次のように書いている。「芭蕉江府船町の 囂《かまびすしき》」。当時の芭蕉の環境は囂が特徴だった。

道の向こう側にはデパートの三越が聳《そび》える。前身である呉服屋「越後屋」は延宝元（一六七三）年開店。芭蕉は開店から見知っていたろう。正札販売、現金決済の画期的な商売で、大繁盛した。蕉門の其角《きかく》がこの店を詠んだ次の句がある「越後屋に衣《きぬ》裂く音や衣更《ころもがえ》」。句意は「越後屋には反物を裂く音が響いているなあ、衣更の季節である」。この句は反物を自由に切り売りしたという越後屋の活気を今に伝える。

ふてぶてしい自信

三越前の大通りを右折、「室一仲通り商店街」に入る。中華料理屋、ラーメン屋、小さな食べ物屋が多い。焼鳥屋は日曜の昼なのに行列ができている。昼食の親子丼目当ての客のようだ。表通りにも鰹節屋、海苔屋があったが、この通りにもはんぺん・かまぼこ屋、佃煮屋などがある。日本橋の魚市場の名残である。

その佃煮屋「鮒佐」の前に掲出句の句碑があった。緑の自然石に黒の御影石が嵌め込まれて、句が彫り付けてある。解説板によれば、書は下里知足によるとのこと。掲出句は下里知足自筆の『延宝七己未名古屋歳旦板行之写シ』に付けられていた「江戸衆歳旦」に掲載されていた。これによって、延宝七（一六七九）年という制作年が確定できたのだ。

この句の表現は、かなり乱暴である。まず、「発句なり」と入る。「発句」は俳諧の連句の先頭の句、俳句の原型である。五七五なれば明らかに発句であることはわかっているのだが、その上で「発句なり」とするのは人を食った表現である。今年一年の発端であるという意も含んでいよう。下五「宿の春」は家で新年を迎えているとの意。中七には「松尾桃青」という自身の名まで出てくる。桃青は芭蕉の別号。李白《りはく》をもじった、ユーモアを含んだ名前である。延宝三（一六七五）年、談林俳諧のリーダー西山宗因を江戸に迎えての俳諧百韻に一座したときから用いている。自分の名前をそのままに出してくるところにあくどさまで感じる。「家で新年を迎えている私桃青の存在そのものが発句なのだ」と句全体が俳諧師桃青の宣伝になっているかのようだ。芭蕉と名乗るのは深川隠棲後である。後年の謙虚な芭蕉とはずいぶん違う顔を見せている。

江戸移住以来、芭蕉は地道に力を付けてきた。大家の卜尺《ぼくせき》（小沢太郎兵衛）に斡旋してもらった水道工事の事務の仕事などを生活の足しにしつつ、みずからの俳諧を育み、門弟を育ててゆく。芭蕉は延宝五年か六年に宗匠立机披露《りっきひろう》の万句興行を行う。宗匠とは、一座の指導者。立机披露とは、宗匠として認められ、俳諧興行の際用いる文台を授けられること。万句興行とは、百句より成る連句、百韻を百巻、巻き上げることである。さらに、延宝八（一六八〇）年には『桃青門弟独吟二十歌仙』を刊行する。これらは芭蕉の努力の結実と見ていい。この門弟のなかには近所に住んでいた魚屋の大店《おおだな》の主、杉風《さんぷう》、大家の卜尺なども含まれていた。掲出句にも青年芭蕉のふてぶてしいまでの自信も読み取れる。

句碑の脇に植えられた万両はまだ青い。句碑の表面を枯葉が少しずつ動いていく。触ってみたら、小さな蓑虫であった。

このあたりは路地が多い。路地には緑がよく植えられている。山茶花《さざんか》、唐辛子、洗面器ほどの大きさの池は浮草に覆われていた。このような路地のどこかに青年芭蕉は雌伏の時を過ごしていたのだ。

万両のいまだ青しよ青澄める　實

鬱の日の男に冬の浮草照る

（二〇〇五・〇一）

花に酔《よえ》り羽《は》織《おり》着てかたな指《さす》女

芭蕉

男装の女性の句

延宝年間（一六七三〜八一年）、三十代の芭蕉は、江戸市中で俳諧師としての生活を送っていた。当時、全国で流行していたのは、大坂の俳人西山宗因を中心とする談林俳諧である。滑稽かつ自由な作風に芭蕉も深く心酔して、宗因流の俳諧を推し進めていた。いつか芭蕉にも門人ができ、門下の作品に批評のための点を加える「点者」としての生活をするようになっていた。ただ、点による指導に疑問を抱いていた芭蕉は、延宝八（一六八〇）年冬に点者としての生活をなげうって、江戸の郊外深川に隠棲する。点を加えるのみの指導を止めた芭蕉は、対面や書簡によってきめこまかな指導を行いはじめる。談林俳諧もマンネリ化していて、芭蕉自身で新たな独自の俳諧を作り出さなければならない時期も近づいていた。

掲出句は芭蕉百回忌に梅人《ばいじん》が編んだ俳諧撰集『続深川集《ぞくふかがわしゅう》』（寛政三年・一七九一年刊）所載。前書には「上野の春興《しゅんきょう》」とある。「春興」とは春の楽しみ。上野の山の花見を詠んだ句である。句意は「当時、男性ばかりが着るものであった羽織を着て、刀を差している女がいる。満開の花に酔っているのだ」。雲英《きら》末雄、佐藤勝明訳注『芭蕉全句集』（角川学芸出版・平成二十二年・二〇一〇年刊）によれば、「花に酔り」の部分は謡曲「田村」の「天も花に酔へりや」を踏まえるとのこと。謡曲からの引用は談林俳諧の特徴の一つである。

この女性は、花見の趣向で男装をして来たのか。花見酒に酔った結果、同行の男性の羽織と刀とを無理に借りたのか。いずれにしても風俗画の一場面のような華やかさがある。芭蕉はこの女性に引きつけられ、この年の上野の花見を代表する一人として、描き出している。ふだん読み慣れている芭蕉晩年の枯淡の句とは対極にある。あでやかな魅力がある。深川に隠棲する以前の句であろう。三十代の若き芭蕉には、太平の世を謳歌する日々もあったことも想像させる一句である。

江戸時代の寛永寺

東京に今年初めての大雪が降った数日後、上野を訪ねた。山手線鶯谷駅南口下車。西へと向かい、東京国立博物館の東側を北上する。右手は寛永寺の墓地。しばらく歩くと、赤く塗られ金色の彫刻で飾られた門が立っている。厳有院殿霊廟《げんゆういんでんれいびょう》の勅額門である。延宝九年の建立だから、芭蕉も見ているかもしれない。江戸幕府四代将軍徳川家綱の墓地の門だが、門以外の建物は、東京大空襲で焼失してしまった。雪が凍りついた路上にしばし立って眺める。美術好きのぼくは、上野にある博物館、美術館を数限りなく訪問してきた。しかし、上野自体が歴史的に重要な場所であることはあまり意識してこなかった。

現在の上野公園のほぼ全域を覆うようなかたちで、江戸時代には寛永寺が存在していた。芝の増上寺と並ぶ徳川家の菩提寺である。家康、秀忠、家光、三代の将軍が帰依していた天台宗の僧、天海が開いた。天海は、寛永寺建立に当たって、京の都の北東の方向、鬼門にあって御所を守っている比叡山延暦寺をモデルとして考えていた。そのため江戸の鬼門である上野に寛永寺を設け、山号を東の比叡山という意味の「東叡山」としているのである。

さらに京都の清水寺を模して、清水観音堂を建造し、不忍池《しのばずのいけ》に浮かぶ中之島を琵琶湖に浮かぶ竹生島《ちくぶしま》に見立てて、弁天堂を建立している。桜の木も天海が吉野から移植したと伝えられている。花の名所の多い京にならって、寺の領内にヤマザクラの苗を植えていったのではないか。その結果、上野は江戸でもっとも古い花の名所となった。現在上野で咲いている桜は、ソメイヨシノばかりになってしまっているが。

上野広小路から大噴水広場へと至るゆるやかな坂道が、江戸時代には寛永寺への参道であった。大噴水広場には、江戸期、根本中堂があり、東京国立博物館がある場所には、寺の代表である貫首のいる本坊があった。このあたりの堂はすべて、慶応四（一八六八）年の彰義隊《しょうぎたい》の戦（上野戦争）で焼失した。大噴水広場を歩きながら、この地にあった、壮麗な伽藍を想像する。掲出句の花下の男装の美女の背景にも、朱も鮮やかな伽藍があったことを忘れてはならない。

そもそも男装の女性が詠まれている発句は、たいへん珍しいのではないか。芭蕉と同時代を生きた西鶴の浮世草子『好色五人女』（貞享三年・一六八六年刊）にも男装する女性が登場している。「恋の山源五兵衛物語《げんごべえものがたり》」である。男色趣味の男「源五兵衛」を愛してしまった女「おまん」が、女性の姿ではかえりみられないために男装して男のもとに通うというエピソードである。西鶴が描いた男装は一途な女心を秘めたものであった。掲出句に登場した女性には、いったいどのようなドラマがあったのか。

厳有院殿霊廟門立つ氷の上《え》　實

寒鴉《かんあ》の爪かたく摑《つか》むや桜の枝

（二〇一三・〇三）

武蔵野《むさしの》の月の若《わか》ばへや松島種《まつしまだね》

芭蕉

武蔵野の月、松島の月

芭蕉は元禄二（一六八九）年旧暦五月九日、『おくのほそ道』の旅の目的地の一つ、みちのくの松島に船で初めて到着、一泊する。紀行文『おくのほそ道』には、松島での高揚した描写が残されている。それよりはるか以前、芭蕉がまだ江戸市中で談林俳諧の俳諧師を務めていたころ、松島を詠んだ句がある。延宝九（一六八一）年以前の作とされる掲出句である。

当時仙台に住んでいた俳人大淀三千風《おおよどみちかぜ》が編んだ、松島に関する漢詩・和歌・発句を集めたアンソロジー『松島眺望集《まつしまちょうぼうしゅう》』（天和二年・一六八二年刊）に所載されている。おそらく三千風からの依頼を受けて作られたのだろう。

句意は、「武蔵野の新月はすばらしいですが、それは若くして生えでたような、みずみずしいものです。松島の月の落とし種として生まれでたものなのです」。武蔵野の月が、松島の月と大胆にも関連付けて詠まれ、植物でも動物でもあるかのように、妖しくなまなましく捉えられている。

国文学者井上敏幸は、論文「芭蕉発句『武蔵野の月の若ばえや松島種』の解釈」（『佐賀大国文』平成二十年・二〇〇八年刊）の中で、掲出句の魅力を解き明かしている。奈良時代の僧行基《ぎょうき》が作成したとされ、日本人の地理感覚に大きな影響を与えてきた地図がある。その地図の中で、松島は日本の東端に描かれている。つまり、松島は太陽や月がもっとも早く照らす聖なる場所なのである。武蔵野の月をその松島の特別な月の落とし種、ご落胤《らくいん》として捉えたことによって、掲出句のおもしろさが生まれているとしている。このような種類の機知こそが、大坂の俳人宗因を中心とする新風、談林俳諧のおもしろさであった。

さて、都市化が進んだ今日の武蔵野で、歌枕武蔵野の面影をどこに探したらいいのだろう。今日は国分寺市の殿ケ谷戸《とのがやと》庭園を訪ねてみたい。中央線国分寺駅下車、南口を出て徒歩すぐの場所である。受付の方に入場料を払うと、「今日のような暑い日にお越しいただき、ありがとうございます」と礼を言われる。庭を巡ると、とりどりの山野草が育てられていた。七月の初めにして、山百合など夏の花にまじって秋の七草を見ることができた。桔梗《ききょう》、女郎花《おみなえし》、そして萩も咲きはじめの一花を見た。梅雨もまだ明けてはいなかったが、秋はすでにきざしている。

平安時代の和歌において、歌枕武蔵野は「草」とともに詠まれることが多かった。「紫のひともとゆゑに武蔵野の草はみながらあはれとぞ知る　読人知らず」（『古今和歌集』）。「紫草が一本あるから、武蔵野の草はみなしみじみとしたものに感じられる」という意。

鎌倉時代初期の新古今時代になると、あわせて「月」も詠まれるようになる。「ゆく末は空も一つの武蔵野に草の原より出づる月影　藤原良経《よしつね》」（『新古今和歌集』）。「歩いて行く先が空と一つになって見える広い武蔵野に、草原から月が出てくるのだ」という意。これら古歌の上に掲出句は生まれている。

三千風そして西鶴

掲出句所載の『松島眺望集』の編者、三千風は興味深い存在である。もともとは伊勢（現在の三重県）の人だったが、松島の月に感動して、仙台に移り住み、『松島眺望集』を編集してしまう。さらに天和三年から『日本行脚文集《にほんあんぎゃぶんしゅう》』（元禄二年・一六八九年刊）という紀行文集を編むために、ほぼ日本全国を旅している。『おくのほそ道』の旅で仙台を訪れた芭蕉は、三千風に会いたかったが、まだ旅より戻っておらず、会うことがかなわなかった。三千風が芭蕉に句を依頼することで、松島への関心を抱かせたと言っていい。また、旅に出て紀行文を書くという俳人の生き方があることを芭蕉に示唆したのも、三千風ではなかったか。

『松島眺望集』をひもといてみると、驚いたことに掲出句の前の句が、すでに談林俳諧の世界で名を成し、後に元禄時代を代表する浮世草子作家（小説家）となる西鶴の作品であった。「松しまや大淀の浪《なみ》に連枝《れんし》の月　大坂西鶴」。「大淀」とは俳人三千風の姓である。「連枝」とは、連なる枝という説明から兄弟の意。句意は「松島に大淀三千風さんが立てる波の上に、わたしと兄弟であるかのように感じられる三千風さんの月が出ている」とでも解したらいいか。元禄文学を代表する芭蕉と西鶴とが並びあっているのは奇観である。芭蕉は後に西鶴の文章に対して、「浅ましく下れる姿（興ざめで下品）」（『去来抄《きょらいしょう》』〈宝永元年・一七〇四年成立〉）と批判的なことばを残しているが、初めてこの句を見たときにはどんな感想をもっただろうか。

萩のトンネル萩の葉しげし咲きそむる　實
むさしのの百合咲くや吹き倒されても

（二〇一七・〇九）

あさがほに我《われ》は食《めし》くふおとこ哉《かな》　芭蕉

発句に自分自身を詠む

天和二（一六八二）年ごろ、江戸で俳諧師として活躍していた芭蕉は、杜甫や李白の漢詩のことばを作品に取り込むことで、新たな世界を作りだそうと模索していた。その試みは門弟其角編の俳諧撰集『みなしぐり』（天和《てんな》三年・一六八三年刊）に結実する。代表的な句は、「老‐杜ヲ憶フ」と前書がある「髭《ひげ》風ヲ吹《ふい》て暮《ぼ》‐秋《しゅう》歎ズルハ誰《た》ガ子ゾ　芭蕉」。まるで漢文そのもののような一句である。芭蕉は老いた杜甫のことを想像して詠んでいる。句意は「風が髭を吹いて、秋の終わりを嘆くのは誰だろうか」。芭蕉は杜甫の詩の中のことばを用いることで、発句の中に杜甫らしい姿を描く。杜甫の姿に重ねて自分自身の姿を詠もうと試みている。この試みによって、芭蕉は独自の世界を確立してゆく。現在、俳句において、作者自身を詠むということは、当たり前、前提ともいうべき約束になっている。しかし、芭蕉以前の俳諧においてはことばあそびが中心で、句に自分自身「我」を詠むという発想自体がなかった。

掲出句も『みなしぐり』所載。漢詩文調とは言えないが、自分自身をしかと詠んでいるところが注目される。句意は次のとおり。「自分は朝顔が咲く朝、きちんと起きて朝飯を食べている男である」。自分のまじめぶりをことさら言い立てているように見える。

掲出句には前書が付いていた。「角ガ蓼蛍《たでほたる》ノ句ニ和ス」。其角の作品、「草の戸に我は蓼くふ蛍哉」という句に応えて、掲出句は作られていたのである。句意は「草の庵《いおり》にわがまま放題の生活をしている自分は、わざわざ辛い蓼を食べて、夜じゅう飛びまわっている蛍のような存在である」。「蓼食う虫も好き好き」ということわざが用いられている。人の好みはそれぞれである、蓼のような辛い酒を好み、蛍が飛びまわるように夜の間、遊び歩いている自分という存在もいる、という意味になる。

其角が「蛍」という夜の季語を用いたのに対し、芭蕉は「朝顔」という朝の季語を用いる。其角が「蓼くふ」という奇矯な表現によって酒好きであることを感じ取らせているのに対して、芭蕉は「食《めし》くふ」と率直な表現を使い、朝顔を見ながら朝ごはんを食べる普通の生活のよろしさを説いている。緊密な対照が図られて、芭蕉はまさに其角の句に和しているのである。

芭蕉の句は其角の酒好きを戒めていると読む説もある。しかし、芭蕉も酒を愛し、遊びの味も知らないわけではなかった。夜遊びばかりしている其角に、朝顔咲く朝、飯を食うすがすがしい気分を伝えているくらいに読んでおきたい。戒めるのならば、「和ス」とは言うまい。それよりも漢詩文の引用もせずに「我」を詠み得ている其角の新しさに芭蕉は驚き、共鳴して掲出句を詠んだと考えたい。

最古参、かつ、最大の存在

其角は芭蕉の弟子たちの中で、最古参。延宝二（一六七四）年ごろ、入門している。当時、芭蕉は三十一歳、其角はわずかに十四歳であった。なんという早熟か。二人の作品の傾向は大きく異なっている。芭蕉の句がことばの技巧を抑えて閑寂味を追求していくのに対して、其角の句は技巧をこらして華やかな世界を組み立てていく。二人の作品の違いは、すでに其角の「草の戸に我は蓼くふ蛍哉」と芭蕉の掲出句との間にもはっきりと表れている。このとき、芭蕉三十九歳、其角二十二歳。芭蕉の作品の変化についていけない門弟の多くが、芭蕉と不和になっていく中で、芭蕉と其角とは良好な関係を保ちつづける。ついに其角は大坂に芭蕉をみとり、死後には芭蕉の冥福を祈って、俳諧撰集『枯尾華《かれおばな》』（元禄七年・一六九四年刊）まで刊行している。この師弟が師弟としてまっとうできたのは、芭蕉と其角とがお互いの性格や作品の違いを理解し尊敬しあっていたからではないだろうか。其角は芭蕉門下、最大の存在であった。

今日は其角ゆかりの地を訪ねてみたい。『江戸名所図会』に、其角が最後に住んだ地が示されていた。茅場町薬師堂のあたりに、元禄の末ごろ住み、終焉の地になったという。挿画には薬師堂の縁日の人通りが描かれているが、当時も繁華の地だったのだろう。現在は東京メトロ東西線・日比谷線茅場町駅九番出口を出てすぐの場所である。みずほ銀行兜町支店茅場町出張所ＡＴＭコーナーの前。ここに「其角住居跡」の碑がある。冷房の効いた地下鉄の駅から地上に出ると、暑さが厳しい。碑も灼けている。碑の面している永代通りは交通量が多い。ＡＴＭコーナーの隣には宝くじ売り場もあった。其角は江戸という都市をさまざまに詠みつづけた。たとえば、「鐘《かね》一ツうれぬ日はなし江戸の春」。句意は「巨きな吊鐘ひとつ売れない日はないのだ、江戸の春に」。江戸の経済繁栄とともに生きた其角に、この地はまさにふさわしい場所なのであった。

ＡＴＭコーナー無人冷房裡《り》　實

片陰出づ紙幣を籤《くじ》に換へたれば

（二〇一〇・〇九）

世にふるもさらに宗祇《そうぎ》のやどり哉《かな》

芭蕉

旅の生涯を決定した句

延宝八（一六八〇）年に芭蕉は、江戸の中心の小田原町から東の外れともいうべき深川に居《きょ》を移した。しかし、実は当時まだ芭蕉という俳号は用いていない。桃青という俳号だったのである。翌天和元年、草庵の庭に弟子によって芭蕉一株が植えられた。この芭蕉が勢いよく成長して、草庵は門弟たちから芭蕉庵と呼ばれるようになる。それで、「桃青」という以前の俳号とともに「芭蕉」という新しい号も併せ用いるようになったのである。掲出句は天和二年以前の作と考えられている。深川の芭蕉庵になじむころ、江戸で詠まれているのだ。高弟其角編の俳諧撰集『みなしぐり』に作者名「芭蕉」として所載。『みなしぐり』は言語遊戯的な要素が強かった談林俳諧から抜け出して、蕉門独自の世界を模索しはじめたころの重要な俳諧撰集である。

前書には「手づから雨のわび笠をはりて」とある。自分で竹を編んで紙を貼って、雨を避ける侘びしげな笠を完成させたというわけだ。自作の笠ができたので、残した一句なのである。「笠」は旅の道具であり、旅の象徴となる。笠を作ったということは、旅に出たいという思いが兆していたのかもしれない。

ところで掲出句には、どう探しても季語が見あたらない。しかし、『みなしぐり』では冬の句の中に置かれていて、冬季として扱われていることがわかる。これはどういうことだろうか。

実は、室町時代の連歌師宗祇の代表句に「世にふるもさらにしぐれのやどりかな」（『新撰菟玖波集《しんせんつくばしゅう》』〈明応四年・一四九五年成立〉）があって、芭蕉はその句を本歌取りしているのだ。

宗祇の句は「ふる」に「時雨《しぐれ》が降る」と「人生が経る（過ぎる）」という二つの意味が掛けられている。句意は「世の中を過ごすというのは、しばし時雨が降る間に雨宿りをするようなものだ」。人生の短さ、はかなさを詠んでいる句である。本歌である宗祇の句を思いだせば、時雨に思い至る。掲出句は時雨という冬の季語が隠された句なのである。芭蕉の句意は、「人生とは、宗祇が時雨の間に雨宿りしていた短い時間のようなはかないものだ」となる。

宗祇の句と芭蕉の句との違いは、ただ一語、「しぐれ」と「宗祇」だけしかない。現代の文芸意識で考えると、これでは盗作になってしまうだろう。しかし、芭蕉はあえて宗祇の句のことばをほとんど借りることで、宗祇への強い敬意を示した。旅に生きた宗祇の生涯を自分もまた生きてみようと志したのだ。そして、芭蕉はこの句が導いたように、その後『おくのほそ道』の旅など数々の旅に生きたのである。芭蕉のその後の生涯を決定した句と言ってもいいかもしれない。

宗祇、利休ゆかりの寺

東海道新幹線小田原駅下車、箱根登山電車に乗り換え十五分ほどで箱根湯本駅である。雨であるが、八月の末の湯本はたいへんな人出になっている。芭蕉の敬愛した宗祇はこの地で客死し、早雲寺に墓があるという。参りたいと思う。

早川を渡ると、箱根町立郷土資料館がある。一室に早雲寺の歴史が解説されていた。早雲寺は北条早雲の遺命を受けて、二代目氏綱《うじつな》が臨済宗大徳寺の僧を招いて建立した。室町時代、大永元（一五二一）年のことである。豊臣秀吉の小田原攻めに際しては、この寺に本陣が置かれた。秀吉に仕え行動を共にしていた茶人千利休も、この寺に滞在したことがあったわけだ。利休もまた、芭蕉の追慕した人物である。

資料館で早雲寺への道を聞くと、親切に地図を渡してくれた。強い雨の坂を歩いて、寺へと向かう。垣ののうぜんかずらの花が雨に打たれていた。早雲寺の本堂は改装中であるが、本堂前庭には宗祇の句碑を見ることができる。「世にふるも」の句が刻まれていた。笠をかぶった旅人のかたちの句碑が、雨に濡れている。

宗祇の墓は、客殿裏手の墓地の中の大木の下にある。雨の中、蟬がツクツクボーシと鳴きしきっている。ぼく以外誰もいない。金子金治郎著『旅の詩人宗祇と箱根』（神奈川新聞社・平成十一年・一九九九年刊）によれば、この墓には宗祇の遺骨は入っていない。宗祇が死んだ文亀《ぶんき》二（一五〇二）年は、早雲寺創建前である。早雲寺の前身である真覚寺は衰えていたので、宗祇の遺骸は箱根山を越えて、静岡県裾野市の定輪寺《じょうりんじ》に葬られた。しかし、早雲寺の墓が、ここ湯本で宗祇が亡くなったことを示すものになっていることはたしかである。

芭蕉は東海道を何度も往復しているが、宗祇、利休に縁のある早雲寺に参ったという記録は、残っていない。

宗祇の夢にあらはれ定家凌霄花《ていかのうぜんか》　實

蟬の穴内まで濡らす降《ふり》となんぬ

（二〇一四・一一）

氷苦く偃鼠《えんそ》が咽《のど》をうるほせり　芭蕉

漢詩文調の代表句

延宝八（一六八〇）年冬、芭蕉は江戸の中心である日本橋小田原町から隅田川東岸の新開地深川へと移り住んでいる。ひとびとの俳諧作品を評価して収入を得ていく点者としての生活に疑問を持ったからである。掲出句の制作年は、深川に転居した、この年以降の可能性がある。

門弟其角編の俳諧撰集『みなしぐり』に所載。前書に「茅舎《ぼうしゃ》水を買ふ」とある。「茅舎」はみすぼらしい家、芭蕉庵を指す。当時深川は江戸時代の水道である上水がまだ整備されておらず、飲料水は水舟から買うしかなかったのだ。

「偃鼠《えんそ》」とはどぶねずみのことである。句意は「買っておいた水は寒さですっかり凍ってしまい、舐めると苦い味がする。どぶねずみのようにわずかに咽を潤すばかりである」。

「偃鼠」は当時の芭蕉が愛読していた、中国の思想書『荘子』（逍遥遊篇《しょうようゆうへん》）に登場する動物である。「鷦鷯《しょうりょう》は深林に巣くふも一枝に過ぎず、偃鼠は河に飲むも腹を満たすに過ぎず」による。意味は次のとおり。「小さな鳥であるみそさざいはどんな深い林に巣をつくっても、たった一枝を用いるにすぎない。どぶねずみは大河の水を飲んでも、小さなその腹を満たすにすぎない」。喩《たと》え話によって、人間はそれぞれの分を知って生きるべきことを教えたものである。

あえて不便な新開地深川に生きる芭蕉は、自分自身を小さなどぶねずみに重ねている。隅田川の悠々たる流れを見て暮らしていると、自分がねずみのような小さな存在に感じられてくるだろうことも理解できる。『荘子』に用いられていることば「偃鼠」を使って、貧しい自身の境涯を表現した漢詩文調の代表句である。

上水でアルバイトする芭蕉

芭蕉が、当時水を買っていたという事実が、驚きだった。そして、大都市江戸に住むひとびとにとって、飲み水をはじめとして生活の水はいったいどうなっていたのか、詳しく知りたくなった。調べてみると、東京都水道歴史館という施設があって、江戸時代から現代までの水道の歴史についての展示があるということだ。ぜひとも訪ねてみたくなった。

冬晴れの午後、中央線御茶ノ水駅に下車。御茶ノ水橋口を出てお茶の水橋を渡り、外堀通りを横断して左折、順天堂大学にはさまれた道を北へと進むと、東京都水道歴史館がある。

江戸時代の上水に関する展示は、二階である。江戸開府以前、天正十八（一五九〇）年、小石川上水（後の神田上水）が開設されることから、江戸の上水の歴史は始まる。その後、玉川上水なども開設されて、江戸に住むひとびとは上水の豊かな恩恵を受けていた。

地下に埋められて上水の水を通した木樋《もくひ》、江戸のひとびとが水を汲み上げた上水井戸など、発掘された実物が展示されていて、迫力がある。江戸時代すでに地下に木樋という水道管を敷設していたのである。ぼくらは、蛇口をひねれば即座に澄んだ水が出るという環境に暮らしていて、それを当たり前のことと思っているが、その基は江戸時代に用意されていたのである。

延宝時代、芭蕉が暮らしていた日本橋には、神田上水によって、たしかに生活の水は届いていた。しかし、隠棲した隅田川東岸の芭蕉庵には、まだ上水は届いていなかった。あえて住みにくい環境に身を投じた芭蕉の勇気を思う。そして、住まいにおける上水環境の差が、掲出句を生んだということを確認する。

歴史館三階のライブラリーの書棚で『東京の水売り（都史紀要三一）』（東京都・昭和六十年・一九八五年刊）という一冊を見つけた。この書によれば、深川地域で売られた水は、神田・玉川上水の放流地点から汲み上げた川の水だったという。現代の衛生観念からすると、かなり問題があるものだ。氷の苦さもみずからの単なる貧寒の表明だけではないかもしれない。

実をいうと、延宝期の三十代の芭蕉は仕事で上水にたずさわっていたことが、わかっている（芭蕉の門人許《きょ》六《りく》編『本朝文選《ほんちょうもんぜん》』〈宝永三年・一七〇六年刊〉の作者列伝）。俳諧だけでは食べてはいけなかった芭蕉が、アルバイトとして勤めた仕事で、神田上水の水質の監視や手入れ、掃除などを行っていたらしい。芭蕉が江戸の庶民にたちまじって働いていたということは、興味深い。それも上水に関わる仕事をしていたという事実に惹かれる。水路を見回りながら、江戸のひとびとの暮らしの裏表も見ていたことだろう。

蛇口の水受けてコップや花八つ手　實
返り花フランスの水買つて飲む

（二〇一六・〇一）

第二章／野ざらし紀行

貞享元年から貞享四年
（一六八四年から一六八七年）

芭蕉、初めての文学行脚。
同じ志を持つ仲間を各地に訪ね、
俳諧の新しい潮流を
さらに深めようとする旅でもあった。

【解説三】『野ざらし紀行』　取り合わせ俳句の発明

芭蕉が旅中の記録を貞享二（一六八四）年以降に紀行文にまとめたものである。

貞享元年旧暦八月、四十一歳の芭蕉は、江戸深川の庵を発ち、故郷伊賀へ向かった。その後、吉野、美濃、尾張を経た後、伊賀に戻り越年、京を経て、ふたたび尾張を訪ね、甲斐に立ち寄り、四月末日、江戸に帰着するという、九カ月に及ぶ旅であった。

この旅中、芭蕉は、現代の俳句に寄与する、二つの試みを行っていると考えている。

一つは取り合わせ俳句の発明である。季語とそれ以外のフレーズとの取り合わせを試みている。

秋風や藪も畠も不破《ふわ》の関

芭蕉は、数々の取り合わせの名句を作ったが、この句はその最初期のものである。この影響は、現代の俳句に至るまで大きい。詳しくは、本文を参照ください。

このことばとフレーズの響き合いを大切にする叙法は、連句の、意味を越えた付け方、匂い付けとも関わるもの。この旅で、名古屋の連衆と名作『冬の日』五歌仙を残していることとも関わっていよう。

もう一つ現代の俳句にもたらしていると思うのは、瞬間の発見ということ。

馬上吟
道のべの木槿《むくげ》は馬にくはれけり

俳句という極小の詩が、もっとも生きるのは、瞬間においてだと考えている。時間を瞬間まで絞りきることによって、像をくっきり立ち上がらせる、そのような試みをこの句において行なっていると考えている。

古池や蛙飛《とび》こむ水のおと　『はるの日』

この有名な句も、瞬間の発見に関わっているとぼくは考えているが、紀行中「道のべの」の句はさらに先行する。

先述したように、この旅中、尾張で芭蕉は『冬の日』の歌仙を巻き、才能ある弟子たちを得た。その中に芭蕉の生涯でもっとも愛した弟子、杜国《とこく》がいた。

尾張名古屋の他に、伊勢山田、美濃大垣、近江大津などでも、多くの新たな弟子を獲得した旅であった。

霧しぐれ富士を見ぬ日ぞ面白き　芭蕉

厚い雲の中の富士

貞享元（一六八四）年秋、芭蕉は江戸深川の庵を発ち、東海道を西に進み、故郷伊賀へと向かう。芭蕉四十一歳。『野ざらし紀行』の旅であった。

掲出句は『野ざらし紀行』所載。「関こゆる日は、雨降《ふり》て、山皆雲にかくれたり」（箱根の関を越える日は、雨が降って、富士山をはじめ山はみな雲の中に隠れてしまった）という一文に続いて掲載されている。「霧しぐれ」は霧と時雨の中間的な現象、時雨が降っているとまでに感じられる濃厚な霧である。句意は「濃い霧のために眼前に見えるはずの富士山を見ない日となった。それもまた、面白い」。

東海道新幹線三島駅で降りる。残暑厳しい日の午後である。ホームから眺めると、駅の北に壮大な富士山がそびえているはずだが、今日は雲の中である。その風景もまた、掲出句にふさわしい。南口に出て、東海バスに乗車、箱根を目指す。出発前、バスの運転手さんに「富士山が見えないですね」と話しかけると、「暑い時期は、駿河湾から蒸気が上がって雲をつくるので、富士山は見えないことが多いです。よく見えるのは、やはり寒い時期です。そのころまたいらしてください」と明るく答えてくれた。

三十分ほど乗って、「山中城跡」という停留所で降りる。山中城は、北条氏の城である。小田原の役の際、豊臣の大軍のために半日で落城した悲劇の城だ。標高はかなり高い。下界の三島に比べると、暑さも和らいで過ごしやすい。そこから一キロほど三島方向に徒歩で戻ると、富士見平に着く。ドライブインの店頭に掲出句の句碑が建っている。巨大な長方形縦型の句碑で、気をつけていれば、バスから降りなくても見つけられるかもしれない。昭和五十三（一九七八）年、当時の三島市長によって建てられた。この地が選ばれたのは、「富士見平」という地名からの縁だろう。

富士の姿を見たいと思いつつ一日、箱根を歩いてきた芭蕉が、三島側に降りてきたとき、富士見平という地名に反応して、掲出句を発想した可能性は考えられる。ただ、芭蕉のころから富士見平という地名が使われていたかどうかはわからない。三島市の観光パンフレットには、句碑のかなたに雄大な富士が映っている写真が掲載されていたが、富士山の方面は依然として雲が厚い。句碑の裏を東海道の古道が通っている。石が敷き詰められ、江戸時代の石畳が復元されていた。芭蕉はこの道を下ってきたのだ。

すべてのものに美を見いだす

掲出句を読むことは、「なぜ富士が見えないことが面白いのか」を考えることである。

『野ざらし紀行』には、掲出句の後に「富士」を詠んだ句が掲載されている。この旅に同行した門弟千里《ちり》の句、「深川や芭蕉を富士に預行《あずけゆく》」である。深川の芭蕉庵でつくられた句だ。句意は「深川の庵、庭に植えた芭蕉を、はるかに見える富士山に託して、旅に出ることである」。この句によって、芭蕉の江戸での日常がはるかな富士とともにあったことがわかる。芭蕉は富士のかなたに、故郷の伊賀を、そして、上方を思い描いていた。旅に出てからも、富士の大きさが、東海道の旅の進み具合を示してくれた。

『野ざらし紀行』において、千里の句と芭蕉の句と二つの富士が対比されている。千里の富士は、秋天のかなたに小さいがくっきりと見えているもの。芭蕉の富士は、霧しぐれの中にあって巨大だが見えないもの。遠く江戸からはっきり見えていた富士が、箱根という至近から見ているのに見えないという点に、まず面白みがある。

「富士」は日本文化のなかで、もっとも重要な山である。奈良時代の『万葉集』以来、和歌に詠みつづけられてきた。「富士」は歌枕だったのだ。また、平安時代の『竹取物語』『伊勢物語』など物語の世界にも、重要な地名として登場してきた。絵画にも、さまざまに描かれてきた。現存最古のものは、平安時代の障子絵「聖徳太子絵伝」である。芭蕉は、実際の富士が見えないことで逆に、詠われてきた、描かれてきた、さまざまな富士の姿を想像したはずだ。霧によって生まれた幽玄な空間に遊ぶ楽しみも、面白さの一つと言っていいだろう。

世間では、晴れると「よい天気」と言い、幸福感を覚える人が多い。逆に雨が降ると「わるい天気」と呼び、うっとうしさを覚える人が多いだろう。ところが、掲出句の場合には、富士を隠してしまうため、常識では嫌うべき「霧しぐれ」を、「面白き」と詠んでいる。ここに世間の常識にはくみしない、俳諧・俳句独特の美意識、思想が示されている。「すべてのもののすべての状態に美を見いだす」、それこそが、俳句の根本にある考え方なのではないだろうか。

富士ありぬ秋雲厚く動く奥　實

旧道はいしだたみみち法師蟬《ぜみ》

（二〇一〇・一一）

猿を聞人《きくひと》捨子《すてご》に秋の風いかに

芭蕉

海道第一の早川

貞享元（一六八四）年秋、芭蕉は江戸を発って久しぶりに帰郷の途についた。『野ざらし紀行』の旅である。掲出句は『野ざらし紀行』所載。その旅の初め、富士川のほとりで作られたとされている。

東京も朝から雨であった。東海道新幹線を三島駅で東海道本線に乗り換え、富士駅で下車。駅近くの富士市民センター（現・富士市民交流プラザ）前に立つ句碑をかなり強い雨の中に見る。この碑の文字は芭蕉自筆、句の前後の文章も彫られている。激しい筆勢である。

「富士川のほとりを行《ゆく》に、三《み》つ計《ばかり》なる捨子の、哀気《あはれげ》に泣有《なくあり》」。芭蕉は捨て子と会った。天和年間は全国的な凶作が続き、捨て子は少なくなかったと考えられる。彼の句文のなかで社会の問題について触れているものは他に見当たらない。貴重な一例である。

富士駅から身延《みのぶ》線に乗って甲府方面へ一駅、柚木《ゆのき》で降りる。ここから旧東海道を歩いて約一キロで富士川。晴天だったら大きな富士を仰げるだろうが、今日は厚い雨雲に遮られて見えない。富士川は日本三大急流の一つ。『東海道名所記』（万治二年・一六五九年刊）が「海道第一の早川なり」と書いているとおりである。雨でさらに水量を増している。水色のアーチが美しい富士川橋から見下ろすだけで目が回る。かつてここは渡し場であった。江戸時代の旅人は渡し舟または徒歩で渡ったとのことだが、こんな日は歩いて渡ったのでは流されてしまう。

岸辺で『野ざらし紀行』を開く。「この川の早瀬にかけてうき世の波をしのぐにたへず。露計《ばかり》の命待《まつ》まと、捨置《すておき》けむ」。捨て子の親の心を推し量っている。大意は「子の命が消えるまでに往来の人が情を掛けて引き取ってくれるのではないかと期待しつつ、世の荒波から守ることができずに置き捨てたのであろう」ということになる。「小萩《こはぎ》がもとの秋の風、こよひやちるらん、あすやしほれんと、袂《たもと》より喰物《くひもの》投げてとほるに」。芭蕉の子への心配と行動である。幼児が今夜、死んでしまうか、明日は弱ってしまうだろうか、と案ずる。そして、袂の中の食べ物を与えて通ったというのだ。

現在の感覚からすると、せめて役所などに届け出ることはできなかったろうかとも思うのだが、旅を急ぐ芭蕉の立場としては責任も時間も取れるものではなかった。ただ、何もせず通り過ぎたのではない。気休めとしても食べ物を与えていることを忘れてはならない。年齢は「三つ計」とあるから、片言は話せる。芭蕉自画自筆巻子『甲子《かっし》吟行画巻』のこの場面に描かれている子どもは、足腰も立っている。

発句は飢えた子を救えるか

そして、掲出句である。「猿を聞人」とは中国の詩人たちを指す。杜甫に「猿ヲ聴キテ実ニ下ル三声ノ涙」という詩句があった。俳文学者、尾形仂《おがたつとむ》によれば揚子江上流の急流地帯、巴峡《はこう》を下る旅人が両岸の断崖の猿の声を聞いて、一声に涙し、両声衣を沾《ぬ》らし、三声腸を断つというのが旅愁の詩のパターンであった。なぜ猿の声に涙するかといえば、〝断腸〟の故事による。子を失い死んだ母猿の腸が、悲しみのあまりちぎれていたという。これが漢詩文に取り入れられてきた。巴峡で猿の声に感動している詩人たちに、富士川の捨て子の泣き声をどう聞くのかと問い掛けているのである。巴峡の内、もっとも知られているのが巫峡《ふきょう》である。中世の旅行記『海道記』の富士川の描写に「この河中にこそ石を流す。巫峡の水のみ、なんぞ舟をくつがへさんや」という部分がある。大意は、「この河の中に石を流している。巫峡の水ばかりが、どうして舟をくつがえすのだろうか、富士川の水もくつがえす」。富士川と巫峡とが重なって、この句の発想を支えているとするのも尾形説である（『野ざらし紀行評釈』角川書店・平成十年・一九九八年刊）。

戦争が起きるたびに俳句で時事を詠むことの可否が問われる。今度のイラクでの戦においても同じだった。その度にぼくはこの芭蕉の句を思い出す。平和で安全な場所にいて、戦争を詠うというのはどういう意味があるのか。詩に戦争を終わらせる力があるのか。芭蕉は捨て子を前にして、句が投げ与えた食べ物ほどにも意味がないということを知っていた。杜甫の詩には政治性が濃い。乱れた世をよくしたいというメッセージが含まれていた。そんな詩人たちに対して、「捨て子の声をどう聞くか」と問うていることは、詩の有用性を問うことでもあったのではないか。句が何もできないことを残念ながら確認することではなかったか。

現在、子どもが大人の犯罪の犠牲になるという事件が相次いでいる。世界でも戦争や貧困などのためにたくさんの子どもたちが犠牲になっている。それは未来への可能性を失うことだ。この句は現在でも生きていて、胸ぐらを摑んでくる。広く考えれば「猿を聞人」とは詩文、俳句にたずさわっているぼくら、杜甫の詩や芭蕉の俳句に心を動かされるぼくらをも指し示しているのではないか。

（二〇〇三・一〇）

富士川の濁りて早し秋燕　實

荒涼と濁流秋の深みけり

道のべの木槿《むくげ》は馬にくはれけり

芭蕉

揺れつつ移動する視界

貞享元（一六八四）年旧暦八月、芭蕉は江戸を発って、東海道を西へ向かう。郷里の伊賀上野を目指しているのだ。『野ざらし紀行』の旅である。掲出句は、その旅の途上に詠まれ、『野ざらし紀行』に掲載されている。「馬上吟」と前書が付けられていた。芭蕉は馬に乗っていて、眼前に広がる景を詠んでいる。視界は歩行している場合より、ずっと高いところにある。馬の歩みとともに、視界は揺れつつ移動していくわけだ。芭蕉の移動する視界をしかと示したということで、この前書はよく機能している。

句意は明瞭。「道の傍らに咲いていた木槿の花を目に止めた。馬が歩を進めるにしたがって、木槿の花はしだいに大きくなってくる。しかし、もっとも近づいた瞬間に、木槿は自分が乗っている馬に食べられてしまった」。

素直に自然と向き合っている名句である。貞享時代の芭蕉の句には、いまだ破調で、堅苦しく難解な調子のものが少なくない。その中で、元禄時代の『猿蓑《さるみの》』（去来、凡兆編・元禄四年・一六九一年刊）期の平明な自然観照を先取りしているのだ。芭蕉の弟子、許六は俳論書『歴代滑稽伝《れきだいこっけいでん》』（正徳五年・一七一五年刊）の中で、芭蕉はこの句によって、当時流行していた談林俳諧を超えた、新しい境地に至ったという意味のことを記している。

さて、掲出句はどこで詠まれたのだろうか。『野ざらし紀行』の中には、地名は明記されていない。ただ、大井川で詠まれた句と佐夜の中山で詠まれた句の間に置かれている。つまり、東海道の宿場で言えば、金谷宿あたりで作られたと考えるのが自然ではないだろうか。

東海道新幹線掛川駅下車、東海道本線に乗り換え、金谷駅下車。梅雨時で雨は降ったり止んだり。湿度が濃い。駅の裏手の長光寺《ちょうこうじ》境内に、掲出句の句碑があった。昭和三十一（一九五六）年建碑。句碑の存在は、掲出句がこの地金谷で詠まれたと考えたひとがかつていたことを意味する。句碑の脇には、木槿が植えられているが、葉が青々と茂るばかりで、花の気配はまだない。

句碑を見ていると、寺の奥様が帰って来られた。「木槿はいつごろ咲くのでしょうか」と聞くと、「八月にならないと咲きませんね」。「句碑を見に来られる方はたくさんいらっしゃいますか」と聞くと、「ええたくさん、遠方から見えます。雨が降りそうなところ、ご苦労さまでした」とねぎらいのことばまでかけていただいた。

消えない残像

長光寺を出て、旧東海道を歩いてみる。日坂方面へ向かって、坂を上って行く。道の両側には、家が建ち並んでいる。庭に草木を植えている家も少なくない。その中に、木槿を植えている家があった。その木槿は早くも花を付けていた。白い花で、そのはなびらにはたくさんの雨滴がついている。この家にお住まいの方は、掲出句が当地で詠まれた縁で、木槿を植えたのかもしれない。

実は掲出句には「出る杭は打たれる」という諺が重ねられることが江戸時代以来、少なくなかった。道に近く咲いたので、木槿の花は馬に食べられてしまったのだ、という理屈である。明治時代を代表する俳人、正岡子規も同様に読み、掲出句に対して、「此句《この》は文学上最下等に位する者なり」と酷評している（「芭蕉雑談」〈『日本』明治二十六〜二十七年・一八九三〜九四年〉）。

しかし、その読みはつまらない。ぼくは掲出句が名句であると考えている。その理由は、掲出句には瞬間の変化のイメージがたしかに描きとめられているからだ。馬に木槿の花が食われてしまった瞬間である。その瞬間以前には花がしかとあった時間が流れていて、その後には木槿がなくなってしまってからの時間が流れている。食べられた瞬間の鮮やかさに、木槿はなくなってしまっても、芭蕉の視界には木槿の残像が浮かんでいるような気がする。

木槿は朝開いて、夕にはしぼんでしまうはかない花、その花が夕を待たずに、食べられて消えてしまう。いのちという存在のあまりのはかなさと、残されたものにとってあくまで消えない残像とが示された、と考えることもできよう。昨年の震災のことを思わないではいられない。

さらに坂を上って行くと、石畳になる。「平成の道普請」で、江戸時代の東海道を再現したものである。ただ、大きな石が並べられているため、雨の日は石の上で靴が滑る。急に疲れと空腹と眠気とを覚えた。もはや山中と言える場所である。東海道に古くから棲み着いているヒダル神にとり憑かれたのかもしれない。バッグの中には口に入れるものはない。とりあえず金谷駅まで戻ろう。

白木槿はなびらに着くあまつぶよ　實

木槿垣ヒダル神いつ憑きたるや

（二〇一二・〇九）

僧《そう》朝顔幾死《いくしに》かへる法《のり》の松

芭蕉

仏教美術の宝庫、當麻寺

貞享元（一六八四）年旧暦九月、芭蕉は久しぶりに故郷の伊賀上野に戻り、前年没していた母の遺髪を拝んだ。そして、大和を行脚し、當麻寺《たいまでら》を訪れた。『野ざらし紀行』の旅である。當麻寺は、飛鳥時代開基の古寺。現在の宗派は、高野山真言宗と浄土宗の並立となっている。

掲出句は、『野ざらし紀行』所載。當麻寺の境内にある松を詠んだものである。句意は次のとおり。「仏縁によって長寿を保ち、聳えている松の巨木よ。近くに朝顔が咲いているが、この松がここまでに育つまでに、寺の僧は幾代死に替わり生き替わりしただろうか。朝顔は幾代咲きしぼんで来たのだろうか」。

近鉄南大阪線当麻寺駅下車。峰二つが明らかな二上山《ふたかみやま》を望みながら、薄暑の道を十五分ほど歩く。東大門に入って西へ進むと、塔頭《たっちゅう》（寺内にある小寺院）の「中之坊」があり、その門前に芭蕉が詠んだ「法の松」の枯株があった。時を経て炭化している株には、屋根が掛けられている。松の木は、芭蕉が訪れた約五十年後、はかなくも嵐のために倒れてしまったのである。けれども、枯株がかたづけられずに現在に至っているのは、芭蕉が詠んだ掲出句があったからだろう。掲出句の句碑は、中之坊の玄関前にある。俳諧研究も行った俳人、野《の》田別天楼《だべつてんろう》筆。中之坊の庭はよく丹精されている。芭蕉はここで朝顔の花を見たのかもしれない。

當麻寺には白鳳時代以来の建築、彫刻、絵画が満ちあふれている。曼荼羅《まんだら》堂には當麻曼荼羅がある。天平時代、伝説上の人物、中将姫《ちゅうじょうひめ》が極楽浄土の景を織ったとされる蓮糸《れんし》曼荼羅は、公開されてはいない。掲げられているのは、蓮糸曼荼羅を江戸時代に忠実に写した貞享曼荼羅である。保存がよく、きれいだ。前にカルピスの壜が三本あげてあった。信仰は生きている。

仏像もすばらしい。ことに金堂の弥勒菩薩座像と四天王立像は、白鳳時代のもので、立ち去りがたい。見上げていると夏鶯が大きな声で鳴きだした。

建築で特筆すべきは東西の三重塔。東塔、西塔ともに天平時代のもの。日本で、この寺以外に古代の二つの塔が残っているところはない。東塔の下に行くと、今年生えた竹が、勢いよく天に向かっている。奥院《おくのいん》には、東西両塔を見わたせる場所がある。名物の牡丹の時期は過ぎたところだったが、山法師《やまぼうし》や紫陽花《あじさい》が咲きはじめていた。

松と朝顔、法と僧

『野ざらし紀行』の掲出句の前には、芭蕉による當麻寺に関する文が置かれている。口語訳を次に示してみよう。

「當麻寺に参詣して、庭のほとりの松を見ると、だいたい千年を経たもののようだ。その大きさは『荘子』にある『牛をかくす』という形容があてはまるほどのものだ。寺の庭に生えたという仏縁によって、斧で切り倒される罪を免れたのは、松にとって幸いで、仏の慈悲の尊いことであった」。

芭蕉は當麻寺の建築や美術品に触れようとはしない。境内の松の大木だけを取り上げている。そして、描写するにあたって、中国の古典『荘子』のことばを用いている。「牛をかくす」ということばは『荘子』の「実用に役に立たぬ木は、かえって伐採されることなく巨木となる」というエピソードの文章に用いられているものなのだ。このエピソードは、つまり、「無用の用」を説くものである。しかし、當麻寺の松の木は、けっして無用の木ではない。建築材などにも用いられるために斧で切り倒されるべき有用のもの。そこに諧謔味《かいぎゃくみ》が生まれている。有用な木であるはずの松が、伐られずにこれほどまでに大きくなったと書いたことは、仏の慈悲の尊さをあきらかに眼に見せる芭蕉の工夫である。

さて、掲出句には松と朝顔、法と僧という二つの対極的存在が詠み込まれている。千年育ってきた松と、数日で枯れてしまう朝顔。永遠に輝きつづける仏法の真理と、数十年で死んでしまう僧。松の古木に仏法の真理を重ね合わせているのである。さらに、いま咲いている朝顔に、古代以来繰り返し咲いてきた朝顔を想像し、いま曼荼羅に祈りをささげている僧に、飛鳥時代以来延々と後を継いできた僧の姿を思っている。僧と朝顔の上には、輪廻の姿を見ているのかもしれない。結果として、古代より宝灯を継いできた當麻寺への賛歌となっている。

変化していくものと、変化しないものとを対比しつつ、そこに相通ずるものを見てとる発想には、芭蕉が後に説く俳諧理念「不易流行」に連なるところがある。當麻寺と縁を結ぶことによって、前年亡くなってしまった母の冥福を念じてもいるのだろう。

寺を出ると、はや夕暮。夕日が二上山に落ちつつある。いにしえの大和の人はここに浄土の景を見たのだ。

當麻曼荼羅カルピス原液あげてある　實

東塔と西塔今年竹きそふ

（二〇〇九・〇八）

露とく〳〵試《こころ》みに浮世《うきよ》すゝがばや

芭蕉

大峯奥駈道を登る

貞享元（一六八四）年旧暦九月、芭蕉は故郷の伊賀上野にしばらく逗留した後、吉野へと向かった。吉野は、和歌に詠み込まれた土地、歌枕であり、芭蕉が敬愛した平安時代末期の歌人、西行が庵を結んだ地でもあった。『野ざらし紀行』の旅の途中である。

掲出句は『野ざらし紀行』に所載。吉野の西行庵を訪ねた際、庵の近くの苔清水《こけしみず》、別名とくとくの清水で詠んでいる。句意は「とくとくの清水の露が、今もとくとくと音を立てて滴っている。ためしに西行にならって、その露で浮世の俗塵をすすいでみたいものだ」。

五月の末、近鉄吉野線吉野駅に下車。午後の早い時間であるが、まるで夕立のような激しい雨が降っている。ちょうど駅に来て客を下ろしたタクシーに乗り込んだ。この激しい雨では、山中にある西行庵に行くのはあきらめなければならないか、と思っていると、みるみる雨勢は弱まって、ついには太陽の光まで差してきた。吉野の天気は不思議だ。

吉野のもっとも奥、金峯神社《きんぷじんじゃ》でタクシーを降りた。山中へと緑の中の道を登っていく。この道は吉野と熊野を結ぶ、修験道の修行の場としての道、大峯奥駈道《おおみねおくがけみち》の一部である。運転手さんによれば、「道標に注意して歩いていけば、十五分くらいで着きますよ」とのことだが、ぼく以外の誰一人いない。どこか心細い。この心細さとともに芭蕉は旅をしたのだと思う。ふだんのぼくらが忘れている感覚だ。いままで訪ねてきた芭蕉ゆかりの地は、すべて人の気配のある場所であった。しかし、ここだけは違う。桜の季節以外は、ほぼ人気がない。人間の住む世界とは違う、異界に近い場所であるように感じられる。

「とくとく」という音

尾根に出ると視界が開ける。ここから谷底へと下りてゆくと、清水がある。とくとくの清水である。西行も芭蕉も使った清水なのだ。竹を伝ってわずかながら、水が流れ出ている。溜まっている水に手を浸すと、冷たい。今でもこの水は生きている。芭蕉は『野ざらし紀行』において、次のような意味のことを書いている。「とくとくの清水は、西行の昔と変わらないように見えて、今もとくとくと雫が落ちている」。「とくとく」という音に芭蕉はいっしんに耳を澄ましている。

この音は、西行が作ったとされる、次の和歌が典拠となっている。

とくとくと落つる岩間の苔清水汲み干すほどもなき住居かな

歌意は「とくとくと音を立てて湧き落ちている岩の間の苔の生えた清水よ、そこに湧いた水を汲み尽くしてしまうこともないささやかな庵暮らしであることよ」。俳文学者尾形仂によれば、この和歌は、『吉野山独案《ひとりあん》内《ない》』（寛文十一年・一六七一年刊）という当時の旅行指南書に西行作として掲載されているが、西行作という確証はないという（『野ざらし紀行評釈』）。芭蕉は虚実綯《な》い交ぜとなっている西行からインスピレーションを受けているわけだ。伝西行歌と共振するように、『野ざらし紀行』の文章部分を書き、掲出句を記しているのである。

「とくとく」なる語は文章に二回、発句に一回現れる。気持ちのいい音だ。酒好きのぼくは、徳利から酒が出る音、ボトルからウイスキーが出る音を思わず連想してしまう。液体が出すもっともいい音と言ってもいい。

心臓の鼓動の音にも聞こえる。清水の音を介して、西行の鼓動と芭蕉の鼓動とが重なるような心地である。

伝西行歌の「とくとく」には、「疾《と》く疾く」も掛けられているかもしれない。この世に執着せず、はやく浄土に生まれ変われよ、という仏教の思想が流れ込んでいる可能性がある。どの感じ方においても、生の本質と関わっていることばであるという印象が強い。清水に屈みこむと、かすかな雫の音がほんとうに「とくとく」と聞こえてきた。あらためて芭蕉が身近に感じられる。

谷の道をすこし歩くと西行庵があらわれる。少し開けた場所に小さな庵が復元されており、中には木彫りの西行の座像が置かれている。『野ざらし紀行』には次のような意味のことが書かれている。「柴刈りの通う道ばかりがあって、人里とは険しい谷で隔てた庵のさまが、西行の清らかなこころを思わせて、たいそう尊い」。芭蕉は西行庵の場所とたたずまいに西行のこころの清らかさを感じ取った。『吉野山独案内』には、「西行が庵を結んだ跡には小堂があり、西行像が置かれている」と書かれているから、芭蕉も現在とほぼ同じような景を見ていたということになる。

庵の傍には、倒木があった。苔が生え、草が生え、土に戻りつつあった。

あめつちにとくとく清水雫なす　實
苔清水歯朶《しだ》の葉濡れて照りわたる

（二〇一一・〇八）

御《ご》廟《びょう》年《とし》経て忍《しのぶ》は何をしのぶ草《ぐさ》

芭蕉

北を向く天皇陵

貞享元（一六八四）年秋、芭蕉は江戸を出発、伊勢を経て、故郷の伊賀上野に戻る。前年、芭蕉は母を失っていたのだ。江戸から同行していた門人千里と、この後別れて、一人吉野山に入っている。『野ざらし紀行』の旅である。吉野では、西行庵と後醍醐天皇陵を訪れたことが紀行文に残されている。西行は芭蕉のもっとも敬愛した歌人であるから当然なのだが、後醍醐天皇陵を訪れているところにはっとする。芭蕉の句文に、天皇の姿はあまり見えないからである。掲出句は、『野ざらし紀行』所載。後醍醐天皇陵で詠まれている。天皇の御廟は長い歳月を経て、荒れてしまっている。シダ類の一種「しのぶ草」（ノキシノブ・秋の季語）まで生えているが、後醍醐帝の世を偲《しの》ぶとは、いったい何を偲べばいいのだろうか。そのような句意となる。

近鉄吉野線終点吉野駅、いまだ秋暑きホームに降り立ったのは、なんとぼくただ一人であった。春の吉野は桜の花を求めて多くの人が訪れてにぎやかだが、秋の吉野は寂しいまでに静かである。これも芭蕉のころと変わらないのだろう。駅に備えられていた吉野の地図を手にして、歩きはじめた。道の両脇には曼珠沙華が咲いている。芭蕉が『野ざらし紀行』に書いているように、「山を昇り坂を下」りして小一時間で如意輪寺《にょいりんじ》に着いた。この寺は足利尊氏に京を追われた後醍醐帝が吉野に行宮《あんぐう》を定めた際、勅願所となった場所である。

寺の裏山に天皇陵がある。塔尾陵《とうのおのみささぎ》である。石段を上がって陵を拝する。『太平記』には後醍醐帝の思いを「わが骨は吉野の苔の下に埋もれることがあっても、わが魂魄《こんぱく》はいつも皇居のある京の天を望むことだろう」

との意を記している。後醍醐帝はそのことばどおり京のある北に向いて、葬られている。二重の石の柵の彼方に杉などの大木が生えている円墳がある。白い小石が敷き詰められた前庭には強い秋の日が当たって眩しい。清潔に整えられていて、しのぶ草は見出せなかった。帝の怨霊の気配を感じることなどできない。ただ、たくさんの藪蚊が湧き出すように現れ、汗の腕を刺してゆく。

芭蕉の声と帝の声

掲出句には激昂した思いが託されている。まず「御廟年経て」が七音、字余りになっているところからして、ただならぬ雰囲気を感じる。「忍は何をしのぶ草」と「しのぶ」が二度畳みかけられているところにも激情を感じる。「しのぶ」には「偲ぶ」の他に「忍ぶ」という動詞もある。こちらは「こらえる」、「がまんする」という意。この意も重ねられていると考えられる。この二重性によって、句の主体が芭蕉にも、後醍醐帝にもなりうる。芭蕉の立場では「懐古」の意味であった「偲ぶ」が、後醍醐帝の立場になると「忍耐」の意味の「忍ぶ」になっているのではないか。「帝である私、後醍醐が、なにゆえ足利尊氏優勢の世の中をがまんしなければいけないのか」。芭蕉の声の奥から帝の声も響いてくるところに、この句のふしぎな妙味がある。

『野ざらし紀行』にはもう一句「しのぶ草」を用いた句があった。当時、荒れ果てていた熱田神宮に参拝しての句である。「しのぶさへ枯《かれ》て餅《もち》かふやどり哉」。「しのぶ草まで枯れてしまって、昔を偲ぶこともできない、社頭の茶店に餅を買ってしばし休むことだ」という句意。この句も「しのぶ草」に「懐古」の思いを重ねている。しかし、熱田の句の「しのぶ」には「忍耐」の意までは含まれない。そのために、芭蕉は両句ともに生かして『野ざらし紀行』に残していたのである。

中古から中世への変化は、端的に言えば、天皇中心の世から武士中心の世へと変わることであった。後醍醐帝の建武の新政は天皇の側が挙げた最後の反攻であった。芭蕉が後醍醐帝に親しみを持ち、その陵を訪れたのは、木曾義仲《よしなか》、源義経のような敗者に魅かれる心情だけではないだろう。古代に完璧な終焉をもたらしてしまった人への特別な思いもあったのではないか。

江戸時代にも天皇は存在していた。芭蕉在世の時期には、霊元《れいげん》天皇が在位している。幕府の管理下に置かれている天皇が今現在忍耐しているのではないかというところまで、掲出句を広げて考えると、この句はにわかに体制をおびやかす句になるのではないか。芭蕉の句文には、幕府への批判などはいっさい見られなかった。芭蕉自身には勤王反幕府の思いなどなかったと思われるが、この句は危険な一句と読まれる可能性ももっていた。

如意輪寺の宝物殿で南朝の武将楠木正行《まさつら》の辞世の歌、蔵王権現立像など寺宝を拝見した後、帰りはタクシーを頼んだ。運転手さんは後醍醐帝の墓が小さく粗末すぎると、しきりに気の毒がっていた。

後醍醐天皇陵秋の蚊の縞しるし　實

如意輪寺ましろき猫に秋意あり

（二〇〇七・一一）

秋風や藪《やぶ》も畠《はたけ》も不破《ふわ》の関

芭蕉

取り合わせの発明

俳句には取り合わせという作り方がある。季語とそれ以外のものとを合わせて、一つの世界をつくりだすのである。掲出句は、「秋風」という季語と「藪も畠も不破の関」という風景描写とでできている。このかたちは現代の俳句においても用いられることが多いものであるが、最初に意識的に使ったのは芭蕉であるとされている。この手法を得たことによって、五七五、十七音の開く空間が飛躍的に大きくなった。この秋風の句は芭蕉の取り合わせ最初の名句といってもいいかもしれない。今回は美濃、不破の関周辺を歩きつつ、この句について、考えてみたい。

芭蕉は貞享元（一六八四年）年秋、前年亡くなった母の墓参のため故郷の伊賀に帰った。その前後の旅を描いたものが、『野ざらし紀行』であった。芭蕉は故郷を出て、吉野に遊び、山城、近江を経て美濃に入った。

ぼくは東海道新幹線米原駅で東海道本線に乗り換え、名古屋方面へ四駅目の関ケ原駅に降り立った。駅前の観光案内所でもらった案内図を手に国道二十一号を西に向かう。道の両側に商店がある。「和牛」という大きな金の字の看板を掲げた肉屋が目を引く。「和牛上めす肉」「出た！　今年のしし肉」などの看板に見える地方色がうれしい。ただ、交通量が激しい。歩道が狭いのに、トラックなどが通るので、怖い。そのため一本裏手の道を通ることとする。すると、別の世界が広がっていた。厠を外に置く古い家がある。家の裏には畑が作られている。草取りをしていないのであろう。蚊帳吊草が美しい。たくさんの穂が集まって銀色に輝いている。

しばらくいくと関ケ原中学校があった。その庭に関ヶ原の戦いにおける藤堂高虎・京極高知の陣地址が残されていた。高虎は芭蕉の仕えた藤堂良忠（蟬吟）の先祖にあたる。もし、芭蕉が知ったら関心を示したろう。この町には至るところに陣址があり、武将の墓があり、首塚がある。芭蕉がここを通ったのは関ヶ原の戦いの八十四年後。なんらかの感慨はあったと思われるが、それは一切漏らされなかった。芭蕉は源平の戦いに関しては深い関心を示すのであるが、それ以外には興味がないように見える。実際にそうだったのか。それとも徳川政権への障りを感じて触れなかったのか。

秋風に血の匂い

不破関跡に着いた。白く塗られた塀がめぐらせてあり、門の前に「不破関跡」と案内板が立てられている。その隣に元病院の大きな建物があった。芭蕉の「藪も畠も」を暗誦しつつ来たので驚いた。病院を営んでいた方は関守の子孫であるらしい。

関守址の庭内に入ると、さまざまな碑が立てられている。江戸幕府の大学頭、櫻宇《ていう》林《はやし》䚷《こう》から下されたという「美濃国不破故関銘」の大碑が目立つが、そこには芭蕉の秋風の句碑もあった。芭蕉自筆ではなく、獅子門以哉《いさい》派七世道統の野村白寿坊の書。

芭蕉が訪ねたころ、関守はこの地にいなかったのか。ただ、芭蕉の句はこの関址のこの地点に限ったものではあるまい。もっと広く考えたい。

続いて、急坂を登って、不破関資料館を訪ねる。険しい地形を選んであえて関は造られていたのだ。資料館には、発掘調査により出土した古瓦や土器、再現された関の模型が展示されている。

壬申の乱の際、大海人皇子の舎人は「不破道」を塞いだ。ここは畿内と東国とを結ぶ東山道（中山道の旧称）の重要な地点。敵方の東への連絡を断ったのである。そして、戦場にもなった。勝利した天武天皇は乱の翌年、ここに関所を置くことになる。その後、維持が大変なこともあり、延暦八（七八九）年、停廃される。その後のさびれた様子が次の歌に残されている。「人住まぬ不破の関屋の板びさし荒れにしのちはただ秋の風」藤原良経」（『新古今和歌集』）。歌意は「関守が住まなくなった不破の関所の板庇よ、荒れ果てた後はただ秋の風ばかりが吹いている」。関の荒れ果てた様子が都の歌人の旅情を誘ったのであろう。実際に見ているのか、想像で詠んだのかは、わからないが、朽ちつつある「板びさし」に「秋の風」のさびしい音色を聞き取っているのは巧みである。

掲出句は『野ざらし紀行』所載。句意は、「秋風が吹いている。現在の藪も畑ももともとは不破の関だったのである」。芭蕉が「藪も畠も不破の関」という一節に「秋風」を取り合わせたのは、荒涼たる風景にその季語の寂しい雰囲気が合っているからであった。不破関の良経の歌に「秋の風」が用いられていたのも一因であろう。名歌の力が季語を通して句に流れ込んで安定するのである。そして、「板びさし」という具体的な小さなものに絞った古歌に対して、建物が滅びたあとの大きな景を詠んでいるのが対照的。みごとな本歌取である。

不破の関は優雅な歌枕であると同時に壬申の乱、そして、関ヶ原の戦いの古戦場でもあった。それを思うと、この句の秋風にかすかに血の匂いを感じる。

かやつりぐさかがやくみちとなりにけり　實

秋風や山坂がちに不破の関

（二〇〇一・〇八）

宮守よわが名《な》をちらせ木葉川《このはがわ》

芭蕉

神社に落書する芭蕉

貞享元（一六八四）年秋、吉野から美濃、尾張へと『野ざらし紀行』の旅は続いていく。美濃の大垣では、谷木因《ぼくいん》の家に世話になっている。木因は船問屋、つまり船による運送業を営んでいた。芭蕉とは旧知の北村季吟《きたむらきぎん》の同門であった。このころ、芭蕉は木因とともに、伊勢桑名（現在の三重県桑名市）の奥に、多度大社を訪ねている。大垣は揖斐川の上流にある。木因の家業の舟で訪れたのだろう。

掲出句は『野ざらし紀行』未収録。木因著の俳文集『桜下文集《おうかぶんしゅう》』（成立年不詳）に所載。本書にはなんと両人が多度山権現の拝殿に落書きをしていることが、記されている。

木因はまず、芭蕉の名前を書きつける。「武州《ぶしゅう》深川の隠《いん》、泊船堂主芭蕉翁《はくせんどう》」。武蔵（現在の東京都）、深川の隠者、泊船堂（芭蕉の別号の一つ）の主である芭蕉翁。このとき芭蕉は四十一歳、この歳で「芭蕉翁」と自称し、人からも呼ばれている。ここにはユーモアの感覚が含まれていよう。次に木因自身の名を記す。「濃洲大垣観水軒《のうしゅう》《かんすいけん》のあるじ谷木因」。「濃洲」は美濃（現在の岐阜県南部）のこと、「観水軒」は木因の別号である。続けて「勢尾廻国の句商人《くあきんど》、四季折々の句召《めさ》れ候へ」と書く。「わたしたち二人は伊勢（現在の三重県）尾張（現在の愛知県西部）両国をめぐり、新しい俳諧を売り歩く商人です。多度の神よ、わたしたちの四季折々の句をご覧ください」。「句商人」という自称もかなり興じている。酒に酔っているようではないか。

続けて記した発句は次のとおり。

伊勢人の発句すくはん落葉川　木因

句意は「伊勢人の発句を救い、川の落葉を掬《すく》いましょう」。「落葉川」は多度大社の境内を流れる川、実際に落葉も散り込んでいただろう。「すくはん」は落葉を掬うという意と、伊勢人の発句をわれらが新風で救おうという思いとが掛けられている。自信に満ちたというより、傲慢ささえ感じられる句である。

掲出句はこの句の次に書かれた。まず、前書として「右の落書《らくがき》をいとふのこゝろ」と置く。木因の落葉の句を嫌がっているのだ。「多度の神社を守っている方々、木因が書きつけたわが名を、どうか落葉川へと消し散らしてください」という意。そう言いつつも芭蕉も落書きしている。「散らせ」にはわが名を消し散らせの意と落葉を散らせとが掛けられている。ふざけかかってきた木因の掛詞をたしかに受け止めているのである。ここにはまだ若く荒々しい芭蕉がいる。

神仏習合の原点の地

関西本線桑名駅から第三セクター養老鉄道に乗り換え、多度駅下車。晩秋の曇天の午後、二十分ほど、ものなつかしい町並みを歩くと、多度大社に着く。今日は門前に育った句友が同行しているので安心である。宮司を紹介していただき、本宮へと向かう。祭神は天津彦根命《あまつひこねのみこと》、天照大御神と須佐之男命の子にあたる。別宮は天目一箇命《あめのまひとつのみこと》、金属工業の神であるという。社殿には扉が設けられていない。布が掛けられているだけである。社殿の奥が岩の多い山になっている。この山が多度信仰の原点。社殿に扉のないのも、直接ご神体の山を拝する信仰の表れのようだ。

山の中から流れ落ちている川が淵となり、青々と水をたたえている。ここで雨乞の行を行うこともあるそうだ。これが、宮川すなわち落葉川として流れくだる。句友は「実際には地元で落葉川と呼んだことはないのですが」と教えてくれる。「御手洗所」と石碑が立つ川に降りると、ことばどおり、落葉が散り込んでいる。稚魚もたくさん泳いでいた。たたずんでいると、岩陰から蟹が出てきた。なんと鋏に鮠《はや》らしい魚を抱きかかえている。宮司に話すと、「沢蟹は見ますが、そんな大きな蟹がいましたか」と驚かれた。多度の神が姿を変えて現れたかのような気がした。

掲出句の句碑はもともと近くの観音堂にあったというが、現在は境内に移されている。表には「芭蕉翁」と大きく刻み、裏に掲出句が刻まれている。明和六（一七六九）年、伊勢の俳人たちが建てたもの。句のかたちは上五が初案の「宮守よ」ではなく「宮人よ」に、下五が初案の「木葉川」でなく「落葉川」になっている。各務支考《かがみしこう》編『笈日記』（元禄八年・一六九五年刊）などで改められているかたちである。

寛政四（一七九二）年、名古屋の俳人井上士朗《しろう》が木因と芭蕉の落書きを見に訪ねている（『楽書日記』寛政四年・一七九二年刊）。宮人はすぐに消してはしまわなかったのである。果してその後はどこへ行ってしまったのだろう。

宝物殿では裏山の経塚から出土した、平安後期の優美な和鏡、五鈷鈴《ごこれい》を見せていただいた。神仏習合の初期の資料、「多度神宮寺伽藍縁起《たどじんぐうじがらんえんぎ》 並《ならびに》 資財帳《しざいちょう》」も複製ながら見る。世界に宗教戦争が絶えない現在、神と仏とが共存して生きる神仏習合の意義は高まっている。その原点がここに蔵されていた。異物どうしが共存しあうというその思想と、芭蕉の作品世界とは響きあっているのだと感じられるのだ。

経塚の山秋水を落とすなり　實

はさみ出て蟹あゆみだす落葉川

（二〇〇七・一一）

明《あけ》ぼのやしら魚《うお》しろきこと一寸《いっすん》

芭蕉

本統寺の紅葉

芭蕉は貞享元（一六八四）年の晩秋、ともに季吟門であった友人、木因を大垣に訪ね、桑名、熱田に遊ぶ。『野ざらし紀行』の旅である。掲出句はその紀行文の発句の白眉。句意は、「夜明けの空が明るんできた時、川から揚がった白魚は白く、まだ一寸しかない」。その句が生まれた地、桑名を歩いてみたい。桑名は東海道の宿駅の一つ。宮宿（現在の愛知県名古屋市熱田区）まで海上七里の舟渡があった。

東海道新幹線名古屋駅で関西本線に乗り換え、約三十分で桑名駅である。駅前の観光案内所で芭蕉旧跡を訪ねたいと言うと、担当の女性の口からすぐ「明ぼのや」の句がすらすらと出た。この句も土地の人に愛されているのだ。「自転車で回ってみませんか」と言われる。地図ももらい、観光協会の自転車に乗って出発である。まずは、本統寺である。駅前の八間通りを揖斐川の方に向かう。ここは芭蕉が滞在した寺。『野ざらし紀行』には「本当寺」とあるが、誤り。門の大きな看板には「桑名別院」と掲げられてあるが、それは別称であった。この寺の三世大谷琢恵《たくえ》は俳号を古益《こえき》という季吟門の俳人、同門の縁で芭蕉は木因と訪ねているのである。

大寺で寺域も広い。その一角に芭蕉句碑が立つ。「冬牡丹千鳥よ雪のほととぎす」。この句はこの寺での会に出されたもの。主、古益の丹精を込めた冬牡丹を見ての挨拶吟である。「川の方から千鳥の声が聞こえてきた。本来、夏の景物である牡丹に対して冬の鳥、千鳥が鳴くとは、雪という冬の景物に対して夏のほととぎすが鳴くようなものである」と詠う。季重なりだが、季語が何と四つも使ってあるのが異例。それぞれが華麗なことばであるところに風狂の気分が表れている。見渡してみるが寺の庭には冬牡丹らしき木は見えない。一本の楓がみごとに紅葉していた。

浜の地蔵堂へ

春日神社前の青銅の鳥居を経て揖斐川に出る。鳥居は寛文七（一六六七）年再建のもの、芭蕉も見上げているだろう。七里の渡は桑名宿と宮宿を結ぶ東海道唯一の海上航路。ここの渡し場は芭蕉も乗った渡し舟の出た場所であるが、水門の改修工事をしていて懐旧の思いになかなか浸れない。揖斐川沿いの道を南下し、掲出の句が詠まれた浜の地蔵堂を目指すのであるが、かなり交通量が多くて、自転車では心細い。だが行くしかない。桑名港（赤須賀漁港）を左に見ていく。小さな二、三人用の漁船がぎっしりと集まっている。ここに蛤、蜆、そして、白魚が揚がるそうだが、白魚の漁獲高は年々少なくなっているとのことだった。残念である。堤防の下は漁師町、堤防に靴が何足か干してある。

国道二十三号の揖斐長良大橋をくぐると地蔵堂が見えてきた。揖斐川、長良川の河口近くである。初出の木因著『桜下文集』には、

雪薄し白魚白きこと一寸　芭蕉

の形で掲載されている。上五が「雪薄し」である。句の成立の状況も書かれている。

木因と芭蕉は舟を仕立てて河口近くで桑名名物の蛤や白魚を手ずから取って、遊んでいたのだ。芭蕉の句に添えられた木因の句は「白魚に身を驚くな若翁　木因」。句意は「白魚を見て、その身の白さ小ささに驚くなよ、若き翁、芭蕉よ」。この木因の句を見ると白魚を得て声を上げはしゃいでいる芭蕉の姿が見えるようだ。その雰囲気のなかで掲出句も作られた。「雪薄し」という寒さのなかであえて白魚をすくっているところに風

狂の姿勢が表れているのである。

ところが、『野ざらし紀行』になると前書はがらっと変わる。「草の枕に寝あきて、まだほの暗きうちに、浜のかたに出でて」となる。旅寝から覚めた芭蕉は、泊まった本統寺から直接、舟遊びなしで一人浜辺に出たとしている。木因との馬鹿騒ぎの雰囲気も消し去られている。

舟遊びの後、芭蕉は地蔵堂の壁に句を書きつけた。句自体も上五が、「明ぼのや」に変えられている。雪が消されたことで、季重なりは解消され、視点は白魚のみに集中している。「白魚」は重頼編の辞書・季寄・俳諧撰集『毛吹草《けふきぐさ》』などが春の季語として取り上げていた、俳諧の新季語であった。俳文学者尾形仂は『野ざらし紀行評釈』で唐の大詩人杜甫が白魚の類を詠んだ詩「白小」の「白小群分《グンブン》ノ命、天然二寸ノ魚」を思いだして、それを現実観察と文芸的機知を支えに「一寸」として冬の白魚にしていると解説している。ふつうの白魚は長さ六、七センチなので一寸、約三センチはたしかに幼魚なのだろう。その姿が可憐である。そこにむき出しの命そのものが描かれているのだ。

浜の地蔵堂はもともと堤防の上にあったらしいのだが、伊勢湾台風で住職一家ともども流されてしまった。本尊の地蔵も芭蕉句碑も同時に流失してしまったのだが、その後、堤防の下に再建されている。掲出句の真筆を拡大した句碑は見上げるばかりである。堤防の上に再建された常夜灯の脇に立って川の面を見ると、一艘の舟も出ていない。ただただ流れている。

ひともとの冬紅葉なりしんしんと　實

冬の草揖斐と長良ととけあへる

（二〇〇二・〇二）

あそび来《き》ぬ鰒《ふく》釣《つり》かねて七里迄《まで》

芭蕉

海路の東海道「七里の渡し」

貞享元（一六八四）年冬、芭蕉は、当時親しかった友人木因とともに、伊勢の多度と桑名を経て、尾張の熱田に遊んでいる。木因と芭蕉とは北村季吟の同門で共に俳諧を学んだという関係であった。木因の職業は、美濃大垣の船問屋。船による運送業である。

東海道は、すべてが陸路ではない。船で渡す部分がある。その一つが宮宿と桑名宿の間、伊勢湾を渡る「七里の渡し」であった。掲出句は『野ざらし紀行』の旅の途中で詠まれているが、紀行中には掲載されず、東藤《とうとう》編の俳諧撰集『皺筥《しわばこ》物語』（元禄八年・一六九五年刊）に所載。「七里の渡し」を句に詠んでいるのが、貴重である。親しい友人と海を渡るたのしさを描いている佳句である。

前書には「桑名にあそびて、あつたにいたる」とある。句意は、「船に乗って遊んで来ました。河豚釣りも兼ねて、海上七里の行程を来てしまいました」。前書にも句自体にも、ともに「あそび」ということばが用いられているのが注目される。芭蕉は、木因との旅を心から楽しんでいるらしい。ふつうの旅人なら釣りなどはつつしみ、旅程を急ぐはずのところ。芭蕉らは河豚釣りを試みつつ七里まで来てしまった。たしかにおもしろみがある。

この句は『万葉集』巻九・一七四〇の高橋虫麻呂作の浦島伝説を素材とした長歌を引用している。現代の『万葉集』の訓《よ》みと少し違うが、評論家山本健吉著『芭蕉全発句』によれば、芭蕉自身が読んでいた江戸初期の『万葉集』の本文はこうなっていた。「水江《みずのえ》の浦島の子が、堅魚《かつお》釣り鯛釣りかねて、七日まで家にも来《こ》ずて」。意味は「水江に住んでいた浦島の子が、鰹や鯛を釣ることができなくて、七日までも家に帰らなかった」。芭蕉は掲出句において「鯛釣りかねて」を「豚釣りかねて」に変える。「鯛」より「豚」のほうが滑稽だ。なお、当時は「ふく」と「く」は濁らなかった。「釣ることができなくて」という意味の「釣り難《か》ねて」も「釣り兼ねて」に変えてもいる。さらには「七日まで」という部分も「七里まで」にしているのである。凝りに凝った、念入りな本歌取りである。浦島の子は乙姫と会い、竜宮で過ごすことになる。芭蕉たちにも、遊びついでに竜宮まで行ってしまおうという思いがあったかもしれない。

芭蕉は河豚を釣ったか

今日は、芭蕉たちが上陸した地を訪ねてみたい。冬の夕暮れ、名鉄名古屋本線神宮前駅下車。南西へ一キロほど歩けば、宮の渡し公園に着く。ここが桑名との海路を結ぶ七里の渡し着場跡《つきばあと》である。目の前には水面が広がるが、それは海ではなく、堀川という水路である。船が着いた桟橋は石段になっている。灯台の役目を果たす「常夜灯《じようやとう》」、鐘を鳴らして時を告げる「時の鐘」が復元されていて、江戸時代の渡し場の雰囲気を味わうことができる。現在も周囲に大小の船が係留されていた。いつか日が落ちて、浮かんでいた雲に残っていた夕焼けも消えつつあった。すると、「時の鐘」がとつぜんライトアップされた。

もっとも印象的だったのは、海岸線が江戸時代とまったく違ってしまったという点。江戸時代においては、今の渡し着場跡の地点は海岸であった。しかし、現在は埋め立てが進んで、海岸は三キロ以上先になってしまった。堀川をかなり進まないと、海に出ることはできない。

掲出句が詠まれた際、実際には芭蕉は河豚釣りはしなかったという説がある。実際のところはどうだったのか。散歩に来たという近所の方が居合わせ、話をうかがうことができた。「ここから船に乗って海に出たら、河豚は釣れますか」と聞いてみた。「水路の対岸には釣宿があり、釣船を出すことができます。ハゼやキスなら釣れますが、フグは常滑沖ぐらいまで行かないと釣れないでしょう」とのことだった。しかし、伊勢湾は現在でも河豚の漁場である。江戸時代には釣れたという可能性は十分にある。

また、芭蕉に河豚の句があった。延宝五（一六七七）年の作。信徳他著の俳諧選集『江戸三唫』（延宝六年・一六七八年刊）所載。「あら何ともなやきのふは過《すぎ》てふくと汁」。昨日河豚汁を食べたが、なにごともなく生きていて、昨日になったことを安心しているのである。実は芭蕉は河豚が好きだったのではないか。河豚好きが河豚の漁場を船で通って、釣らないことがあるだろうか。現在となっては、実際どうだったかはわからない。しかし、釣船に乗せてもらって掲出句の追体験を試みることができたら、どんなにか楽しいことだろう。

かなたの埋め立て地の上を東海道新幹線が灯りつつ通りすぎた。一瞬である。

雲の下部残照濃しよ鴨のこゑ　實

栈橋の石づくりなり草枯るる

（二〇一一・〇一）

此《この》海《うみ》に草鞋《わらんじ》すてん笠《かさ》しぐれ

芭蕉

わらじと笠と

貞享元（一六八四）年、芭蕉は江戸を出て故郷の伊賀を訪ねている。いわゆる『野ざらし紀行』の旅である。その旅の復路において、芭蕉は、伊勢桑名から尾張宮へと伊勢湾を舟で渡って来た。東海道はほぼ陸路ではあるが、両宿の間は陸路ではなかった。舟で渡る「七里の渡し」である。芭蕉は渡しの舟を降りて、宮宿へと入った。

掲出句は俳諧撰集『皺筥物語』に所載。宿の提供をはじめとして、さまざまな世話になる熱田の俳人桐葉《とうよう》に挨拶句として贈った句である。『野ざらし紀行』には未掲載。

句意は、「舟を降りるにあたって、この伊勢湾にわらじを捨ててしまいましょう。笠には時雨が降りかかっています」。

なぜこの海にわらじを捨てたのか。わらじは歩く旅において必需品であった。くたびれたわらじを海に捨てることは、長く続けてきた旅をひとたび止めて、しばらくの間桐葉邸に逗留して休養することを意味した。けれど、わらじを捨ててしまったとしたら、もはや歩けない。それゆえ、桐葉邸が海からごく近い位置にあったことも感じさせているように思う。

句の中では、時雨も降り出している。時雨は、冬という寂しい季節の到来を意味する季語。冬の初めの降ったり止んだりしてすぐ上がる雨である。室町時代の連歌師宗祇は、「世にふるもさらにしぐれのやどりかな」

と詠んだ。句意は「世の中に永らえるといっても、時雨に雨宿りをするようなはかないものだ」。芭蕉は、宗祇の句の時雨に人生のはかなさをつねづね感じていた。その雨が笠にわびしい音をたてている。早く休みたいという思いも引き出している。「笠しぐれ」というのは、芭蕉の造語である。旅のわびしさをかきたてることばだ。笠は、旅人を意味するたいせつな目印であった。芭蕉は笠を詠み入れた旅の句を、掲出句をはじめ多く残している。

桐葉は、熱田の宿屋の主。熱田の俳諧仲間の中心で、すでに芭蕉に師事していた。美濃の大垣に住んでいた芭蕉の友人、木因の紹介だったとも、芭蕉の書の師であった北向雲竹《きたむきうんちく》にもともと桐葉が師事していた縁からだったともいわれている。

酒の肴は生牡蠣

東海道本線熱田駅下車。八月の終わりの暑い日である。徒歩十分。熱田神宮に参拝する。草薙神剣《くさなぎのみつるぎ》ゆかりの日本武尊《やまとたけるのみこと》が祀られている。尊《みこと》は武人であり、また、詩歌の祖であるともいわれている。『古事記』の歌謡の絶唱「倭《やまと》は国のまほろば　たたなづく　青垣　山隠《ごも》れる　倭し麗《うるわ》し」は日本武尊の作であるとされている。意味は「大和の国は、国々の中でもっともよいところだ。重なりあう青い垣根のような山、その山々の中にこもっている大和はうつくしい」。神前で、佳句を得たいことと、俳句という詩型が繁栄することをともにお願いする。

表参道を歩いて、鳥居を出たところに、鰻料理店があった。店の前に男性が立って、てきぱきと予約を受け付けている。聞いてみると、現在は三時間待ちであるとのことだ。予約の時間になったら客が集まって来るので、行列はできていないが、たいへんな繁盛店である。この店の敷地内に「林桐葉宅跡」の立札がある。ここに芭蕉は訪ねて来たのだ。

芭蕉が上陸した地とされる、七里の渡しの舟着場跡「宮の渡し公園」まで歩くと、十五分ほどかかった。眼前に堀川という水路の水面が広がっており、この公園のあたりが江戸時代の海岸と考えられているが、現在の海岸は三キロ以上先であるという。埋め立てが進んでいる。芭蕉が訪れた貞享期においては、海岸はさらに桐葉邸に近い位置だったかもしれない。

芭蕉が訪れた夜、主の桐葉が掲出句に連句の脇句を付けた。『皺筥物語』所載。「むくも侘《わび》しき波のから蠣《かき》」。「から蠣」とは「殻に入っている牡蠣《かき》」である。句意は「波が立っている海から揚げたばかりの殻入りの牡蠣をせめての馳走《ちそう》にと剥《む》いていますが、侘しい感じがします」。

当時宮宿の浜では、牡蠣が採れていたことがわかる。おそらく、食卓にはとっておきの酒が出されていて、桐葉自身が殻を割って生牡蠣で供しているのだろう。けれど、芭蕉に食べてもらうのに、殻を開けたら牡蠣の身があいにく痩《や》せていて、侘しく感じていたということかもしれない。芭蕉に尽くそうとしている桐葉の思いが伝わってくる脇句である。発句の笠に鳴る時雨の音と、脇句の波の音とが響き合っている。

みつしりと鰻の照りやひつまぶし　實
五膳目の茶漬すするやひつまぶし

（二〇一七・一一）

狂句《きょうく》木枯《こがらし》の身は竹斎《ちくさい》に似たる哉《かな》

芭蕉

テレビ塔下の句碑

貞享元（一六八四）年の初冬、芭蕉は桑名、熱田から名古屋に至る。『野ざらし紀行』の旅である。そこで荷兮《かけい》編『冬の日』（貞享元年奥書）五歌仙を巻き上げ、漢詩文調を脱した新風を興す。江戸にも京都にも伊賀にも、新風を巻き起こせるような連衆《れんじゅ》は見出しがたかった。それが名古屋にいたのだ。五歌仙を興行したが、最初に巻かれたのが、「狂句木枯」の巻、その発句が掲出句であった。『野ざらし紀行』にも所載。

阿部喜三男他著『芭蕉と旅　上』（社会思想社・昭和四十八年・一九七三年刊）によれば、『冬の日』の歌仙が巻かれたのは、宮脇筋、久屋町角西入ル、傘屋久兵衛の借宅であった。藩の規則として異国者の滞在は場所と期限を届け出なくてはならないため、芭蕉の門人野水《やすい》が保証人となることで、芭蕉滞在のために借りられた。その地は現在、久屋大通に立つテレビ塔の下あたりになるとのことだ。

東海道新幹線名古屋駅で地下鉄東山線に乗り換え、栄駅下車。地下道から地上に出ると、そこには露店がずらりと並んでいた。焼鳥屋、お好み焼屋、パン屋、輪投げ屋、射的屋などである。いい匂いもしてくる。遠くから楽の音も流れてくる。秋祭のさなかであった。

句碑は探すとテレビ塔の下にたしかにあった。石のオブジェに「蕉風発祥の地」と彫り込み、掲出句の表六句が刻んであった。たしかに芭蕉一人ではなく、荷兮、野水、杜国《とこく》ら新しい名古屋の仲間とともに蕉門は生まれたのである。

掲出句の句意は「狂句、風狂の詩を売りながら名古屋にたどりついた私はかの竹斎に似ている」ということになる。この句のおもしろさは「竹斎」にある。芭蕉の発句で西行などの古歌に影響を受けているものはたくさんあった。その中で江戸時代の小説、仮名草子『竹斎』（元和七年・一六二三年頃刊）に影響を受けているのが珍しい。竹斎は京の医者だが、狂歌好きで、貧乏のため、客が寄りつかない。そのため、東国へ下るのだが、その途中、名古屋の裏町に三年間滞在する。看板は「天下一の藪医師の竹斎」、その脇に「扁鵲《へんじやく》や耆婆《ぎば》にも勝る竹斎を知らぬ人こそあはれなりけれ」と狂歌を書きつけた。「扁鵲」は中国の、「耆婆」はインドの名医である。意味は「中国やインドの名医にも勝る竹斎を知らない人はかわいそう」。めちゃくちゃな藪医者である竹斎が世界的な名医以上と自賛しているところにおかしみが生まれている。『竹斎』はご当地、名古屋ゆかりの作品であり、元和・寛永年間（一六一五〜四五）以来版を重ねていたベストセラーであった。

『冬の日』の掲出句の前書には「笠は長途《ちようと》の雨にほころび、紙衣《かみこ》はとまり〳〵のあらしにもめたり」とあるが、「紙衣」つまり紙でつくる保温用の衣服は竹斎のよく着ているものでもあった。

医師荷兮への挑発

掲出句は従来、冒頭の「狂句」を句の一部とするか、句の外、前書と考えるか、ということが問題になってきた。『野ざらし紀行評釈』で俳文学者尾形仂は句の一部と考えている。名古屋に至る前に芭蕉と同行していた木因に次の句がある。「歌物狂ひ二人木枯姿かな」。句意は、「歌う物狂い芸をする二人が木枯に吹かれる姿であるなあ」。この句の前書に「侘び人二人あり。やつがれ姿にて狂句を商ふ」とあった。木因は「道々の吟をば、句商人の物狂い芸に擬して興じ」ていた。その句との交響の中で生まれたので、掲出句の「狂句」に「狂句をうたい、それを売りひさいでまわる身という意味」を読み取ることができる。「木枯の」と並列的に「身」へかかっているとする。かなり無理のかかる読みだが、そう考えればたしかに句の一部である。また、交響とは言え、かなり木因の句に添っている。というより、似ている。芭蕉は「歌」を消し、「二人」を消し、そこに、ただ「竹斎」を加えただけではないか。
「竹斎」は医者であった。この人物を出してきたことによって医師であった荷兮のことを牽制しているのではないかとも考えられる。荷兮は椋梨一雪《むくなしいっせつ》門の貞門俳人であり、名古屋のグループの中心であった。「わたしは木枯に吹かれて竹斎に似ている。あなたは医者ですが竹斎のような藪ではないでしょうね」という含みもあったのではないか。

　掲出句に付けられた脇句は「たそやとばしるかさの山茶花　野水」。句意は「誰でしょうか、傘に山茶花の花を咲き散らせている人は」。笠に山茶花の花が吹き散っているイメージは美しいが、「芭蕉」と名乗っている人に改めて「たそや」（どなたですか）と聞いている。初対面の火花が散っているのだ。

　塔に上ってみよう。エレベーターに乗るとテープによって案内が流れる。「名古屋テレビ塔は昭和二十九（一九五四）年、日本で最初の集約電波鉄塔として完成しました」。もう建ってから五十年が経っている。地上百メートルの展望バルコンに出ると、秋風が身にしみた。よく晴れて遠くまでよく見える。無数の大小のビルが建っている。現在まで続くこの名古屋の経済力が蕉門を生み出したとも云える。ビルの間に小さく名古屋城が見えた。

塔の脚に塔見上げたり露の空　實

たれ塗つて雀焼きをり秋日和

（二〇〇四・一一）

海くれて鴨のこゑほのかに白し

芭蕉

破調の名句

芭蕉の破調の句ではこの句が一番と思っている。「海くれて」で息を継ぎ、「鴨のこゑ」でまた息を継ぐ。五七五のリズムに慣れているので中七の中途で止まると、ちょっと体が浮くような気がする。「ほのかに白し」は句またがりになっている。中七の部分と下五にまたがっている表現になっているのだ。五七五を意識するために「ほの」でほんのちょっと息を継ぐ。なにか跳び箱の踏み板を踏んだような感じ。そして、「かに白し」と読みおろすと、飛行機がカタパルトを離れて飛び立つように、みずからがみずからの体を離れて薄暮の空に浮き上がるのである。見回すと何羽か鴨がゆるやかに羽を動かしている。そんな不思議な感じを味わっているのはぼくだけだろうか。

『野ざらし紀行』所載。句意は「海が暮れて闇が濃くなる中、鳴きだした鴨の声がほのかに白く感じられる」。貞享元（一六八四）年秋八月、芭蕉は八年ぶりに江戸を発って故郷の伊賀を目指す。『野ざらし紀行』の旅である。ひとたび故郷に帰った後、東海、近畿に遊ぶ。掲出句は年末、熱田での句である。

名鉄名古屋本線神宮前駅に降りると目の前が熱田神宮である。ここを芭蕉は時間を隔てて二回参詣している。野ざらしの旅の際に荒れていた社頭は、貞享三年に修復されている。その翌年の『笈の小文』の旅では修復されたばかりの美しい社殿を拝している。大きな木が多い。鳥がよく囀っている。小雨のなか、七五三参拝の親子が次々に本殿に詣でている。

上知我麻《かみちかま》神社の脇を通って南門から神宮の外に出る。出てすぐ、西側にある蔵福寺《ぞうふく》の向かいが林桐葉宅跡。桐葉は芭蕉の門弟、郷士《ごうし》だった。道中は乗り物に乗り、従士三人、鑓持《やりもち》二人を召し連れるほどの格式を持つ名家だった。もともと大垣の谷木因の指導を受けていて、彼の紹介で芭蕉に添削指導を乞うた。それに応えることもこの旅の目的の一つだった。

現在は鰻屋になっている。鰻を焼くいい匂いがしている。まさにこの場所で掲出句を発句とする歌仙が巻かれたのだろう。その脇句と第三は次のとおり。「串に鯨をあぶる盃《さかずき》　桐葉」、「二百年吾此《われこの》やまに斧取て　東藤」。芭蕉一行はだいぶ酒が進んでいる。鯨が浜に上がって、その肉を炙って酒を楽しんでいるという脇。さらに第三はその串をまるごとの鯨に刺すものと想像している。仙人のような存在が二百年かかって、やっと切り倒した大木を串にしたというのだ。ちょっと談林風の悪ふざけが強すぎるとも思える。が、この発句の破調も鳴き声に白い色を見ているのも、作った当初は談林風の身振りの大きな滑稽だったのではないか。この時点では芭蕉自身もこの句の真の魅力まで読めていなかったのではないか。

鴨に託す望郷

東海道の宮の宿（熱田）の次は桑名。江戸時代、陸上ではなく海上を船で赴いた。七里の渡しである。芭蕉もこの時桑名から来て、ここから陸に上がったのだろう。港の跡が残されている。航海の安全のために設けられた常夜燈が見える。江戸時代の初めに建てられたものを模したもの。芭蕉の見た風景のなかにもこの常夜燈はあった。堀川には数羽の鷗《かもめ》が浮かんで波に揺られていた。

『皺筥物語』に見える掲出句の前書には「尾張の国あつたにまかりける比、人〴〵師走の海みんとて船さしけるに」とあった。意味は、「尾張国（現在の愛知県西部）熱田に下った際、人々が十二月の海を見ようとして、船を出した際に」。この句は桐葉ら連衆とともに海辺で作られている。作られた当時の気分をよく伝えるものだ。名古屋は伊勢湾に向かって埋め立てを繰り返してきた。江戸時代、どのあたりが海岸線だったのか、わからない。昔ながらの海辺を見たい。鴨を見たい、と思って名古屋港まで南下、その西、庄内川、新川を渡って藤前《ふじまえ》干潟に赴く。ここはゴミの埋め立て地となるはずが、環境保護のため中止されたところで、多くの野鳥の生息地である。タクシーの運転手さんは、この仕事に就いてから初めて行く場所だと言っている。あまり訪ねる人はいないようだ。

　土手に上ると眼前に伊勢湾が広がった。誰もいない。干潟に立てられた棒に鷺が止まってうごかない。たくさんの鴨が岸から沖を見ている。鴨に近づくと飛び立って、すこし先の沖に着水する。鈴のような音は羽を打つ音か、鳴き声か。土手の上は静かだ。水の音と鴨の立てる音、風の音しかしない。現代の空間はさまざまな人工の音に汚されていることがよくわかる。掲出句は「鴨の声」を視覚的に「白し」と表現しているところに面白味があった。それは鴨の声の前後の深い静寂を感じさせもする。古歌には「鴨」に旅愁、望郷の思いを託したものが多い。芭蕉も後日、その自句の内にひそやかな懐郷の思いを読み取ったのだ。『野ざらし紀行』に掲出句が収録された際に付けられた前書は「海辺に日暮《くら》して」のみであった。

鴨発てば鈴の音《ね》ありぬ海の上　實

立ち上がるしやがみて鴨を見てゐしが

（二〇〇二・一二）

春なれや名もなき山の薄霞《うすがすみ》

芭蕉

名張経由か笠置経由か

貞享二（一六八五）年の新春を芭蕉はおよそ十年ぶりに故郷の伊賀上野で過ごした。二月上旬過ぎに伊賀を発って奈良へ赴く。その際掲出句を詠んでいる。『野ざらし紀行』所載。句意は、「春だからであろうか。名も無い山にも薄霞がかかっているよ」。『野ざらし紀行』の掲出句の前書に「奈良に出づる道のほど」とある。詠んだ土地を厳密にはしぼっていない。句中の「名もなき山」を特定したくなかったのかもしれないが、どのあたりで詠んだのか知りたい。

岩波文庫版『芭蕉紀行文集』（昭和四十六年・一九七一年刊）の『野ざらし紀行』の旅程図を見ると、貞享二年の奈良行きは伊賀上野から名張《なばり》を経て吉野山の北あたりで北上して奈良に入っている。古道はほぼ近鉄大阪線に沿っているように思えた。近鉄に乗って奈良に入り、伊賀から大和に入ったあたりを歩いてみようと考えた。

近鉄大阪線榛原駅下車。駅前の観光案内所で『はいばらの伊勢街道』という一書を求め開くと、江戸末期の絵地図を基に作成したという宿駅図が載っていた。ところがそれを見ると上野から奈良を目指すには笠置《かさぎ》を越えるのが近い。名張廻りは旅程が数倍になってしまい、考えにくい。伊賀上野にある芭蕉翁記念館に問い合わせると、快く相談に乗っていただき、「笠置を越えたのでしょう」と明快なご教示を得た。「奈良までは旅程一日です。木津《きづ》川の船を使ったのかもしれません」とも言われた。芭蕉は上野から名張ではなく笠置を経て木津川沿いに木津に出て、奈良坂を越えて南下、奈良に入っているのである。

　再挑戦である。それも楽しい。関西本線月ケ瀬口駅で降りてみる。道端に小豆を干している農家があったので尋ねると、この奥に古い道標があるという。竹藪を縫うような道を進む。竹の葉が青々としてうつくしい。石の標柱「二本杭」があった。立札によると旧大和街道の藤堂藩と柳生藩の境を示すところである。今は「従《これ》是西山城國《よりにしにやましろのくに》」の石碑一基が立つ。もう一つは新道に移されているとのことである。この曲がりくねる細い旧道に芭蕉を偲ぶ。ただ、この地点も通った確証はないようだ。芭蕉を辿る旅はむつかしい。

「朝霞」から「薄霞」へ

次に笠置駅で降りてみる。山が迫るが、古い町並みを抜けて木津川に架かる笠置大橋を渡り西の方向、川下を見ると視界が開ける。芭蕉もこのあたりの景に開放感を抱き、掲出句を詠じたのではないかと思った。帰ってからこの句について調べなおすと、『芭蕉翁発句集蒙引《ばしょうおうほっくしゅうもういん》』（杜哉《とさい》著・寛政年間成立）という江戸時代の注釈書に「笠置のあたりの吟なりとぞ」とあるとのこと。ぼくが感じたことを認められたようでうれしかった。

　さてこの句の魅力は「名もなき山」にある。芭蕉がこれから向かおうとする奈良には名高い山が多い。その山に「春立つ」と「霞」とを結びつけて詠った次のような古歌があった。「ひさかたの天の香具山この夕べ霞たなびく春立つらしも　人麿」（『万葉集』）歌意は、「天の香具山のこの夕方、霞がたなびいている、春が立つらしい」。「ほのぼのと春こそ空に来にけらし天の香具山霞たなびく　後鳥羽院」（『新古今和歌集』）歌意は、「ほのぼのと春は空に来たのだなあ。天の香具山に霞がたなびいている」。

　奈良盆地に聳える名山と高名な古歌を思いだしつつ、「名もなき山」を置いたところに俳諧がある、と俳文学者尾形仂は評している。たしかに「天の香具山」は和歌であり、「名もなき山」は俳諧である。歌枕に選ばれた山だけが山ではない。和歌の世界で詠われてこなかった山はことばとして身軽ですがすがしい。この中七を見出したところにすべてのものに美の領域を拡げようとする芭蕉がいる。

この句の初案は下五が「朝霞」であった。芭蕉は暁闇《ぎょうあん》を歩いてきて、ようよう明けた感動がこのことばを選ばせているのだろう。が、「春」と「朝」は次元は違うがともに時間を表すことばである。「春なれや」は「春なればにや」の略、「春だからであろうか」の意である。日々繰り返される朝という時間よりも、春の訪れへの驚き、喜びは大きかった。それで芭蕉は再案で「朝」を削除する。その上で季節の動きを薄い霞に見出しているのである。「薄霞」にしたところに春も初めの感じが出ている。季節の動き始めた最初のいろを「薄霞」で示している。

この句は結局どこで案じられたかを確定できない。それがいいのだ。この句を読んだものは、おのおのが見慣れた風景の中にあった山を思い浮かべる。ぼくの故郷は長野県松本市だが、飛騨山脈の手前に低山が横たわっている。この句を読むたびにその手前の山を思いだすのである。読者それぞれがそれぞれの風景を思い描ける、そこに遊べるというのもこの句のよさである。

木津川に沿って走る旧道をもとに作られた国道百六十三号はかなり交通量が多い。昔を偲ぼうとしても連なり走るトラックに跳ね飛ばされてしまいそうだ。芭蕉はこの句を詠んだ後、東大寺二月堂のお水取りに参じている。ここは笠置駅に戻って、奈良に向かうとしよう。

月ケ瀬や小豆均《なら》せる粗筵《あらむしろ》　實

曲がりては木津川いそぐ冬紅葉

（二〇〇三・〇一）

水とりや氷の僧の沓《くつ》の音　芭蕉

天平の世からのお水取り

貞享二（一六八五）年の作。故郷の伊賀で越年した芭蕉は、旧暦二月ごろ奈良に出て、東大寺のお水取り（修二会《しゅにえ》）を拝観する。『野ざらし紀行』の旅の途上である。掲出句は『野ざらし紀行』所載。「二月堂に籠《こも》りて」と前書が付いている。詠まれているのはお水取りの深夜の行法。堂内を駆けまわる僧（練行衆《れんぎょうしゅう》）の沓の音を捉えた。句意は「水とりであるなあ。凍りついたような僧の沓の音が響いている」。余寒で冷えきった堂内で、神秘的な行を冷厳に執り行っていく練行衆を、「氷の僧」と表現しているのである。

奈良駅で下車、奈良国立博物館へ向かう。修二会の時期、博物館では「お水取り」の特別陳列があるのだ。解説を読む。「お水取り」は二月堂で本尊十一面観音に声明《しょうみょう》を唱え、板に膝を打ち付け、仏に人々が犯した過ちを悔いる行事である。始めたのは、東大寺を開山した良弁《ろうべん》の弟子、実忠《じっちゅう》。大仏開眼の年、天平勝宝四（七五二）年の開始以来、戦乱の世にも中断することなく続けられてきた。残念なことに、二月堂は寛文七（一六六七）年二月に焼失した。再建する間もお水取りは隣接の法華堂（三月堂）で行われていたという。被災した観音像の光背が展示されていた。二メートルを超える大きなもので、焼け砕けた銅板に、たくさんの菩薩がくっきりと彫り付けてある。二月堂に祀られている観音は秘仏である。拝することはかなわないのだが、この光背に彫られた菩薩像から、ふくよかでしなやかな天平の観音像を想像することができる。

午後五時、大仏殿の奥手、二月堂の下の斜面へ行く。夜の行法の始まりを告げる行事「お松明《たいまつ》」を見る場所を確保するためである。人々が続々と集まり大群衆になった午後七時、練行衆が百段余りの北登廊を上り堂に入る。その足下を照らすためにお松明がともされる。約七メートルの松明が堂の欄干の上で振られると、火の粉が散り数万人の見物が一斉にどよめく。ぼくの頭上にも火の粉が落ちてきた。

堂内にひびく沓の音

いったん宿に帰り休んだ後、ふたたび二月堂へと向かう。午後十一時過ぎ、堂に入る。夜もふけて寒さが厳しい。芭蕉の言う「氷の僧」を実感する。練行衆は松の板に鼻緒をすげた「差懸《さしかけ》」という履物で板敷を歩いている。一歩一歩にガタンガタンという音が響く。これが「沓の音」なのである。

掲出句は「氷の僧の沓の音」と四つの名詞を三つの「の」で結んでいる異例なかたちである。「の」の繰り返しが、音楽を感じさせる。堂内に響く声明と沓の音。

僧より香水《こうずい》を掌に一滴いただく。諸病諸厄を免れるというこの水こそ、お水取りゆかりの水なのである。さかのぼること天平時代。実忠が行法を始めたころ、神の名を記した神名帳を奉読すると、各国の神々が競って堂に来て行法を祝福したという。しかし、若狭の遠敷明神《おにゅうみょうじん》だけが釣りをしていて遅れてしまった。遅れたお詫びに遠敷明神は閼伽水《あかすい》を献納しようと言った。たちまち泉が湧き出した。これが堂の下にある若狭井なのである。もともと、お水取りとは、十二日の夜半この水を汲み観音にささげる行事であった。それが、修二会全体を呼びならわす名称となっていったのである。

掲出句の上五において、芭蕉は「修二会」という正式名称を用いるのではなく、「水とり」の名を用いている。かつては香水が凍ったことがあると東大寺の執事長の方にうかがった。「水とり」という語が「氷の僧」という語を導きだしているのを感じる。今の二月堂は寛文九（一六六九）年に再建された。芭蕉が参籠したのは再建後、まさにぼくが坐っているこの堂そのものである。芭蕉の気配をどこかに感じつつ、いただいた香水を頭に擦り込んだ。

掲出句の句碑は法華堂北門横、竜王の滝の前にある。句碑に刻まれた句は、「水取や籠りの僧の沓の音」となっている。中七が「籠りの僧」であるのが、掲出句と違う。「籠りの僧」の形の句は『芭蕉翁発句集』（安永三年・一七七四年刊）、『芭蕉翁絵詞伝』（寛政四年・一七九二年刊）の二冊のみに収録されている。芭蕉を深く慕った江戸中期の俳人、蝶夢《ちょうむ》の編によるもの。俳文学者大安隆は著書『芭蕉　大和路』で「籠りの僧」という形の句を蝶夢の誤りとして明快に否定している。掲出句の鑑賞の歴史は、この中七「氷の僧」と「籠りの僧」の優劣を考えることだったと言ってもいい。大安の説によってその決着がつけられた。たしかにここ内陣で行法を行っている練行衆は「籠りの僧」である。しかし、苦行を続ける僧の、この世のものでありながら、かの世に属するかのような感じは、まさに「氷の僧」であった。

奈良には「お水取りがすまないと春が来ない」という言い習わしがあるそうだ。厳しい寒さをこらえつつ、本格的な春の到来を待つ行事でもあるのだ。

水取や松明の灰眉の上　實
水取瞰《み》るわが眼に火の粉入るとも

（二〇〇九・〇三）

奈良七重《ななえ》七堂《しちどう》伽藍《がらん》八重ざくら

芭蕉

芭蕉は阿修羅を見たか

　奈良では今年（平成二十三年）、平城遷都一三〇〇年祭が開かれ、話題となっている。天平時代、奈良の都には、東大寺をはじめ多くの寺が建てられた。芭蕉にも、奈良の大寺を詠んだ句がある。掲出句である。「奈良七重」とは、奈良の七代の都、その歴史の豊かさを表現したことばである。「七堂伽藍」は、堂塔を完備した寺院、大寺のことになる。そこに今を盛りと八重桜が咲いているというわけだ。掲出句は最初の芭蕉句集『泊船集《はくせんしゅう》』（元禄十一年・一六九八年刊）所載。

　名詞を並べただけの句だが、きわめて調子がいい。ぼくも愛誦してきた。まず、「奈良」と「七重」とが、ともに語頭を「な」の音としている。「奈良」と「七重」とが響き合っているのだ。さらに「七重」が、「七」という数字の縁から「七堂伽藍」を導き出す。その上、「七堂伽藍」からの数字の縁で、「八重ざくら」が引き出されてくる、という仕掛けである。いかにも軽快だ。

　掲出句には典拠とした古歌、本歌がある。「いにしへの奈良の都の八重桜けふ九重ににほひぬるかな」（伊勢《いせの》大輔《たいふ》『詞花集』）。「小倉百人一首」にも収められている歌である。「九重」は宮中の意。全体の意味は、「昔の奈良の都で咲いていた八重桜が、今日は宮中で色美しく咲いていることだ」。奈良の八重桜が、京都の宮中に献上された際、即興的に詠んだ歌である。「八重桜」と「九重」とを重ね詠んだ古歌に対して、掲出句は「七重」「七堂」「八重ざくら」と重ねているところが、呼応している。

この奈良の八重桜が植えられていたのが、興福寺境内であったという。今日はこの寺を訪ねてみたい。奈良線奈良駅下車、三条通りを東に歩いて、二十分。寒中よく晴れた興福寺に着く。まず、国宝館に入る。興福寺の歴史は、平城遷都の際に、飛鳥にあった厩坂寺《うまやさか》が移築されたところから始まる。興福寺もまた千三百年の歴史を持つのだ。館内は静か。昨年の東京国立博物館の阿修羅展にも行っているが、あの時の喧騒が夢のようである。阿修羅をはじめ八部衆の一体一体と時間の許すかぎり向きあうことができる。仏像見物は奈良に限る。思うことは、芭蕉は阿修羅を見たかということ。美少年に魅かれる性質の芭蕉は、機会があれば阿修羅像に見入ったにちがいない。芭蕉は、当時興福寺で開かれていた薪能を二度まで見ていることが記録されている。その際に拝した可能性がたしかにある。

他人に類似句がある場合

国宝館の受付の女性に聞いて、境内の桜を見て歩く。東金堂の裏、五重塔の下、北円堂の回りに、桜はあった。寒中枯木の桜を見て歩くとは、酔狂にもほどがあるとは思う。しかし、日を浴びた桜の古木はうつくしかった。ただ、ソメイヨシノが多い。古歌に詠まれた、ナラノヤエザクラは、興福寺には見当たらないようだ。ふつう八重桜は実を結ばないが、実を結ぶのがナラノヤエザクラの特徴で、東大寺、春日大社などでわずかながら見られるという。開花が遅く、四月末に大きく八重の花を咲かせるとのこと。春も逝くころ、名残の花を探しに訪れたいものだ。

さて、掲出句をぼくは、芭蕉の句と信じてきた。しかし、俳文学者大安隆は、著書『芭蕉　大和路』において、芭蕉の作品であることを疑っている。理由は次の三点。掲出句が最初に発表された『泊船集』は、ずさんな編集がなされたものであり、芭蕉没後に刊行されていること。芭蕉の弟子、土芳《どほう》は、自身の編んだ『蕉翁句集』（宝永六年・一七〇九年成立）の中で貞享元（一六八四）年に芭蕉が作ったとしているが、その年の春、芭蕉は江戸にいて、奈良にはいないこと。ほとんど似たかたちの先行句「奈良の京や七堂伽藍八重桜」（元好《げんこう》『大井川集』、延宝二年・一六七四年刊）があること。この句が改作されて、芭蕉の句として、誤って伝えられたかもしれないというのだ。

愛誦してきた句であるだけに、衝撃を受けた。ただ、ことばはほとんど同じだが、元好の「奈良の京や」と「奈良七重」とは別物。「奈良七重」のしなやかなことば運びに芭蕉そのひとの表現を感じてしまうのだ。土芳が作られた年を誤ったという可能性もあろう。土芳説の貞享元年の翌春、芭蕉は奈良を訪れている。この時に作った可能性はないか。掲出句は年次未詳の句であるが、仮に貞享二（一六八五）年春の句と考えてみたい。

芭蕉は先行の句に気付かず、掲出句を作った。それを弟子たちに披露して、弟子たちは記憶してしまった。その後、先行句に気付いた芭蕉が、自分の句の中から抹消した、というような事情があったのではないか。芭蕉は類似した句が他人と自分とにあったとき、必ず自分の句を消すべきであると、俳論『三冊子《さんぞうし》』（土芳著・元禄十五年・一七〇二年成立）の中で厳しく述べている。これをまさに実行したのではないか。芭蕉の作品から掲出句が失われてしまうのは寂しいが、芭蕉の心中に想像をめぐらせると、刺激的だ。

寒の水阿修羅は頭重く立つ　實

日のなかに幹くろぐろと花待てる

（二〇一〇・〇四）

梅白し昨《き》日《の》ふや鶴を盗《ぬすま》れし

芭蕉

秋風と林和靖と

貞享二（一六八五）年春、芭蕉は『野ざらし紀行』の旅中、奈良から京へおもむいている。掲出句は『野ざらし紀行』所載。紀行の中に「京にのぼって、三井《みつい》秋風《しゅうふう》の鳴滝《なるたき》の山中の家を訪ねる」という意味が書かれてあるとおりである。掲出句はこの時、作られた。句意は「梅の花が白い。昨日鶴は盗まれてしまったのでしょう」。

秋風は、富豪。三井三郎左衛門の一族として、莫大な家督を継いでいる。元は貞門の高瀬梅盛《たかせばいせい》門で俳諧を楽しみ、後、談林俳諧の中でも先鋭派となるようだ。正保三（一六四六）年生まれだから、芭蕉より二つ年下だった。享保二（一七一七）年、七十二歳で没。芭蕉よりずいぶん長生きしている。

東海道新幹線京都駅下車。タクシーで鳴滝を目指す。京都市北西の郊外である。仁和寺《にんなじ》を過ぎて、周山街道を高尾方面に進む。まず、鳴滝霊園に上った。ここが鳴滝のもっとも高いところ。見晴らしがいい。京都市内の西半分は見渡せる。雲間から数条の光が差している。上空にヘリコプターが二機、飛んでいた。運転手さんによれば、高校女子駅伝が開催されていて、その報道のためだと言う。鳴滝は空に開かれた場所、そういう印象を得た。この広い空から、芭蕉は「鶴を盗れし」という発想を得たのだ。

『野ざらし紀行』の写本の一つには、芭蕉の友人、素堂が「序」を与えている。「洛陽に至り、三井氏秋風子《しゅうふうし》の梅林をたづね、『きのふや鶴をぬすまれし』と、西湖にすむ人の鶴を子とし、梅を妻とせしことをおもひよせしこそ（以下略）」。この句が京都の三井秋風の梅林で「西湖にすむ人」を思い出して発想していることが示されている。「西湖にすむ人」すなわち、中国宋時代の文人、林和靖《りんわせい》のことであった。和靖は西湖の孤山に廬《ろ》を結び、梅を植え、二羽の鶴を飼った。芭蕉は秋風の別荘の梅林を訪れて、白梅の美しさに、和靖と秋風とを重ね合わせる。見当たらない「二羽の鶴」はきっと昨日盗まれてしまったのでしょう、と挨拶する。

鳴滝の龍宮

坂を下っていくと、秋風の時代におとらぬだろう広い豪邸が目立つ。

この句に芭蕉の富豪への追従、おもねりを読み取るひとがいる。芭蕉の高弟、去来の在世時にもいたようだ。去来はそういう考えに対し、次のように書く。「実に主《あるじ》を風騒隠逸《ふうそういんいつ》の人とおもひ給へる上の作有《あ》り。先師の心に佞諂《ねいてん》なし」（『去来抄』）。「芭蕉先生は、主である秋風を、世俗を逃れた風流人と考えて作っていたのでありました。先生のこころにはおもねりはありませんでした」という意。この後も、秋風はしばしば招いたが、芭蕉は訪ねなかった、とも記している。

秋風について、甥にあたる三井高房《たかふさ》は『町人考見録《ちょうにんこうけんろく》』（享保十三年・一七二八年成立）の中で次のように述べている。「殊のほかなる不行跡者《ふこうせきもの》にて、なかなか商売にかまひ申さず、奢りの余り、後は鳴滝に山荘を構へ、それへ引き籠もり、種々の栄耀《えよう》をきはむ」。別の場所では「鳴滝の龍宮」とも称されている山荘に引き籠もるとは、商人としては失格の不行跡者であるが、それは風流人としての純度の高さを示すものでもある。芭蕉は富よりも風流人としての側面に引き付けられたと考えたい。

掲出句には秋風による脇句が付けられている。それが芭蕉真蹟で遺されている。「杉菜に身する牛二ツ馬一ツ」。芭蕉の発句の梅に対して、秋風は「杉」ならぬ「杉菜」を出してくる。「林和靖には優雅な鶴が二羽いましたが、私どものところには、牛が二頭、馬が一頭いるだけです。それも立派なものではなく、杉菜に身をこすってかゆみを取る程度の小さな、つまらないものです」。芭蕉の凛とした発句に対して、秋風の脇句は謙譲が過ぎる。牛と馬とを極度に小さくしたところに、談林調を見ることができる。ただ、芭蕉はこの付句に力不足を感じて、失望したのではないか。以後訪れなかったのは、それが一番の理由だったのではないか。この付合を見れば、芭蕉が秋風におもねっていなかったことを確信できる。

　鳴滝の語源となった滝を見つけたい。御室川《おむろがわ》にかかる橋を巡っていった。町の中でありながら、静かな川だ。北音戸山橋あたりの川底には、たくさんの楓紅葉が沈んでいた。流れに五十センチほどの段差がある。水が落ちる。これを滝と言ってもいいかもしれない。澄んだ水の中にすばやく泳ぐ稚魚の群も見えた。

　この旅を終えた後、『京都・滋賀　碑《いしぶみ》の頌《しょう》』（京都新聞社・平成十年・一九九八年刊）を教えられた。著者、濱《はま》千《ち》代《よ》清《きよし》によれば、掲出句の「鶴」は島原の遊女、太夫《たゆう》左門《さもん》ではなかったかとされている。山荘で秋風と共に過ごし、芭蕉訪門一年前に他界。芭蕉はそれを知っていて、この句を作ったのではないか、というのだ。また、この書によれば、御室川にはもっと滝らしい滝があるらしい。再訪を期したい。

冬雲より光数条洛の内　實

鳴滝の滝音聞けや年の暮

（二〇〇七・〇三）

我がきぬにふしみの桃の雫《しずく》せよ

芭蕉

エロチックな印象の句

　貞享二（一六八五）年春、芭蕉は奈良東大寺でお水取りの行事を拝した後、京に出ている。『野ざらし紀行』の旅である。掲出句は『野ざらし紀行』所載。当紀行文中の名句の一つ。「伏見、西岸寺《さいがんじ》、任口《にんこう》上人に逢《あう》て」と前書がある。任口上人は西岸寺の住職であり、当時の俳壇の大物、西山宗因、松江重頼《しげより》と交流をもつ俳人でもあった。芭蕉訪問時八十歳の老僧で、翌年没している。

　芭蕉は任口上人に逢って挨拶句を贈った。句意は「わが衣に桃の花の雫をこぼし、うるおしてください」。「御僧の高徳によって、心の潤いを得たいのです」などと解釈されることが多い。伏見は豊臣秀吉が城を建てた地。江戸時代に廃城になった後、桃の木が植えられて、当時、桃の名所となっていた。名物の桃の花に託して、僧の徳の高さを讃えた、精神的な句と解釈されている。

　『古事記』において、桃の実は黄泉の国の怪物を追い払った。桃の実から桃太郎は生まれている。桃の花は桃の節句に飾られる。桃という植物には生命が満ちあふれている、艶やかなものという印象がある。その花の雫である。どこかエロチックな印象さえあった。そのような印象の句を老僧に贈るというところに、今までかすかな違和感を味わってきた。句が生まれた場所を訪ねてみたい。

　立春は過ぎたが、風の強く寒い日の午後、近鉄京都線桃山御陵前駅で下車。すぐ近くの京阪電鉄京阪本線伏見桃山駅を経て、大手筋通を西へ向かう。アーケードのある商店街だが、日曜日の午後、シャッターを下ろしている店は皆無、繁盛しているのだ。

一本南側になる油掛通《あぶらかけどおり》に面して、西岸寺はあった。寒風の中、門前の立て札に書かれている寺の縁起を写し取る。山崎のある油商人が、地蔵の門前で転び、油桶を落として、油を流してしまった。商人は落胆したが、残った油を地蔵尊にかけて供養したところ、大いに栄えた。以来、地蔵尊に油をかけて祈願すると、商売繁盛がかない、商家の信仰を集めることとなった。寺として整えられたのは、天正十八（一五九〇）年雲海上人によるとのことだが、さらに古くより庶民に愛された歴史があるのだ。

油をかけることから発想

門を入ると、まあたらしい白木の本堂がある。たまたま寺に来ていた檀家総代の夫人に聞くと、鳥羽伏見の戦いで焼失した建物の一つを再建したもので、三月落慶の予定だという。落慶を待たずに、住職が急逝してしまったと、悲しんでいる。地蔵堂の鍵を開けてもらい、中に入る。本尊は石仏。花崗岩に地蔵が彫られている。微笑の温顔である。異様なのは、縁起どおり、そこに油がかけられていることだ。長年かけられてきた油が厚く層をなして、黒光りしている。寺のパンフレットによれば、この石仏は鎌倉後期在位の伏見天皇の念持仏であったという伝承があるとのこと。そのころ彫られたものかもしれない。長い棒の先に小さな金属製の碗がついている柄杓で、ぼくも植物油をすくい、かけてみる。

芭蕉と同時代の俳諧師で小説家の西鶴も、この寺に任口上人を訪ねていることを『西鶴名残《なごり》の友《とも》』（元禄十二年・一六九九年刊）に記している。そこに「油掛の地蔵がお立ちになっている西岸寺」という意味の記述が見える。西鶴は、西岸寺を代表する寺宝として「油掛の地蔵」を意識している。こう書くからには、西鶴は地蔵を拝し油をかけたことだろう。そして、信仰の篤い芭蕉もかならずや同じことを行っていると想像できる。

ぼくがかけた油は、ゆっくりと石仏の顔と衣を伝わって流れ落ちてゆく。その流れを見ながら、掲出句「我がきぬにふしみの桃の雫せよ」の発想は、この油かけから来ているのではないか、と直感した。芭蕉はまず、地蔵尊に油をかけさせてもらった礼を任口上人に申し上げた。その上で、「今度はわたしの衣に、油ならぬ上人様の桃の雫をいただきたいものです」と興じているのではないか。そう考えてみると、この句は伏見の「西岸寺」でなければ生まれえない句となる。

地蔵堂の横の掲出句の句碑は文化二（一八〇五）年建立の貴重なもの。隣接する墓地の歴代住職の墓の並びに、任口上人の墓を探す。入口近いところに、台に「当寺三世宝誉《ほうよ》上人」と刻んだ、円柱の先端の丸まった、小さな墓を見出した。宝誉上人は任口上人の別号。まさに芭蕉ゆかりの上人の墓である。芭蕉が会ったとき、任口は八十歳、当時としては、たいへんな高齢である。老僧にエロチックな愛の告白とも読める句を贈ったところに、俳味があったのではないか。冬日の当る墓にぬかずいていると、任口と芭蕉の笑い声が聞こえてくるような気がした。

春寒の油ながれぬ微笑の上《え》　實

春寒の墓南天の苗一寸

（二〇〇八・〇四）

山路《やまじ》来て何やらゆかしすみれ草《ぐさ》

芭蕉

小関越を越える

貞享二（一六八五）年の作。奈良東大寺のお水取りを拝観した芭蕉は、旧暦三月上旬、京都を経て大津へと向かう。『野ざらし紀行』の旅である。掲出句は『野ざらし紀行』所載。「大津に出《いづ》る道、山路をこえて」と前書が付いている。

「山道を歩いてきて、菫《すみれ》を見つけた。なんとなくなつかしく心がひかれた」という意。『野ざらし紀行』には、芭蕉の友人、素堂が序文を書いているが、この句を「此《この》吟行の秀逸」と評価している。芭蕉在世のころから、名句のほまれ高き句なのである。

京都から大津に出るには小関越《こぜきごえ》という道がある。東海道と北国街道を結ぶ間道であった。今日は芭蕉の歩いた、この道を通ってみたい。京阪電鉄京津線四宮駅下車、寒の雨が降っているので、タクシーを頼んだ。琵琶湖疏水沿いに東へと向かう。峠への登り口、藤尾のあたりを通ると、藤尾川の流れが清らかである。流れの中に青々と芹《せり》が生えているのが見えた。林の中、道は頂へと向かう。頂近くで車道に旧道が接している。ここで車から降りる。旧道は草深い。この道を芭蕉は登ってきたのだ。ふたたびタクシーに乗り、大津方面へ降りていくと、すれちがう車が多い。前書に「山路をこえて」とあるから、芭蕉は大津側に来てから詠んでいるのだろう。

かなり道が平らになってきたあたり、右に入る道に石の鳥居が立っていて「天満宮」の銅の額が掲げられている。ここが小関天満宮である。境内には自然石に掲出句を彫った句碑が置かれていた。声をかけるが無人らしい。連絡先に電話をかけて、お参りに来たと告げると、不在にしていることを詫びてくださった。歴代の宮司が、当地で芭蕉が名句を詠んだことを誇りとして、代々、俳句会を開いてきたと教えてくださった。ここから、三井寺《みいでら》、琵琶湖はごく間近である。

和歌的世界への接近

素堂はなぜこの句を名句としているのか。春には華やかな花が咲く。梅、桜、桃、山吹、菜の花、これらに比べると、「すみれ草」は小さく紫色であまりに地味だ。しかし、「山路来て何やらゆかし」の後に、派手な花を置いても、どうしてもしっくりこない。「何やらゆかし」という思いにそぐわない。菫を他の花には替えがたいものとしている。

山路を歩く足を止めて、可憐な菫をほほえみつつみつめる芭蕉の姿がみえてくる。芭蕉の心の中には、いま菫の小さな花だけが映っている。小さな花への関心は静かで澄みきった心境を表わすものである。

『万葉集』の山部赤人《やまべのあかひと》の菫を詠んだ名歌も思い出す。「春の野にすみれ摘みにと来《こ》し我ぞ野をなつかしみ一夜《ひとよ》寝にける」。「春の野に菫を摘もうとやって来た私は、その野に魅かれるままに、とうとう一夜を過ごしてしまいました」。赤人の「野をなつかしみ」という思いは、芭蕉の「何やらゆかし」という思いと、共鳴する。芭蕉は和歌の世界に近づくという試みを行っているのではないか。「何やらゆかし」という思いを述べる表現そのものが、和歌的である。このあたりを素堂は評価しているのではないか。

俳文学者今栄蔵《こんえいぞう》による『芭蕉年譜大成』（角川書店・平成六年・一九九四年刊）は、芭蕉の年譜の決定版。掲出句が成立した前後の芭蕉の動静には、次のような記述がある。「三月上旬、大津に入る。この時、尚白・千那・青鴉らが相携えて入門」。「大津滞在中、松本あたりで路通《ろつう》入門す」。尚白、千那、路通それぞれ、芭蕉の高弟となるものたちである。山路での菫草との遭遇と実力ある俳人との邂逅、ともにうれしい出会い。新たな弟子の誰かが菫と重ね合わされているかもしれない。

同書の三月二十七日の項には、次のようにある。「熱田の白鳥《はくちょう》山《ざん》法持寺《ほうじじ》において三吟歌仙あり」。芭蕉は掲出句を詠んだ後、大津を出て桑名を経て熱田に来て、歌仙を巻いている。その発句は「何とはなしに何やら床し菫草　芭蕉」であった。驚くべきことに掲出句の一部を変えて使い回しているのである。意味は「何となくではあるが何だかなつかしい菫草であることよ」。白鳥山法持寺は日本武尊の墓とされている白鳥《しらとり》古墳に近い、尊ゆかりの寺である。「何とはなしに何やら床し」は菫に重ねて、漂泊の詩人の祖たる尊への思いを、句にしているのではないかと思う。

また、掲出句の中で、「何やら」だけが口語だった。熱田の句では、口語の部分を引き伸ばしているのである。和歌的世界に近づいてしまった発句を口語によって発句独特の俗の世界に引き戻しているところもあるかもしれない。ただ、「山路来て」が消えてしまったことで、風景と芭蕉の姿は見えなくなってしまった。句としては、やはり、掲出句が上である。

芹《せり》叢《むら》をくぐりぬけたり山の水　實

花崗岩くだけ底砂寒の水

（二〇〇九・〇四）

辛崎《からさき》の松は花より朧にて　芭蕉

切字のない発句

俳句の元となる発句において「や・かな・けり」など切字を詠み込むということは重要な条件である。切字がないと一句が独立しない。それでは脇句以下が付けられる格は持たないとされた。ところが、一般的な切字を用いない名句もある。掲出句である。口語訳は不用だろう。

貞享二（一六八五）年の春、『野ざらし紀行』の旅で芭蕉は京都から初めて大津に入る。そこでの詠。掲出句は『野ざらし紀行』所載。「湖水の眺望」と前書がある。ゆかりの唐崎《からさき》周辺を歩いてみたい。

湖西線唐崎駅下車、琵琶湖へ向かって一キロ程歩くと、湖畔に唐崎神社がある。門前の掲示では安産、下の病にも御利益があると言う。現在も庶民に愛されている神社なのだろう。琵琶湖に張り出している境内には松が立つ。折からの強風に鳴っている。湖上の枯葦も呼応するように響いている。天智七（六六八）年、大和の三輪神社を坂本の日吉大社へ勧請する際に、ここに古くからあった松に神が移った。それを祀って社殿ができたというのだから、まず、松ありきであった。ちょうど、職人さんが入って、松手入をしていた。松の下に日本犬が二匹つながれている。吠えもせず、仕事が終わるのを待っている。職人さんによれば、現在の松は樹齢二百年ほどというのだから、芭蕉が見た松そのものとは違う。しかし、古代から植え継がれた松には神々しさを感じる。近くに掲出句を刻んだ円筒型の句碑が立っている。吹き晴れて、眺めがいい。湖の四方いずれも遠望できる。建て込んでいなかった芭蕉在世のころには遠くから見える道しるべのような存在でもあったろう。

俳諧撰集『鎌倉海道』（享保十年・一七二五年刊）によれば、初案は「辛崎の松は小町が身の朧」であった。朧に立つ松に美女小野小町の姿を見ているところに滑稽味があった。弟子千那への手紙に掲出句の形を出して、それで覚えてほしいと書いてあるのは、もともとこの形を興じあったことを示すものであろう。その後、小町を消して、春の夜の大きな空間を描き出す句となった。

四十八字皆切字

『去来抄』にはこの句に切字がなく、連句の第三（発句から三句目）の型であることが、其角、去来によって論じられている。それに対して芭蕉は二人の論は理屈であるとして、「我はたゞ花より松の朧にて、おもしろかりしのみ」と述べている。口語訳すれば、「わたしは単に『花より朧にて』がおもしろかっただけです」。たしかに朧のぼおっとした空気を表現するには「にて」がふさわしい。芭蕉の有名なことば「切字に用ふる時は、四十八字皆切字也。用ひざる時は一字も切字なし」がある。口語訳は「切字として用いる際には、いろは四十八文字すべてが切字です。切字に用いない際に、一字も切字ではありません」。こういう句を作っていく中で考えられたのだろう。芭蕉にとって、この句の「にて」は切字であった。

掲出句は季語においても破格がなされている。「花」は連句において必ず何カ所か詠み入れなければならない。花の定座《じようざ》である。三十六句を連ねる歌仙の場合には二カ所。もっとも重要な季語である。それを朧という別の季語に包んで示している。さらには花よりも松を主体として、挑戦的に用いている。それが松の神々しさを強調することになっているのであるが。季語の破格と切字の破格とを呼応させているのではないか。

この句が昼の景か夜の景かという論議もなされてきた。夜ではよく見えないから昼の句であるという評はいかにも近代写生主義によるものである。ここは近江八景の一つ「唐崎の夜雨《やう》」の地である。夜の時間を賞すべき土地である。また、季語「朧」は昼の「霞」に対して夜のもの。はっきりと見えないから神々しいのである。

日本の風景画は神社周辺を描いた垂迹曼荼羅に始まる。鎌倉時代の春日宮曼荼羅、春日鹿曼荼羅などには背景として月に照らされた三笠山が描かれている。夜の景なのである。そこには松と桜とが必ず書き込まれていた。ぼくはこの句に春日系垂迹曼荼羅と共通する神々しい空気を感じる。ことばによって組み立てられた垂迹曼荼羅であると思うのだ。

この句が作られた場所としては大津の弟子、千那邸か尚白邸かの両説がある。千那邸は東今颪町《ひがしいまおろしちょう》（現在の大津市長等）、尚白邸は柴屋町《しばや》。柴屋町へ向かう。滋賀里駅から京阪電鉄石山坂本線に乗って、浜大津駅下車。かつて「札の辻駅」があったあたりの西側のアーケード街を琵琶湖側に折れると柴屋町である。往時は近江一の盛り場で映画館もあったというが、現在は飲食店が点在する程度。大津絵踊り稽古場の看板がかかっている。どんな踊りだろう。たこ焼き屋が赤い提灯を灯している。近所の人たちだろう。もうビールを飲んでいる。狭いのも居心地がよさそうだ。「二階貸します」の札が下がっている二階があった。しばらく滞在してみたい。広い通りの先にも道は続いている。道の先に琵琶湖の対岸の山が見えた。芭蕉のころは岸の松も望めただろう。大津はまさに湖のほとりの町であった。

北颪神憑きし松ひびきけり　實
枯蘆の茎打ちあふや颪の中

（二〇〇五・〇四）

命二つの中に生《いき》たる桜哉《かな》

芭蕉

芭蕉が拝した阿弥陀

貞享二（一六八五）年春、芭蕉は京から大津、水口《みなくち》を経て名古屋へとおもむいている。『野ざらし紀行』の旅である。東海道の宿駅、水口では重要な再会があった。掲出句の前書に「水口にて、二十年を経て故人に逢ふ」と書かれている。故人とは死者の意ではなく、旧友のこと。門人、土芳であった。『芭蕉翁全伝』（土芳著・享保十四年・一七二九年以前稿）によれば、土芳はこの年、播磨（現在の兵庫県南西部）から伊賀に帰郷したが、芭蕉は伊賀を出た後だった。そこで、追いかけて来て、水口の外れ、横田川（野洲川）の渡し場で行きあう。この地は伊賀へと続く水口街道の起点ともなっていたのだ。そして、水口の駅で一夜、昔を語り合う。掲出句はこの時与えられた。土芳二十九歳、芭蕉四十二歳であった。

掲出句は『野ざらし紀行』所載。次のような意。「二十年の間、別々に生きてきた自分と友人二つの命がある。土芳は幼少時に芭蕉とまみえている。その間にあって、一本の桜は春になると咲いてきた。今まさに、生き抜き咲いている桜を二人で同時に見ているのだ」。

米原駅で東海道新幹線を下り、近江鉄道本線に乗り換える。よく晴れた日、どこまでも冬田が広がっている。田の土が白っぽい。女学生の一団が乗ってきて、さざめく。中には車中まで自転車を押してくる学生もいる。

水口城南駅下車。駅のすぐそばの水口歴史民俗資料館を訪れる。市内北脇遺跡から発掘されたばかりの銅印が展示されていた。平安初期のものだという。古い歴史のある町なのだ。水口曳山祭《ひきやままつり》に巡行される山車、曳山の一つも飾られていた。桜の造花が付けられているが、掲出句に関わりあるわけではないだろう。受付の女性に「芭蕉の句について調べに来た」と告げると、「水口と芭蕉」という資料館作成のパンフレットをコピーしてくれた。

北へと向かうと、水口城資料館がある。三代将軍家光が上洛の際に築いた城の跡に建てられている。さらに北へ進むと、旧東海道にぶつかる。東海道を東へ進む。水口石橋駅を通り、芭蕉逗留の寺、蓮華寺を目指す。住職に話をうかがうことができた。芭蕉訪問当時、寺は、東の方向百メートルのところにあった。当時の住職が伊賀出身で知り合いであったため、芭蕉は滞在したのだろう。本堂の建立は一七〇〇年代なので、芭蕉のころにはなかった。本尊木造阿弥陀如来立像は、平安末期のものなので、芭蕉が拝んでいる可能性もある、とのことだった。煤で黒くなった顔を拝した。現在、寺域には桜の木はない。

二十年来の旧友二人

蓮華寺の住職に道を教えられて、大岡寺《だいこうじ》を訪ねる。本堂で住職に話をうかがう。本尊は鎌倉期の国重文の十一面千手観音。秘仏である。最近いくつかの仏像が盗難にあったのが惜しまれるとのことだった。台だけが残っているのがいたましい。

境内には、枯れきってはいるが、桜の木が植えられていた。自然石の掲出句の句碑は池のほとりにあった。寛政七（一七九五）年、水口藩家老加藤蜃州《かとうしんしゅう》によって、建てられている。「いのちふたつ中に活たるさくらかな」、『野ざらし紀行』の句と比べると、「命二つの中」の「の」の字が脱落している。句を与えられた本人が記す『芭蕉翁全伝』においても脱落している形であった。ということは、こちらが初案であったらしい。ただ、「の」がないと、誤読を誘う。「活たる」の主体は本来、桜のことであるはずが、「命二つ」であると読まれてしまうのである。「中に」も本来は「命二つ」を受けるはずが、「桜の中に」と読まれる可能性がある。「桜の花の中で今、会っている二人の命」と読まれてしまう。この誤読を避けるため、「の」を入れ、「命二つの中」と改作されたのだろう。

この句の「命」ということばは、西行の名歌、「年たけてまた越ゆべしと思ひきや命なりけり小夜の中山」（『新古今和歌集』）の「命」と響きあっている。口語訳は、「かつて小夜の中山を越えたが、老いてからまた越えることがあるとその時思っただろうか、それを思うと、命そのものを感ずる」。老いた西行は嘆きつつ山道を歩んだ。何十年か前、越えた時のことを思い出すことは、戻りえない若き日を思い、自身の老いを見つめることであった。過ぎ去った時間の厚みを意識することでもあった。そこに「命なりけり」という絶唱が生まれる。この西行の感慨と、芭蕉の感慨とは重なるところがある。俳句は「命」を詠う詩であると思っている。だからこそ、「命」ということばをそのまま俳句で生かすことは、むつかしい。この句の場合、「さくら」とみごとに共鳴しているのだ。

『芭蕉翁全伝』によれば、この句を芭蕉が与えた人はもう一人いた。水口の医師、中村柳軒である。翌日、柳軒に招かれたときに、芭蕉はこの同じ句をふたたび贈っている。二十年来の旧友二人に挨拶することができたと芭蕉は笑った、と土芳は書いている。快活に笑う芭蕉がうれしい。

（二〇〇七・〇四）

冬田つづく畦畦畦のどこまでも　實

枯木山かぶさり来たり寺の屋根

杜若《かきつばた》われに発句《ほっく》のおもひあり

芭蕉

業平の和歌に向き合う

貞享二（一六八五）年旧暦四月四日、芭蕉は尾張の鳴海宿に門弟知足の家を訪ねて一泊した。知足の仕事は酒造業、鳴海俳壇の中心人物である。芭蕉を案内したのは、熱田の桐葉ら。鳴海の俳諧仲間も集まり、全員九名で連句を巻いている。掲出句はその先頭一句目、発句である。日付までわかるのは、知足が日記に記録していたからだ。前年秋に江戸を出て、伊勢、伊賀、大和、京都、近江を巡った、紀行文『野ざらし紀行』の旅も、終わりが近づいていた。

知足の子である蝶羽《ちょうう》が、父の遺志を受けて刊行した俳諧撰集『千鳥掛《ちどりがけ》』（正徳六年・一七一六年刊）に、その連句は収録されている。句意は「かきつばたの花を見ていると、わたしの中に俳句を詠もうという思いがきざしてくる」。『野ざらし紀行』には未収録。

杜若《かきつばた》といえば、三河八橋《やつはし》で、東《あずま》下りの在原業平が杜若を見て詠んだとされる次の和歌が有名である。

唐衣《からころも》着つつなれにし妻しあればはるばる来ぬる旅をしぞ思ふ

『古今和歌集』および『伊勢物語』

歌意は「着てなじんでいる、唐風の袖が大きく裾が長い衣服、唐衣のように、長年なじんだ妻が都にいるので、都を遠く離れてはるばると来てしまった旅のことをしみじみ思うことだよ」。和歌は五・七・五・七・七音でできているが、それぞれの句頭が「か」「き」「つ」「は」「た」になっている。これは「折句《おりく》」という技法。ことば遊びを楽しみつつ、京に残してきた妻への思いを詠んだ名歌である。掲出句を詠む際に芭蕉はこの和歌を意識していた。業平の和歌に対して、芭蕉は発句を作ろうという思いが湧き上がったと詠んでいるのだ。業平が旅を思ったように、芭蕉もみずからの遥かな旅を思っていよう。

知足が住んでいた、東海道の鳴海宿の東隣の宿場は、池鯉鮒《ちりゅう》（現在の愛知県知立《ちりゅう》市）。多くの和歌が詠まれた土地である歌枕の「八橋」は、実はこの宿場の近くと考えられていた。句に杜若を詠み込むことは、八橋に近い地にある知足の家を褒める意味も含んでいたのだ。

八橋に業平の旧跡を巡る

今日は、八橋を訪ねてみたい。二月も終わりのよく晴れてあたたかな日、名鉄三河線の三河八橋駅に降り立った。駅前に名所の地図と案内とが掲げられている。業平関係の旧跡もいくつかあるようだ。ゆっくりと巡ってみたい。

三河八橋駅から南下し、鎌倉街道に出て、北西へと向かう。街道を一キロほど歩くと、「落田中《おちたなか》の一松《ひとつまつ》」がある。現在は住宅地の中の小公園「かきつ姫公園」である。掲示によれば、ここが、業平が「唐衣」の和歌を詠んだ地であるという。「落田中」という地名は、近くを流れる逢妻男川《あいづまおがわ》の氾濫で、田が崩れ落ちたところから付けられたのではないかと、推定されている。平安時代には湿地で、杜若が生えていたらしい。現在は乾いていて、松が生えている。

鎌倉街道を南東へと戻る。逢妻男川を渡って、名鉄三河線の踏切のすぐ北側に業平塚がある。業平の墓である。掲示によれば、業平の没後に遺骨を分けてもらって、塚を築いたと伝えられている。地元では供養塔の石のくぼみに溜まった水をいぼにつけると治るといわれており、そのため「いぼ神さま」として信仰されてもいる。業平が地元の方にいまだにだいじにされていることが、うれしい。

さらに戻って北上、無量寿寺《むりょうじゅじ》に詣でる。この本堂には在原業平とその両親の像が安置されているという。境内には芭蕉連句碑が建てられていた。俳句だけの句碑は多いが、連句碑は珍しい。芭蕉が鳴海で訪れた知足の子孫、下郷学海《しもさとがっかい》が安永六（一七七七）年に建てた歴史あるもの。刻まれているのは、掲出句と、それに付けた知足の脇句である。「麦穂《むぎほ》なみよる潤《うるお》ひの里」。句意は「風に吹かれて、麦の穂の波が打ち寄せている、恩恵を受けた里であることよ」。発句の杜若の花の紫色に対して、知足は麦の黄金色を出した。芭蕉が来訪してくれたおかげで、俳諧を学ぶことのできる幸せを、風に吹かれてなびく麦の穂で表現しているのである。なお、『千鳥掛』にこの脇句は「麦穂なみよるうるほひの末」というかたちで掲載されている。「うるほひの末」とは、恩恵を受けた結果という意味、元々はこちらの形であったはずだ。

連句碑の解説の掲示には、「芭蕉は知足の案内でこの八橋に遊び、古《いにしえ》に思いを巡らしたのであろうか」と書かれている。歌枕に関心がある芭蕉である。その可能性は高い。今日のぼくのコースを歩いている芭蕉を想像する。寺の周りには池が巡らされていて、杜若が植えられているという。まだ二月末、杜若は水中で芽を出したところである。

業平の墓に山鳩春《はる》日《ひ》差《ざし》　實

業平さまはいぼ取りの神春の風

（二〇一八・〇五）

古池や蛙《かわず》飛《とび》こむ水のおと

芭蕉

誰もが知っている一句

貞享三（一六八六）年の春を、芭蕉は江戸深川、芭蕉庵で迎えている。前年『野ざらし紀行』の長旅を終えた芭蕉には、庵での穏やかな日常が続いていた。俳諧撰集『はるの日』（貞享三年・一六八六年刊）所載。芭蕉の発句中もっとも高名な作品である。誰もが知っている一人の詩人がいて、その詩人の一作品の完全なかたちを誰もが記憶している。これは考えてみると、奇跡的なことではあるまいか。

今日は芭蕉庵があったあたりを歩いて、蛙の句について考えてみたい。都営地下鉄大江戸線・新宿線森下駅下車、新大橋通りを西に向かい、隅田川に出る手前の道を左折。しばらく歩くと、江東区芭蕉記念館がある。ここに古い石の蛙が展示されている。芭蕉遺愛と伝えられているものである。大正六（一九一七）年に大津波（高潮）があり、その後、記念館の近くで出土したものだ。石の蛙は前足を前に出して、扁平な身を前に進めている。目はみひらき、口もほほえんでいるかのように見える。たしかにこれから池に飛び込もうとしている風情がある。蛙の像のおおらかな造形に、芭蕉が愛でたと考えたい気持ちもよく理解できる。掲出句を愛した後世の誰かが、句の世界を偲んで、芭蕉庵近くの古池のほとりに置いたものかもしれないのだが。

芭蕉記念館を出て、さらに南に進み、小名木川《おなぎがわ》にかかる萬年橋の手前を右折すると、芭蕉稲荷神社。ここが石の蛙の出土地だという。石の蛙の発見を機に、この地を「芭蕉庵旧跡」として東京府が指定した。

芭蕉庵は小名木川が隅田川に合流するあたり、「みつまた」と呼ばれる土地にあった。芭蕉の弟子で、魚商であった杉風の生簀《いけす》だった古池があり、その番小屋に手を入れたものが、芭蕉庵のはじまりだったのだ。後にこの地は大名家の邸になり、芭蕉庵も邸内に保存されてきたが、残念なことに幕末明治の混乱期に消滅してしまった。

「芭蕉稲荷大明神」の赤い旗がおびただしい。「芭蕉」というわびさびの美意識を追求した詩人の名と「稲荷大明神」という商業の神様の名とが一つになっているのに違和感がないわけではない。しかし、土地の人がかつてこの地に住んだ詩人への尊崇の思いをかたちにしている場所である。俳句の今後の上達を願って、しかと拝んでいこう。狭い境内の中に寒桜の木があって、満開の花を咲かせている。川風にすべてのはなびらが吹かれていかにも寒そうだ。

通りのさらに奥には、芭蕉記念館分館・芭蕉庵史跡展望庭園がある。隅田川と小名木川の合流地点が見下ろせる場所だ。等身大の芭蕉座像も置かれて、はるかを見ている。対岸には現在高層ビルが建ち並んでいるが、芭蕉はたしかにこの豊かな水の流れを見て暮らしていたのだ。

ささやかな音を聞き取る

この句の中心は「水の音」である。蛙が池の水面に飛び込んだことによって生まれる音は、耳を澄まさなければ聞こえない。まことにささやかなものだ。そのささやかな音を書きとめていることに、ぼくは感動する。大きな音には誰もが驚くが、この小さな音は芭蕉しか、聞き取れなかった。もしも芭蕉が聞きもらしていたら、現代までの誰一人として気付かなかったかもしれない。そこには、蛙という小動物のいのちがこもっている。庵の中にいた芭蕉は、たしかにその音を聞き取った。聞き取ったところで、芭蕉は蛙のいのちと向き合っているのだ。

和歌最高の古典と考えられていた『古今和歌集』の「序」には、次のような部分があった。「花に鳴く鶯、水に住む蛙の声を聞けば、生きとし生けるもの、いづれか歌をよまざりける」。意味は「花に来て鳴く鶯や水中に居て鳴く蛙の声を聞くと、生きているもののすべてが歌を詠まないではいられないのだ」。

蛙は鶯とともに鳴く小動物の代表とされてきた。そのため和歌においても、連歌においても、芭蕉以前の俳諧においても、蛙は鳴き声を賞し、作品には鳴き声を詠む約束のものだったのである。その伝統に反して、芭蕉は蛙の鳴き声を詠まなかった。鳴くということから蛙を解放したのである。鳴き声ではない、池に飛び込んだ音を詠みえたことが新しかったのである。詩歌の伝統に、自分の目で見、耳で聞き取ったことで新しみを加えた。そこから大きな新たな一歩が踏み出されたのである。

この句の蛙が一匹か、複数か、という議論もある。しかし、何匹も蛙が飛び込んだのではありがたみはない。一匹が飛び込んだので十分である。一匹の蛙の水音によって「瞬間」というものが、切り取られていると読みたいのだ。

この句が、現代のぼくらの俳句にもたらしたものはかぎりなく大きい。

寒桜すべての花弁吹かれをり　實

隅田の波小名木に入りぬ冬の暮

（二〇一一・〇三）

君火をたけよきもの見《み》せむ雪《ゆき》まるげ　芭蕉

雪の日の友の訪問を喜ぶ

貞享三（一六八六）年、芭蕉は旅に出ることなく、江戸で過ごしている。この少し前、芭蕉にとって重要なできごとがあった。曾良との出会いだ。のちに『おくのほそ道』の長旅に同行する主要な弟子である。掲出句はこの年の冬の作。芭蕉の作品の中で、曾良が登場するもっとも初期の句である。

掲出句は其角編『続虚栗《ぞくみなしぐり》』（貞享四年・一六八七年刊）所載。句意は「君は火を焚《た》いてあたたまっていてください。わたしがいいものを見せてあげましょう。雪の大玉を作って」。中国の詩人、白楽天の詩「雪月花《せつげつか》の時最も君を憶《おも》ふ」の影響もあって、詩歌をたしなむものにとって、雪の降る日は友のことを思う日だった。まさにそんな雪の日に、曾良が訪ねてくれたことを喜び、芭蕉は弾むように掲出句を詠んでいる。

曾良のすまいについては、『おくのほそ道』に記載があった。「芭蕉の下葉《したば》に軒を並べて、予が薪水《しんすい》の労を助《たす》く」。「芭蕉庵の芭蕉の葉の下に隣合い、わたしの炊事の面倒を助けてくれた」という意になる。二人のすまいはごく近接していた。

今日は芭蕉庵、曾良庵があったあたりを歩いてみたい。都営地下鉄大江戸線・新宿線森下駅下車、新大橋通りを西に向かい、隅田川に出たら、川沿いの整備された道を下流に向かって歩く。小名木川が隅田川に合流するあたりに、芭蕉庵があったと考えられている。秋の日は暮れやすい。小名木川に架けられた萬年橋が灯っている。どこからか金木犀が匂う。川面を灯した水上バスがさかのぼっていく。上げ潮のためか、水面がみなぎっている。

芭蕉庵の跡と伝えられている場所は、現在、芭蕉稲荷神社となっている。繰り返し訪ねるべき地である。それでは曾良庵は、と思って、歩いていたら、「そら庵」というカフェをみつけ、はっとした。店主に、「この店の場所が曾良庵跡だったというような言い伝えがあるんですか」と聞いてみると、笑いながら首を横にふっていた。「たまたま芭蕉庵跡が近くなので、芭蕉の弟子曾良にちなんで命名しました」とのこと。深川では、曾良までもが親しまれているのだ。コーヒーで一服しよう。

芭蕉は隠密だったか

曾良の遺したメモを、曾良の甥、周徳《しゅうとく》が整理してまとめた『ゆきまるけ』(元文二年・一七三七年成立)という書がある。その巻頭に掲出句が掲載されている。その前書には次のようなことが書かれていた。「曾良は芭蕉庵の近くに仮のすまいを定めて、朝に夕にわたしが訪ねたり、曾良に訪ねられたりしている。わたしが食事を作るときには、曾良が柴を折って焚いて助けてくれる。茶を飲もうという夜には、曾良が厚い氷を割ってくれる。曾良の性質は世を避けて静かに暮らすことを好み、わたしとも極めて親しい。ある夜、雪が降った際に訪ねられて、次の句を詠んだ」。

こういう前書があるので、「君火をたけ」には、単に暖をとるだけではなく、「飲食の準備もしてくれ」という意味も籠められていよう。芭蕉の肉声が聞こえる。芭蕉は曾良を「君」と呼んでいたのだ。辞書に見える「男の話し手が同輩以下の相手を指すのに使う語」であるが、とてもみずみずしい感じがある。そして、「よき物見せん」と続ける。「よき物」も芭蕉が口にしたことばだろう。いったい何だろうと、曾良に期待を持たせる。そのあと、それは雪をまるめて作る雪の玉だよ、と種明かしをしているのだ。この句文には雪と友情とに興じる、少年のような芭蕉がいる。

俳文学者村松友次の『謎の旅人　曽良』（大修館書店・平成十四年・二〇〇二年刊）を読んだ。曾良の実像に迫っていて、ぼくは衝撃を受けた。内容は以下のとおり。江戸幕府は全国各地から情報収集しなければ治世を続けることはできない。その情報収集のために、幕府関係者が各地に門弟の多い俳諧師芭蕉と旅のベテラン曾良とを結びつけた。仲介したのは江戸城に魚を納めていた商人杉風であった。『おくのほそ道』の旅も歌枕探訪のみが目的ではなくて、幕府関係者に仙台藩などの情報を提供するという面もあった。曾良には幕府筋から多額の旅費が支給されていたらしい。曾良は芭蕉の死後、幕府の九州方面巡見使の随員となる。巡見使は全国の施政、民情を調査するためのものである。曾良と幕府との関わりはかなり深い。従来、芭蕉忍者説、隠密説が話題にされてきたが、ぼくは無視してきた。しかし、この本を読んで、隠密説も俗説と切り捨ててはしまえないような気がしてきた。

掲出句に盛られている友情も、二人の幕府に関わる仕事を隠蔽するためのものだった、と読むことができるかもしれない。しかし、そうは読みたくない。句が翳《かげ》ってしまう。たとえ、二人の関係が幕府の命によって始まったとしても、それを忘れて、純粋に雪と友情とを楽しんだ一夜があったと信じたい。

上げ潮に河みなぎるや秋の暮　實
きんもくせい萬年橋のともりたる

（二〇〇九・一二）

花の雲鐘は上野か浅草か

芭蕉

なぜ芭蕉か

貞享四（一六八七）年春、芭蕉は江戸にいた。掲出句は深川、芭蕉庵で作られたと思われる。其角編の俳諧撰集『続虚栗』所載。前書に「草庵」とあった。句意は、「雲と見まがう一面の花盛り、響いてくる鐘の音は上野の寛永寺のものか、浅草の浅草寺のものか」。

今日は掲出句が詠まれた東京都江東区、深川の芭蕉庵跡を訪ねてみる。新宿から都営地下鉄新宿線で二十分程度。森下駅で下車する。

町工場が多い。簾屋《すだれや》がある。覗いてみると、均一に材を揃えて編んでいる。下町の雰囲気がある。

ぼくは俳句を作っている。それがいつか仕事になってしまった。そして、思うことは芭蕉のことである。芭蕉は俳句の原型を作りだしたひとである。俳句についてのことは、芭蕉に尋ねたらすべてがわかると言ってもいいかもしれない。

芭蕉以前の俳諧はことばあそび中心の宴会の余興のようなものだった。芭蕉がはじめて、自分自身を、そして自身の目に映るものを句の素材としてそのまま詠うようになったのである。

古池や蛙飛こむ水のおと

という句も、仕掛もなく、見えているものがそのままに詠われていることが新しかったのである。その結果、俳諧を和歌、連歌、漢詩といった当時の一流の詩と考えられていたものと肩を並べるまでに育てあげた。ぼくらは短歌や詩に比べて俳句が程度の低いものとは考えない。俳句とはそういうものと当たり前に考えているが、芭蕉以前にはそうではなかったのである。芭蕉がいるから、そのあと蕪村や一茶や子規、虚子が生まれてきた。そして、たくさんの俳人の最後尾にぼくも句を作っていられる。芭蕉はそういう意味で恩人である。新しいものが始まるときには思いもよらぬ力が生まれる。芭蕉の句はその力に満ちている。その力に学びたいのである。そして、なんとか近づきたいのである。芭蕉の句にゆかりの土地を歩きつつ、そんなことについてゆっくりと考えてみたい。

芭蕉記念館を見る

十分ほど歩くと芭蕉記念館が見えてくる。屋根が青く大きく笠をかぶった芭蕉をイメージしている。植えられている芭蕉の葉はぼろぼろになっている。椿がよく咲いている。

中に入って展示を見る。芭蕉の手紙の真筆が掛かっている。元禄四（一六九一）年旧暦正月三日、金沢の弟子句空宛のものである。簡単には読めないが、筆のスピード感はわかる。爽快である。

芭蕉庵跡から出土したと言われる石の蛙も展示されている。目を瞠《みは》っているのか瞑っているのか、彫りが磨滅してしまってわからないのだが、それも味わいになっている。前脚を踏ん張っているようすが愛らしい。この蛙をたしかに芭蕉が愛していたという確証はないのだが、そう思わざるをえない魅力がある。

蕪村の描いた芭蕉像も展示されている。老いて、あたたかな風貌、にこやかに笑っている。蕪村の芭蕉に対する敬意がよく伝わってくる名品である。蕪村が好きな芭蕉の句を思いつくままに書き並べているのも楽しい。大きな字から小さな字まで書き連ねている。

庭に出て、築山の上に作られている祠を拝する。俳句の上達を願う次第である。

芭蕉庵跡

裏口から出ると、そこは隅田川なのであるが、堤防が高くてなにも見えない。ゆっくりと下流方向に歩いていると、芭蕉庵史跡展望庭園に出る。

大きな芭蕉像が青々と塗られて座っている。江戸時代の書物に見えている芭蕉庵の図などがパネルにされている。それらに往時を偲べるようになっているが、あまりにもきれいすぎて、ぼくにとっては芭蕉のことを思う気になれなかった。

ただ、風景は眼前に小名木川が隅田川に合流している。かなり荒い春の風に川には大きな波が立っている。芭蕉庵があった場所は正確には特定できないようだが、このあたりと考えていいだろう。

さて、掲出句「花の雲鐘は上野か浅草か」である。大きな句である。句の空間の大きさに圧倒される。芭蕉が住んでいたころは大きな建物など一切なく、はるか遠くまで見渡せたのである。

この前年の句に「観音のいらかみやりつ花の雲」がある。其角編の俳諧撰集『末若葉《うらわかば》』（元禄十年・一六九七年刊）所載。句意は、「観音のおわす甍、浅草の浅草寺の甍をはるかに見やっていることだ、雲のように見える花の中に」。これによれば、たしかに浅草寺の甍は見えているのである。『おくのほそ道』の冒頭には「月は在明《ありあけ》にて光おさまれる物から、不二の峰幽《かすか》にみえて、上野・谷中の花の梢、又いつかはと心ぼそし」とあった。意味は「おりから月は有明と言って形も細く光も薄れてはいるものの、遠く富士の姿もかすかに見えて、近くには上野・谷中の森も望まれるにつけ、あの花の梢もまたいつの日にかながめることができようと、心細い」。浅草のみならず、上野も谷中も、そして富士山まで見えているのだ。

文明が進むということは見通しが悪くなること、うるさくなることだった。そういえば、井伏鱒二が荻窪で東京湾の船の汽笛を聞いたということを書いていた。東京は急速にうるさくなっているのだ。

この句には「草庵《そうあん》」という前書が付いている。庵という定点からはるかに花の名所を望み、花見の喧騒と庵の静寂とを対照させているのだ。庵の静けさがあるからこそ、名所の花見の喧騒が際立つということもある。山本健吉に優れた芭蕉論『漂泊と思郷と』（角川書店・昭和五十五年・一九八〇年刊）がある。芭蕉は漂泊の人生を送るが、同時に故郷の伊賀への思いも持ちつづけていたと論ずる。定点があるからこそ、移動にも意味が生まれる。そういう意味では芭蕉庵は東の定点として重要であった。

隅田川には、ひっきりなしに船が通る。引船が大きな船を三艘も引いて通る。小さな艇が頷くように進んでくる。

翁愛《め》でし石の蛙もあたたかし　實

蕪村筆芭蕉蔵

笑みたれば皺のなかの目藪椿

花冷や航跡しろき隅田川

（二〇〇〇・〇五）

笠寺やもらぬ崖《いわや》も春の雨

芭蕉

観音像に笠をかぶせる娘

貞享二（一六八五）年旧暦四月、『野ざらし紀行』の旅を終え江戸に戻ってきた芭蕉は、二年の間旅にも出ず、江戸深川の芭蕉庵で過ごしている。その間、尾張鳴海宿に住んでいた弟子知足から発句の注文を受けた。鳴海宿の近くの笠寺に奉納する句を求められたのである。掲出句は知足の依頼に応えて、芭蕉が江戸でつくった句である。知足が編み、知足の息子である蝶羽が補って刊行した俳諧撰集『千鳥掛』に収録されている。

笠寺とは、真言宗天林山《てんりんさん》笠覆寺《りゅうふくじ》の通称、笠寺観音である。寺には次のような縁起が伝えられている。かつて堂が荒れ果てて、本尊の観音像が風雨にさらされていたことがあった。鳴海の長者の使用人であった娘が、雨でずぶ濡れになっていた観音像を見て可哀想に思って、自分がかぶっていた笠をとり、観音像にかぶせた。その後、鳴海に立ち寄った都の貴族、中将藤原兼平がその娘をみそめ、妻として迎えている。彼女は玉照姫《たまてるひめ》と呼ばれることとなる。この縁で、夫妻は現在の地に寺を再興し、寺の名を笠覆寺とした。寺名に笠がついた由来が示されているのだ。

句意は「笠寺の雨のもらない窟《いわや》ともいうべき堂にも、春の雨がしずかに降っている」。芭蕉は寺の縁起を思い出し、ふたたび観音像が雨に濡れることがないようにと祈っているのだろう。

十二月も終わりの土曜の午前中、東海道本線笠寺駅下車。東へ二十分ほど歩くと、笠寺観音である。寺の南側を旧東海道が走っている。すこしの距離でも旧東海道を歩いて、山門から入りたい。境内にはさまざまな露店が出ている。天然酵母パン、カレーライス、焼きそば、焼きおにぎり、コーヒー、無農薬の野菜、お米、手作り雑貨などの店があった。子ども連れも多く、にぎやかである。ワークショップなどの催しも開かれるようだ。

本堂で本尊の観音像を拝みたいと、寺の女性に申し出てみる。しかし、笠をかぶった十一面観音である本尊は秘仏で、開帳は八年ごとであるとのこと。今日拝むことはできない。

行尊と西行のことばを織り込む

掲出句の句碑の位置を尋ねると、山門を入って左手、多宝塔の奥であると、教えていただく。この句碑、春雨塚は安永二（一七七三）年に知足の子孫である春麗園蝶羅《しゅんれいえんちょうら》によって建てられた由緒あるもの。

あらためて掲出句「笠寺やもらぬ崖も春の雨」を読んでみよう。「笠」「もる」「雨」が関係の密接なことば、縁語で仕立ててある。「もらぬ崖」が特徴的表現であるが、平安時代の和歌から引用されている。

草の庵《いお》をなに露けしと思ひけんもらぬ窟も袖はぬれけり　行尊《ぎょうそん》『金葉和歌集』

修験道の聖地、奈良大峰山《おおみねさん》中の笙《しょう》の窟で修行していた際の和歌である。笙の窟とは、大普賢岳《だいふげんだけ》の近くにある断崖の下にある洞窟のこと。歌意は「なぜ草庵ばかりが涙の流れやすい場所と思っていたのでしょうか。雨のもらない窟でも、感動のあまり袖は涙に濡れるのです」。

芭蕉の愛した西行も笙の窟を訪れ、行尊の和歌を踏まえて次のように詠んでいる。

露もらぬ岩屋も袖はぬれけると聞かずばいかにあやしからまし　西行『山家集《さんかしゅう》』

歌意は「露も漏らない岩屋でも袖は濡れると、行尊の和歌によって知らなかったら、どんなにかいぶかしいことだったでしょう」。

掲出句の「もらぬ崖」はこの二首に由来する。これを知ると、笠寺から大峰山中へと瞬間移動をするような不思議な感覚にとらわれる。

この句碑が珍しいのは、芭蕉の発句に付けた知足の脇句まで彫られていることである。

旅寝《たびね》を起す花の鐘撞《かねつき》　知足

芭蕉は貞享四（一六八七）年旧暦十一月十七日、『笈の小文』の旅の途上、鳴海の知足亭で、掲出句を発句とした歌仙を完成させている。発句を春雨のころ笠寺に旅人が宿を借りた句であると知足は考え、その旅人の眠りを桜の咲いたころ鐘を撞《つ》いて起こしている、と脇句に詠んだのだ。

笠寺の鐘は鎌倉時代に鋳《い》られた名鐘であった。脇句の旅人は芭蕉その人であろう。「花」は連句においてもっとも珍重すべきもの。歌仙三十六句中、二カ所にしか用いられない。また出すべき定位置「定座《じょうざ》」も定められている。定座よりもずっと早い、芭蕉の発句に添えた脇句に用いているところに、芭蕉を迎えた知足の強い喜びが知られる。

風の音ひたすら木の葉掃《は》く男　實
春雨塚落葉の袋寄せてある

（二〇一七・〇三）

月はやし梢は雨を持《もち》ながら

芭蕉

仏頂からの印可

貞享四（一六八七）年旧暦八月十四日、当時江戸にいた芭蕉は、鹿島へ月見のために旅立つ。この旅は紀行文『鹿島詣』（宝暦《ほうれき》二年・一七五二年刊）にまとめられた。同行は、門弟、曾良と宗波《そうは》とであった。

掲出句は『鹿島詣』所載。句意は、「月が早く動いているように見える。梢は雨を含んでいるのであるが」。

残暑厳しい日の午後、鹿島線鹿島神宮駅に下りた。観光案内所で芭蕉が訪ねた根本寺《こんぽんじ》と鹿島神宮の位置を教えてもらう。

まず根本寺へ向かう。国道五十一号を潮来《いたこ》方面へ歩くが道案内はない。案内所で地図に印を付けてもらったあたりに来たが、寺らしいものはない。鹿島高校に入って、弓を練習中の学生に聞く。彼はそこが芭蕉の来た場所であることを知っていた。さらに進めと言う。道の葛を刈り取っていた女性にも聞く。さらに先であるとのことだ。ようやく、「根本寺」とある門柱を見出した。そこは墓と空地になっていた。洗濯物を干しに庭に出ていた女性に聞くと、寺は国道から少し入った位置にあるとのことだった。

門を入ると寺は緑豊かな山を背にして建てられていた。曾良はここで「雨に寝て竹起かへるつきみかな」という句を残している。句意は、「雨の中に寝たところ、いつか雨が上がり竹が起きなおってきて、われわれも月見ができたことだなあ」。現在も寺へと竹がかぶさっている。

碑に寺の歴史が刻まれている。創建は推古天皇二十一（六一三）年。蒙古来襲の折には法を修し敵を退けた。

もともと奈良時代に盛んだった仏教の宗派、三論宗の寺であったが、後、禅宗に変わる。この寺は幕末、水戸天狗党の乱の戦場となっている。尊王攘夷派天狗党はこの寺に墓石で陣地を築き、立て籠り滅びていった。この芭蕉の遺跡には弾丸が飛び交ったのだ。

仏頂《ぶっちょう》和尚はこの寺の住職だった。鹿島神宮との寺領をめぐる訴訟のために、上京。深川、臨川庵《りんせんあん》に滞在した。芭蕉はそこで参禅したのである。芭蕉が鹿島訪問の前年に作った「古池や蛙飛こむ水のおと」は評判となったが、眼前只今のことが詠まれている。そこに禅の影響が現れている。禅に親しんだおかげでこの句ができた。いまは住持を引退した仏頂への感謝のために鹿島を訪れたのかもしれない。

月見に来たのだが雨。芭蕉はあきらめて眠った。暁に晴れてきたので、和尚が起こしてくれた。掲出句、「月はやし」は月の手前を走る雲が早くて、そう見せている。梢からはまだ雨の雫が落ちている。雨から晴、暗から明へと「乾坤《けんこん》の変」、自然の変化の急が魅力である。本堂の前に宝暦八（一七五八）年の句碑が建てられていた。

この句には和尚への感謝の気持ちも込めている。起こしてもらえたから、すばらしい景を目にすることができたわけである。『鹿島詣』には和尚の歌も収録されている。「おりおりにかはらぬ空の月かげもちゞのながめは雲のまにまに」。掲出句より前に置かれているが、芭蕉の句に触発されて作られたのかもしれない。歌意は、「本来一つである月が様々な姿を見せるのは雲の変化によるもの」とまとめている。芭蕉の句が仏教的真実を詠んだことを保証しているとも言える。これは仏頂の芭蕉への印可《いんか》、芭蕉の悟りを認めたものとも言えよう。裏山の上に上った月を想像してみた。

要石の露

根本寺から徒歩三十分。神宮に詣でる。常陸国（現在の茨城県）一の宮である。芭蕉は「神前」という前書を置いて、「此松の実ばへせし代や神の秋」と詠んでいる。句意は、「この松の木がもともと発芽した神代を思わせるような神々しい秋である」。巨木を前にして芽からかく育つまでの長い時間を感じ取る。実が発芽した神代の秋を幻想しているわけだ。現在も松の大木が見られる。蝉がよく鳴いている。

宝物館（平成三十年より休館中）で国宝の直刀を見る。奈良時代のもの。この神社の歴史をものがたるものであるが、芭蕉は見ることができなかったか。鹿園の鹿は与えられた鹿煎餅を争って食べている。芭蕉参詣当時にも、鹿はいた。曾良が「膝折ルやかしこまり鳴《なく》鹿の声」という句を残している。句意は「鹿も神威を感じ取って、信仰篤い人のように膝を折ってかしこまって鳴いている」。理屈っぽい。

神社の奥には要石《かなめいし》がある。鹿島明神が降臨したとされる石である。地上に現れている部分はごく小さいのであるが、地下深くまで広がっているとのこと。江戸時代、三日三晩掘り続けたが石の先にまで行き着かなかったとのことだ。その先は地震を起こす鯰を押さえているという伝説もある。ここで宗波は「ぬぐはゞや石のおましの苔の露」という句を残している。「石のおまし」とは要石のこと。「そこに生えた苔に降りた露を拭ってさしあげたい」という句意だ。なかなか難しい材料とよく向きあっている。芭蕉はこの後『笈の小文』の旅に出かけるが、唐招提寺の鑑真和上の像の前で「若葉して御めの雫ぬぐはゞや」という句を残している。句意は「若葉で鑑真和上の盲目の目の雫を拭ってさしあげたい」。芭蕉の句のほうがずっと高名だが、「ぬぐはゞや」が重なり、聖なるものの上に生じた液体を拭いたいというところは共通する。影響関係を考えてもいいだろう。

神の松は蟬の松なりいくつ鳴く　實

一ひぐらし今群蟬《ぐんせん》を統《す》ぶるなり

（二〇〇四・一〇）

蓑虫の音《ね》を聞《きき》に来《こ》よ草の庵《いお》

芭蕉

一句が生み出す波紋

この句の季語は「蓑虫」で、秋季となる。ミノガ科の蛾の幼虫である。木の葉や枝を糸で綴り、袋状にして、その中で暮らしている。『枕草子』には鬼の子であると書かれている。親の鬼は子をうとましく思い、きたない衣をかぶせ、秋風の吹くころには戻ると言って、逃げる。子はその言葉を信じて「ちちよ、ちちよ」とはかなげに鳴いていると言うのだ。ここから秋の季語に選び出されているわけだ。科学的には蓑虫に発音の器官は無いが、詩歌の世界では鳴くものとされてきた。

貞享四（一六八七）年、江戸深川の草庵で、この句は作られた。其角編の『続虚栗』という俳諧撰集に収められた際の前書は「聴閑《ちようかん》」。「閑」という状態を「聴」いている句であるというのだ。ほんとうの静けさがなければ、蓑虫の声など聞こえない。清閑を楽しみつつも、友の訪れを促そうとしているのだろう。視覚ではなく、聴覚を刺激する句であるのが貴重である。成蹊編『栞集《しおりしゆう》』（文化九年・一八一二年刊）という俳書での前書は「くさの戸ぼそに住《すみ》わびて、あき風のかなしげなるゆふぐれ、友達のかたへいひつかはし侍る」。意味は、「草庵に住みにくく思っていて、秋風の悲しい夕べ、友の元へ言ってやりました」。挨拶句として作られていることがわかる。

『続虚栗』の芭蕉の掲出句に続く句は古参の門弟、嵐雪のもの。「聞《きき》にゆきて」と前書を置いて、「何も音もなし稲うち食ふて螽《いなご》哉」である。句意は「蓑虫の音を聞きに訪ねたが、何の音もない。稲をばりばり食べるいなごがいるばかりである」。嵐雪が訪ねたら、実は蓑虫を聞き澄ます閑寂から遠い雰囲気だった、食事や談話に興じていた、ということだろう。これによって、「友達」とは嵐雪だったことがわかる。

芭蕉の友人、素堂がその庭で見せた蓑虫も、この句が生まれるきっかけの一つになっているようだ。「蓑虫」は、和歌での用例はあるが、素堂や芭蕉らが俳諧の季語として再発見したもの、と言ってもいいかもしれない。素堂もこの句に感動した一人で、「蓑虫説《みのむしせつ》」という俳文を残している。「蓑虫」の特徴を他の昆虫などと比較した文章でユーモラス。さらに素堂の「蓑虫説」に、芭蕉が感心して「『蓑虫説』跋《ばつ》」を残している。元禄を代表する画家、英一蝶《はなぶさいっちょう》も「蓑虫説」に絵を描いていることがわかっている。芭蕉の一句を核にして、水面に波紋が生まれるかのように、つぎつぎに作品が生み出されていくのが、すばらしい。

さらに、芭蕉はこの句を、故郷の伊賀の弟子土芳にも与えている。彼の庵は、この句から「蓑虫庵《みのむしあん》」と名付けられている。

なぜこの句を土芳に与えたか

ようやく梅雨が明けたある日、伊賀鉄道伊賀線上野市駅に降り立った。銀座通りを南下する。ゆっくり歩いて三十分ほどで、蓑虫庵に着いた。管理人の女性の方が「暑かったでしょう。部屋の中はよく冷えています。お休みになってから、ご覧になってくださ い」と言ってくださる。気持ちははやる。すぐ見たい。「まずは拝観させてください」と言うと、蚊取り線香を入れた金属製ケースを出してきて、蚊が多いので腰に吊るしてくださいとのこと。煙がよく出て効きそうだ。掲出句がすばらしいと言うと、「ありがとうございます」と感謝してくださった。芭蕉の遺跡を訪ねて、ここまで親身になってもらったのは、初めて。さすがは芭蕉の故郷だ。

庭の緑は濃い。さまざまな常磐木落葉が降り、何種類かの蟬が鳴きしきっている。茅葺きの庵の中は畳が敷かれて、元禄の世、そのままであろう。庭にはいくつかの句碑が立つが、掲出句のものはない。庵の鴨居の上に、古木に掲出句を彫り付けたものが掲げてあるだけであった。それもゆかしい。

土芳は商家に生まれ幼少時、芭蕉と親交があったが、貞享二（一六八五）年旧暦三月、『野ざらし紀行』旅中の芭蕉と近江水口で偶然、再会する。土芳は藤堂藩士服部家養子となり、二十代後半。芭蕉は四十代となっていた。以後、土芳は俳諧に専念していく。入庵したのは、貞享五年旧暦三月四日。土芳の『庵日記《あんにっき》』によれば、芭蕉は「面壁《めんぺき》の画図一紙」（達磨図なのだろう）に掲出句を賛して、土芳に与えたという。土芳はおしいただき、この句の初五から「蓑虫庵」と号したいと芭蕉に申し出る。芭蕉は「よろし」と許した。

掲出句を与えたことは、故郷の期待の弟子を、友人素堂や古くからの弟子嵐雪と同格であるとする励ましであった。「蓑虫」の鳴き声とされる「ちちよ、ちちよ」に故郷、伊賀を思い出したということもあるのかもしれない。

土芳は、芭蕉の俳論を整理し、『三冊子』にまとめている。芭蕉の発句も『蕉翁句集』などに整理した。土芳がいて記録してくれたからこそ、わかることがずいぶんとある。生涯を独身で通し、人生を芭蕉と蕉門のために捧げた男であった。墓が、庵の庭の隅に建てられていた。文字は近代の俳人、河東碧梧桐《かわひがしへきごとう》によるもの。

感謝の思いで、拝した。


はせをゆゑ伊賀なつかしや花むくげ　實

蟻の来て蟬穴の奥のぞきこむ

（二〇〇六・一〇）

第三章／笈の小文

貞享四年から元禄元年
（一六八七年から一六八八年）

四十四歳の冬、芭蕉は、再び行脚へと出発する。
亡父の三十三回忌法要への参列とあわせて、
伊良湖崎、吉野山、須磨明石など
各地の名勝を勢力的に廻り、数多くの名句を詠んだ。

【解説四】『笈の小文』　師と弟子、同行二人の旅路

貞享四〜五（一六八七〜八八）年の旅の記録を門弟乙州《おとくに》が編集、宝永四（一七〇七）年に刊行したものである。

貞享四年旧暦十月、四十四歳の芭蕉は、江戸深川の庵を発ち、故郷伊賀へ向かった。途中、名古屋の門人杜国が罪を得て三河の伊良湖崎で謹慎中だったところを、慰問に訪れる。故郷伊賀で越年の後、伊勢を経て、伊賀に戻る。すると、伊賀には会いたかった杜国が来ていた。以後、杜国とともに、吉野、高野山、和歌の浦、奈良、大坂を経て、須磨明石の名所を遊覧した。紀行文は須磨の源平の古戦場で終わるが、旅は続いていく。

芭蕉は杜国とともに京に来るが、杜国とはそこで別れる。杜国は伊賀に立ち寄った後に、伊良湖へと戻った。芭蕉はその後二度と杜国と会うことはなかった。杜国と別れた後、芭蕉は、岐阜、大津、岐阜、名古屋、岐阜と行ったり来たりを繰り返しながら、岐阜から元禄元年八月、次の目的地、信濃へと向かう。これは「更科紀行」の旅となる。

笈の小文の旅とは、結局、愛弟子杜国との愛の旅だったと言ってもいいのではないかと思う。

もっとも特徴的なのは、次の唱和である。

乾坤無住同行二人
よし野にて桜見せうぞ檜の木笠　芭蕉
よし野にて我も見せうぞ檜の木笠　万菊丸

「乾坤無住同行二人」とは巡礼が笠に書く文句で、本来は、天と地との間をとどまることなく、仏とわれとの二人で伴っていく、という意味であった、ところが、ここで芭蕉は、この二人を仏を押しのけて、杜国と自分のことにしているのだ。まことに神仏をも恐れぬ所業と言っていい。杜国の名をはばかって、万菊丸と名乗った杜国も、芭蕉の句の「桜」を「我も」にだけ変え、一句としている。季語も失せてしまった。何の見せるべき創意もない。しかし、芭蕉とともにあることの喜びだけが輝いているような句だ。

本紀行の中で、杜国が同行している時の句は、すべて杜国に詠みかけた句と考えていい。杜国が同行していない時の句に比べると、一段と調子が高くなっている。

「臍峠《ほぞとうげ》　雲雀《ひばり》より空にやすらふ峠かな」「龍門《りゅうもん》　龍門の花や上戸《じょうご》の土産《つと》とせん」「西河《にじこう》　ほろ〳〵と山吹ちるか滝の音」、このあたりの秀句の地を訪ねて、書きたかった。

星崎《ほしざき》の闇を見よとや啼《なく》千鳥

芭蕉

星崎、地名の美しさ

貞享四（一六八七）年冬、芭蕉は『笈の小文』の旅の途上、名古屋にほど近い鳴海の宿に滞在している。土地の庄屋で、蕉門の俳人、知足による記録が残されていて、この句は、十一月七日、寺島安信《あんしん》邸で作られたことがわかる。

秋晴の午後、名鉄名古屋本線鳴海駅北口に出る。扇川を渡って、旧東海道に出たあたりが、鳴海宿の中心である。左折してすぐに寺島安信邸跡がある。現在は、バイクと自転車を商う店となっている。活気のある店だ。家が建て込んでいて、星崎方面を望むことはできない。星崎は鳴海の西、約一キロ、当時は浜辺であった。

掲出句は『笈の小文』所載。句意は「夜の闇の包む星崎の浜の方に千鳥の鳴き声が聞こえた。浜に満ちている闇を見よ、と鳴いている」。なぜ闇を見なければならないのか、わからないところもあるが、魅力がある。星崎という地名の美しさに引き付けられる。地名に「星」ということばがあるだけに、句の「闇」はいっそう深まる。

鳴海は古歌に詠まれた、由緒ある歌枕である。地名辞書によれば星崎も歌枕であるが、歌枕関係の辞書には見えない。歌枕の中にも軽重があって、星崎は鳴海よりも軽いのだ。芭蕉も愛読していた、名所和歌を集めた書、宗恵編『松葉名所和歌集《まつばめいしよわかしゆう》』（万治三年・一六六〇年成立）は鳴海の和歌を三十首掲載するのに、星崎はわずか一首のみである。芭蕉は『笈の小文』での前書に「鳴海にとまりて」と記している。鳴海を意識しつつ句中に詠み込まなかったところに、星崎への深い関心を読み取ることができる。この句は蕉門を代表する撰集『あら野』（元禄二年・一六八九年刊）名所の部に収められている。星崎は俳諧における名所ともなっているのだ。

「闇を見よ」という命令がすばらしい。芭蕉にとって、見るという行為は光のなかにあるもののみを対象にするのではない。自身の内面と直結するものなのだ。鳥の鳴声を聞くという聴覚と、闇を見るという視覚とが、結びつけられているのも見どころ。異なった二つの感覚を結びつけた「海くれて鴨のこゑほのかに白し」（『野ざらし紀行』）を思い出させるのである。

亭主、安信が付けた脇句は「船調《ととの》ふる蜑《あま》の埋火《うずみび》」（『知足斎日日記抄』）。発句の「闇を見よ」をよく受けている。「眼を凝らすと、闇の中で出漁の準備をしている漁師の暖を取るための埋火まで見えるようです。他に灯火もないひなびたところへ、ようこそいらっしゃいました」という意になるだろう。

芭蕉最古の句碑

旧東海道は鳴海宿の西のはずれから、北へと向きを変える。一キロほど北西へと歩き、脇の小山、三王山に入る。冬瓜《とうがん》、南瓜が実る畑を横に見て登っていくと、千句塚公園がある。ここに芭蕉の句碑がある。芭蕉句碑はどこにでもあるが、ここのものは芭蕉の意思が加わっている。芭蕉自筆の文字を刻んで、芭蕉生前に建てられているただ一つの存在である。息を切らせて、榎の古木の下の句碑の前まで来た。高さ四十センチほどの小ぶりの石。深い緑がきれいだ。表の「千鳥塚　武城江東散人《ぶじょうこうとうさんじん》　芭蕉桃青」の文字ははっきりと読める。句そのものは彫られていないのが、大きな特徴である。裏には鳴海の知足、安信ら六人の俳人の名を刻むが、摩滅して読みにくい。石の脇の「貞享四丁卯年十一月日」の文字は確かめられたのが、うれしかった。服部徳次郎著『尾三翁墳記』（愛知学院国語研究会・昭和三十四年・一九五九年刊）によれば、この句碑には、芭蕉も小石を拾って建立に協力した、という伝承もあるとのことだ。

芭蕉はなぜ、「千鳥塚」を建てたのだろうか。従来、星崎の句を発句にした歌仙の完成を祝って、と解されている。それだけが理由なら、もっとたくさん芭蕉が関係した塚があっていい。鳴海の連衆よりも経済力のある蕉門俳人は、江戸にも近江にも、伊賀にもいたはずだ。

「塚」とは墓のこと。「千鳥の墓」ということになるが、これには鎮魂の思いが託されていると考えるのが自然ではないか。星崎には城があった。今川義元の家臣が天文二十二（一五五三）年に築城したことで、織田と今川の紛争の地となり、永禄三（一五六〇）年の桶狭間の戦いを引き起こすことにもなったのだ。連衆の縁者に戦死者がいたのかもしれない。そうではなかったとしても、死者の気配を感じていた気がする。遠くを望める小山の頂上に建てたのも、鎮魂を考えてのことではないか。千鳥の声の奥に死者たちの苦しみの声を聞き取り、闇の中に死者の面影を探ることで、成仏へと導こうとしていたように思えてならない。

句碑の周りには曼珠沙華がぎっしりと咲いている。近くの四阿《あずまや》には、老人が一人厚い本を熱心に読んでいた。覗くと二段組の小説らしい。土地の人の今も変らぬ文学への愛着を確かめえた気がした。

冬瓜のおのれ忘れてよこたはる　實
やまみちや蹴り倒されて曼珠沙華

（二〇〇六・一二）

寒けれど二人寝《ね》る夜ぞ頼もしき

芭蕉

愛弟子杜国に逢いにゆく旅

貞享四（一六八七）年旧暦十月末に、芭蕉は江戸を発って故郷の伊賀へと向かう。『笈の小文』の旅である。ところが、十一月十日には、尾張鳴海宿から、伊賀とは逆の方向の伊良湖崎《いらござき》へと向かっている。保美《ほび》村（現在の愛知県田原市）に、芭蕉最愛の門弟杜国が謫居していたからだ。杜国は、以前は名古屋御園《みその》町で米を大きく商い、蕉門の俳諧撰集『冬の日』所載の連句の付句で活躍もした。ところが、現物として存在しない帳簿上の米、空米《くうまい》を売買した罪で、領分追放になっていたのである。

この芭蕉の旅に鳴海から同行したのが、名古屋在住の門弟越人であった。越人は、越後から名古屋に出て来て、染物業である紺屋をいとなんでいた。貧しかった越人を、経済的にも俳諧の友としても扶《たす》けたのが、富豪の杜国であった。そのため芭蕉は、杜国訪問の同行者として越人を選んでいるのだ。

掲出句は、十日の夜、東海道の吉田宿に越人とともに泊まった際の句である。『笈の小文』に所載。句意は「寒いけれども、二人で寝る夜はたのもしいことだ」。今回の旅は江戸を出て以来、一人旅だった。それゆえ信頼でき、話もできる友人、越人と同宿できたことが、とりわけうれしかったのだ。

吉田宿は、現在の愛知県豊橋市の中心部に当たる。東海道新幹線豊橋駅下車。東口より市電豊鉄市内線に乗車、三つ目の停留所札木《ふだぎ》で降りると、市電の線路を東西に横切る道路が旧東海道で、このあたりが吉田宿の中心にあたる。本陣跡が、現在は鰻料理の店になっている。市電が通っている道路が、吉田と伊良湖を結ぶ田原《たはら》街道である。芭蕉は掲出句を作った翌日、この道を杜国のいる保美をめざして南下していった。

豊かな川、豊川

約七分間隔で走っている市電にふたたび乗車し、二つ目の停留所が豊橋公園前。城下町吉田の中心、吉田城は、明治以降、陸軍歩兵第十八連隊の駐屯地となり、現在は公園として整備されている。公園内の豊橋市美術博物館には、吉田藩や吉田宿に関する展示があると、ガイドブックにあったので訪ねたが、取材時には展示されていなかった。山下清展が開催されていた。山下清も旅の画家である。精緻な貼絵に旅情を味わった。

公園内に鉄櫓《くろがねやぐら》が復元されている。こちらに吉田宿に関する詳しい展示があった。東海道五十三次のなかでも、吉田宿が大きな宿場であったことが、浮世絵などで示されている。

鉄櫓から見下ろすと、城の裏手には豊川《とよがわ》が、大きく曲がりながら流れている。吉田城は豊川を天然の要害として築かれたことがよくわかる。

小さな舟に乗って漁をしている人たちがいた。櫓の前で管理をしている方に「何漁をしているのですか」と聞いてみると、「蜆漁《しじみ》です」とのことだった。「珍しいですね。初めて見ました」と驚いていると、「そんなに珍しいですか」と逆に驚かれた。蜆漁は三人組で、二人が舟から川の真ん中に下り、胸まで水に浸けて金属製の道具で蜆を掻いては、下流へと移動していく。

川のほとりを歩きたくなった。下流へと歩いていくと、吉田大橋の下で釣りをしている人に会った。聞いてみると、鰻を釣っているという。川の岸近くに入って、底の砂をプラスチックの網状のもので掻き回している人もいる。声が届きそうにもないので、聞きはしなかったが、こちらはアマチュアの蜆取りではないか。豊川はまさに生きている。

豊橋《とよはし》に出た。現在はコンクリート製である。江戸時代には幕府が整備、管理した、東海道において重要な橋だった。交通量はかなり多い。橋を渡ると、下地町《しもじちょう》である。旧東海道は、橋を渡ってすぐ左折する。そのあたりは住宅地となっている。

芭蕉が吉田宿で泊まっているのは、実はこの地区なのである。別の句の前書によって明らかになっている。吉田宿は、川向こうまで広がっていた。また下地は、鳴海から歩いてくると吉田宿の入口に当たる。芭蕉たちは歩き疲れていて、この地に宿をとったのではないだろうか。

芭蕉も越人も酒好きだった。かならずや吉田の夜も酒杯を傾けているはずだ。二人の食膳には豊川から取れたばかりの鰻の蒲焼きや蜆汁がのぼっていたかもしれない。

ただ、掲出句において、芭蕉と越人とはあまりに親密にすぎる。翌日逢う杜国を嫉妬させようとしているのではないか、とさえ思える。

胸まで秋水《しゆうすい》蜆をば搔きに搔く　實

川舟も据ゑて碇《いかり》やひえびえと

（二〇一六・一二）

冬の日や馬上に氷る影法師

芭蕉

田原街道を西へ歩く

貞享四（一六八七）年旧暦十月末、芭蕉は江戸を発って郷里伊賀へと西下する。『笈の小文』の旅である。ところが、十一月十日には、尾張鳴海宿から、伊賀とは逆の東に位置する伊良湖岬へと向かっている。伊良湖の保美に、芭蕉の弟子杜国が罪を得て謫居《たっきょ》していたからだ。芭蕉は最愛の門弟に逢うために、あえてはるかに遠回りとなる道を選んだ。十日、東海道の吉田宿に一泊した後、田原街道を一路伊良湖へと向かった。

掲出句は紀行文『笈の小文』に所載。句の前に次のように書かれている。「あまつ縄手《なわて》、田の中にほそ道ありて、海より吹上《あが》る風いと寒き処《ところ》なり」。「あまつ縄手」の「縄手」は「あぜ道、まっすぐな長い道」の意。文の意味は「あまつ縄手という、田の中に細道があって、海から吹きあがる風がたいそう寒い場所なのだ」。

句意は「冬の日が弱々しく差している。馬の上に自分自身がいるのだが、氷りついてしまって、まるで影法師のように感じられる」。

今日は「あまつ縄手」を訪れてみたい。九月も後半の曇った日、東海道新幹線豊橋駅下車。駅の東側にある、豊橋鉄道渥美線新豊橋駅に行き、三河田原駅行きに乗車する。土曜日の午前十時、電車にはけっこう乗客がいる。立っている学生もいる。この沿線には、いくつかの高校、大学があるのだ。渥美半島の先の方へ向かって進む電車なので、車中から海を見たいと思うのだが、見えない。

二十分ほど乗って、十番目の駅、老津《おいつ》で下車。駅の北側の田原街道に出る。電柱に付けられた案内板に、

「豊橋まで十キロ　伊良湖まで三十五キロ」とある。この道を通って、芭蕉は、吉田宿から伊良湖へと向かったのだ。ぼくも同じ道を西へと進む。

田原街道の両脇には、住宅が多い。鉄工所や郵便局、喫茶店、食堂もある。そのうち田が増えてくる。稲刈りを終えているが、刈株から生い出てきた穭《ひつじ》がかなり伸びている。やがて街道は国道二百五十九号と合流する。紙田川《かみだがわ》にかかる橋を渡ると、地名が豊橋市杉山町天津《あまつ》となる。このあたりの田原街道が、「あまつ縄手」なのだ。

三度にわたる自在な改作

掲出句は、芭蕉によって何度も改作をほどこされている。順を追ってたどってみよう。もともとは次のような形であった。

さむき田や馬上にすくむ影法師　「真蹟詠草《しんせきえいそう》」

「真蹟詠草」とは、芭蕉自身が句を書き残した懐紙《かいし》である。最初の句形には「田」が含まれていた。寒い田の上に、馬の上でこわばっている影法師の姿が映っている。田に落とした影そのものを芭蕉が客観的に描いている。ただ、「さむき」という主観的な形容詞と「すくむ」という寒さに反応している動詞とが、重複しているように思われる。それを解決するため、次のような形に改作している。

冬の田の馬上にすくむ影法師　『如行子《じょこうし》』

初案の「さむき」という主観的な形容詞が外され、「冬」という季節の名を冠する田に変えられている。この句形においても、影法師はたしかに田に映った芭蕉の姿である。

ところが、さらに次のように改作される。

すくみ行《ゆく》や馬上に氷る影法師　『笈日記』

「田」という場所が削られている。ここの「影法師」は、田に映った姿ではない。馬上の芭蕉自身の実感を表わす語に変えてしまっている。氷りついた影法師のような、こころもとない気分を表現する語となる。「すくみ行」と「氷る」はともに寒さが影響を及ぼしている動詞で、重複する。そのため「すくみ行」を「冬の日や」と変えたのが、掲出句の形である。

「すくみ行や」までの句形はみな、一物仕立《いちぶつじた》てで、影法師のみを描いていた。対して、この形になると、冬の日という別要素が加わった取り合わせの句になっている。にわかに句の空間が大きくなる。冬の日が差して、影法師の影も深くなる。ただ、冬の弱い日差しでは、氷りついた影法師が解けることはない。なんという自在な改作であることか。芭蕉は、自分の最初の発想からも句の構造からも、自由に改作している。

海を見たいと思った。道を来た近所の人に聞くと、紙田川を下流に向かって五分ほど歩くと、三河湾だという。川べりを歩くと、葛《くず》や曼珠沙華が咲いていた。冬瓜の畑に、獣の新しい足跡を見つけた。犬の大きさではない。猪らしい。このあたりは自然が濃い土地なのだ。

（二〇一七・一二）

葛の花つよく匂ひぬ海近し　實

畦土に猪《しし》の足跡あたらしき

鷹一つ見付《みつけ》てうれしいらご崎

芭蕉

メロンと岩牡蠣

貞享四（一六八七）年旧暦十月二十五日、芭蕉は故郷の伊賀での亡父の三十三回忌に参列することもあって江戸を発って西下する。『笈の小文』の旅である。ところが、名古屋の鳴海、知足邸まで行ったところでにわかに豊橋まで引き返す。芭蕉が愛していた弟子、杜国が罪を得て、渥美半島の保美で謫居していることを知ったからである。同行したのは名古屋の蕉門俳人、越人であった。再会を果たした三人は渥美半島の先端、伊良湖岬へ向かう。

掲出句は紀行文『笈の小文』に所載。句意は明らか。

秋晴れの一日、ぼくは知多半島の河和から高速船で三河湾を渡って伊良湖を訪ねた。上陸後、旅客ターミナルの喫茶室でしぼりたてのメロンジュースを飲む。マスクメロンは渥美町（現在の田原市）の名産。運んできてくれた女性に鷹のことを聞くと、岬の南側の恋路ケ浜に鷹観察の愛鳥家が集まると教えてくれた。切符売場の隣にある観光案内所で「伊良湖サイクリングＭＡＰ」をもらう。「タカの渡り」として「毎年九月から十月にかけて、タカの一種であるサシバの雄姿を見ることができます」とある。この鷹は烏ほどの大きさだという。歳時記にも「鷹」は冬だが、「鷹渡る」は秋に見えている。当然、今日、見られる可能性もある。とすると、旧暦十一月の芭蕉の訪問は遅すぎて実際には見なかった可能性もあるか。

恋路ケ浜に出て、岬の先端の山を望む。残念ながら鷹は見えない。茶店の店頭では男性が伊良湖産岩牡蠣の殻を開けている。みごとに大きな身が詰まっている。浜に座して海を眺める。よく晴れていて眩しいが、沖には霞がかかってはっきりとは見えない。南海にある観音が住む島、補陀落《ふだらく》のことを思った。中世、補陀落渡海の小舟は熊野灘や足摺《あしずり》岬から出発したというが、伊良湖から発ったものはいないだろうか。ここは南海へ渡るため日本中の鷹が集まってくる地である。最も南海に近いところだ。

伊勢への海上の道

『笈の小文』には次のような意味のことが書かれている。「(伊良湖は)三河国の地続きで、伊勢とは海を隔てた場所だけれど、どういう理由か、万葉集には伊勢の名所の内に撰入《えらびいれ》られた」。これは事実である。『万葉集』には次のような前書が見えた。「麻続王《おみのおおきみ》、伊勢国の伊良虞《いらご》の島に流さゆる時に、人の哀傷《かな》しびて作る歌」。麻続王は天武朝の官人。二人の子が事件を起こして連座したらしい。芭蕉はこの古代の流人と杜国とを重ねている。

伊良湖が伊勢の名所に組み入れられたのは伊勢との関係が深かったからだろう。現在も高速船が往復しているが、古代から舟が行き来していたのだ。

鎌倉時代の東大寺再建の際、渥美で焼かれた瓦が用いられた。伊良湖東大寺瓦窯跡からは「東大寺大仏殿瓦」と陽刻のある軒丸瓦《のきまるがわら》と軒平瓦《のきひらがわら》とが出土している。渥美町郷土資料館(現在の田原市渥美郷土資料館)に展示されていた。埋めもどされた窯跡も整備されていて保美と伊良湖の間、初立《はったち》池のほとりに見ることができる。瓦は海路を経て伊勢に運ばれ伊賀を通って奈良に届けられた。

西行は伊良湖で次の鷹の歌を詠んだ。「巣鷹《すたか》渡る伊良湖が崎を疑ひてなほ木に帰る山帰りかな」。「巣鷹」はひなのころ巣の中から捕えて飼いならした鷹、「山帰り」とは山で毛変わりした後に捕えられた鷹、二つの鷹を対比させている。巣鷹の方は伊良湖に渡っていったが、山帰りの方は渡らず木に帰ったというのだ。この歌を詠んだ際、西行は平泉に東大寺再建の勧進に赴く途上であったという説を読んだことがある。伊勢から平泉までの最短距離を考えるとき、伊良湖への海路が選ばれる。ぼくも西行にならって、今日海路をきたのだ。

芭蕉が鷹を見つけてうれしと書いたのは西行が鷹を詠んでいたからだ。その上で、再会した杜国に鷹を重ねている。鷹が渡る季節は過ぎて実際の鷹は見られなかったかもしれない、杜国その人を「鷹一つ」と見たということか。同時の句に「夢よりも現《うつつ》の鷹ぞ頼母《たのも》しき」がある。句意は、「夢で見たよりも現実の鷹が頼もしいのだ」。「現の鷹」はまさに杜国だ。それまで芭蕉は繰り返し杜国の夢を見ていたのだ。後に杜国の死を知って、「夢に杜国が事をいひ出して、涕泣《ていきゆう》して覚む」（『嵯峨日記』）と書くことになるのを芭蕉はまだ知らない。会いたかった杜国と会って芭蕉ははしゃいでいる。感情を抑えるべき発句の中で「うれし」「たのもしき」と喜びを率直に表わしている。

岬の先から数えて二つ目の山、宮山の上を鳥二羽が繰り返し輪を成して飛んでいる。鳶かもしれないが、どうやら鷹らしく思える。宮山原始林の麓に立てられている「鷹一つ」の句碑などを見るために乗ったタクシーの運転手に聞くと、鷹であるとのこと。たしかにうれしい。でも、案外簡単に見られたことに、ちょっと拍子抜けの感もあった。

鷹渡るまでいく巡り小山の上　實

補陀落へ小舟すすまず鷹渡る

（二〇〇三・一一）

麦はえて能隠家《よきかくれが》や畑村《はたけむら》

芭蕉

杜国の小さな墓

貞享四（一六八七）年旧暦十月末、江戸を発った芭蕉は、まず尾張へと向かった。いわゆる『笈の小文』の旅である。名古屋からは門人・越人を伴い、渥美半島の保美村へと歩を進めた。保美村は、門弟・杜国が流されていた地である。杜国は、連句集『冬の日』で活躍した俳人だが、もともとは名古屋の裕福な米穀商であった。ところが、現物がないのに取引をしたとする空米の罪に問われ、領内追放処分となって、保美村へ流されていたのだ。芭蕉は杜国をなぐさめるために、渥美半島を南下して行く。十一月十二日、芭蕉は杜国と会って伊良湖崎に遊び、十三日には保美の杜国邸で掲出句を詠んでいる。

掲出句は、懐紙に芭蕉自筆で残されている。句意は、「麦が青々と生えていて、いい隠れ家です。畑村という地名も麦にふさわしいですね」。杜国の追放先は最初は畑村で、芭蕉が訪問したころには保美村へと転居していた。畑村と保美村とは近接していて、芭蕉は混同していたのだろう。畑村という地名に麦がぴったりであることに興じている。「麦生ゆ」が、冬の季語である。

今日は保美を訪ねてみたい。雲一つない小春の日である。東海道新幹線豊橋駅下車、少し歩いた新豊橋駅から豊橋鉄道渥美線に乗り、四十分ほどで三河田原駅に着く。さらに豊橋鉄道バス伊良湖岬行きに乗車し約三十分、バス停「渥美ショップ前」で下車、目の前のショッピングセンター「レイ」の裏手に潮音寺《ちようおんじ》がある。この寺に杜国の墓があるのだ。

本堂左手の庭の隅に小さな墓碑があった。しばらく墓の面を見ているうちに、読めてきた。「南彦左衛門」が杜国の俗名で、「釈寂退」が戒名だろう。寂しく退くとは、なんと悲しい戒名であることか。「元禄三庚午《こうご》二月二十日」、これが命日だ。杜国はたしかにこの保美の地で亡くなっているのだ。もちろん、芭蕉の生前である。

芭蕉は『嵯峨日記』の元禄四年旧暦四月二十八日の項を、次のように書き始めている。「夢に杜国が事をいひ出して、涕泣して覚む」。意味は、「夢のなかで杜国のことを口にしてしまい、涙を流して泣きぬれて、目覚める」。杜国の死は、芭蕉をここまで悲しませた。死によってこれほどまでに芭蕉を悲しませた門弟を他に知らない。

芭蕉、越人、杜国の会話

潮音寺から南へ五分ほど歩くと、杜国公園に出る。「杜國屋敷址」という標柱が立っていて、ここが保美において杜国が住んでいた場所であることがわかる。裏手は畑で、植えられたばかりのキャベツの苗が風に吹かれている。

さて、掲出句を読み直してみよう。「よき隠家」はいい褒めことばだ。芭蕉は杜国の名古屋の豪壮な屋敷も知っていたはずだ。しかし、名古屋の屋敷からは麦畑は見えなかったろう。周辺の自然は名古屋に比べて、保美のほうが圧倒的に豊かである。芭蕉は杜国をなぐさめながら、自然に親しむ本格的な句の修業を勧めているのではないか。「杜国さん、このたびの追放はたいへんでしたが、麦も瑞々しく生えて、なかなかいいところではないですか。しばらく世間から身を隠して作句に精進してみたらどうでしょう」。

掲出句が書かれた芭蕉自筆の懐紙には、この発句に続けて、連句の脇句、第三も記されている。脇句は「冬をさかりに椿咲くなり　越人」。句意は「冬であるのに盛んに椿が咲いている」。発句の畑の麦に対して、杜国邸の冬椿を登場させている。色どりが鮮やかで、保美が暖かな地であることを示した。「杜国さん、流されたといいながら、すてきなところにお住まいですね」という越人の気持ちが籠《こ》もる。本来は、客が発句を詠み、亭主が脇句を詠むことが習慣となっている。脇句は杜国が詠むべきであったが、罪を得ているために遠慮しているのだ。

続く第三は「昼の空のみかむ犬のねかへりて　野仁《のひと》」。杜国の付句であるが、杜国の名をはばかって、野仁と名乗っている。句意は「冬でも暖かくて、犬に蚤《のみ》がたかる。昼の空の下、犬が蚤を噛んで寝返っている」。越人が冬の暖かさを椿（春の季語）で表現したのに対して、杜国は蚤（夏の季語）まで出してきている。大胆さを芭蕉は評価していたのではないか。句には杜国の悔しい思いが籠められていたろう。「芭蕉さん、越人さん、遠いところをよくお出でくださいました。ただ、私は蚤を噛んでいる犬が寝ころがっているようなもので、何のおもてなしもできません」。三人の句を読んでいると、それぞれの声が聞こえてくるようだ。

杜国公園の山茶花に日が当たっていて、芭蕉と越人が杜国を訪れた日のように暖かだ。

杜国の墓小さし冬日にあたたまる　實

杜国屋敷冬キャベツ苗吹かるるよ

（二〇一五・〇二）

磨《とぎ》なほす鏡も清し雪の花

芭蕉

修復完成の熱田へ

貞享四（一六八七）年旧暦十一月末、芭蕉は熱田在住の弟子、桐葉と熱田神宮に詣で、掲出句を残している。『笈の小文』の旅であり、紀行文『笈の小文』中に掲出句も記されている。前書には「熱田御修復《あつたみしゆふく》」とある。幕府が直轄で行った熱田神宮の修復のことであり、芭蕉参詣の前年に、短期間の内に大人数で工事にあたり完成していた。

句意は次のとおり。「神宮の修復が終わり、新たな神殿が神々しい。神鏡も、磨ぎ直されて清らかである。おりから降り出した雪を映し出している」。

「鏡」は現在一般的にはガラス製だが、古くは金属製だった。ものをよく映すために金属が磨き直されているのだ。「雪の花」は、雪の降るのを花の散るのにたとえたことば。現代の俳句ではあまり用いられないが、神鏡に映る神々しい雪にふさわしい。

直後に芭蕉が訪れた貞享三年の御修復以後、熱田ではほぼ二十五年ごとに造営（修復、建造がなされること）が繰り返されてきた。おりしもこの十月に、創祀千九百年記念造営が完了したと、熱田で宮司を務める句友に聞いた。ぜひぼくも造営なった熱田神宮に参拝してみたい。

東海道本線熱田駅下車、徒歩十分。境内を宮司じきじきにご案内いただいた。神域には楠の大木が目立つ。歩いていると、深い森の中にいるような気がする。白蛇が住む木もあるが、深秋、すでに冬眠して、姿を見せないとのことだ。

境内の南部には清雪門《せいせつもん》がある。天智天皇七（六六八）年、新羅《しらぎ》の僧が三種の神器の一つである草薙剣《くさなぎのつるぎ》を盗み出して、この門を通ったという。草薙剣が戻った後、不吉の門として、二度と開かれることはなかった。この門の名と、掲出句の季語「雪の花」とは関わりがあるかもしれない。「清雪」は、熱田神宮にとって、重要なことばである。当日、実際に雪がちらついていたかもしれないが、芭蕉は門の名から発想して、取合せの季語を選んだ可能性がある。

鏡は象徴か「もの」か

宝物館に入る。刀剣が多く展示されている。草薙剣の縁《ゆかり》で古《いにしえ》より現代まで奉納されてきたものだ。鏡も展示されている。

ところで、掲出句の「鏡」とは実際のところ何なのだろう。芭蕉の弟子、土芳の俳論書『三冊子』における句の解説には、「鏡を磨ぎ直す」という動作によって、神宮造営がふたたび成った心をやすらかに表し、神宮の品位も表している、とある。つまり、土芳は鏡は象徴的な存在と考えているのである。芭蕉が熱田で、実際に鏡を見たか見なかったかは、今となっては知るすべはない。草薙剣以外の三種の神器は鏡と勾玉《まがたま》、そこから芭蕉は鏡を連想しただけなのかもしれない。しかし、この句を読む際、鏡を象徴的な記号としてだけ考えてしまうのは残念である。輝く神鏡という「もの」として読みたい。芭蕉が「磨なほす」と書きとめたのは、ものとしての実感を味わわせる表現でもあるのではないか。

修復後の拝殿は、屋根の銅が葺き替えられている。まことにすがすがしい。芭蕉も同じ印象を得たことだろう。

芭蕉は、先立つこと三年の『野ざらし紀行』の旅においても、熱田神宮に詣でている。その際の文章は次のとおりの意。「社殿は大いに破損、築地塀《ついじべい》は倒れて、草むらの中に見えなくなってしまった。末社の場所は縄を張ったり、石を置いて示している。蓬《よもぎ》や忍草《しのぶぐさ》などが生えほうだいで、かえって立派なよりも心惹かれる」。当時神宮は荒れに荒れていた。その際、芭蕉が詠んだ句は「しのぶさへ枯《かれ》て餅かふやどり哉」。句意は「社殿の軒の忍草まで枯れて、神宮は荒れ果てている。社前の茶店で餅を買ってしばらく休むばかりだ」。荒れた風景を描いているが、前書に見るとおり、芭蕉は人工物が滅び、自然に帰るさまにも美しさを感じている。しかも、その思いの底には悲しみが流れている。

芭蕉の二つの紀行文において、熱田神宮が描かれ、その二つが荒廃の極みと修復の完成という対照的な姿を見せているところが、興味深い。村松友次の『謎の旅人　曽良』や光田和伸の『芭蕉めざめる』（青草書房・平成二十年・二〇〇八年刊）など、最近の研究では、芭蕉と幕府筋との強いつながりが指摘されている。芭蕉は隠密そのものではないが、隠密を補佐する立場であったと描かれている。とすると、荒廃の極みにあった神宮についての芭蕉の報告が、幕府を修復へと動かした一つの助けとなった、そう想像してみることもできるかもしれない。

芭蕉の神宮への深い信仰も知られる。神宮に祀られている草薙剣は日本武尊の愛剣。神宮の近くには尊の墓とされる白鳥御陵もある。漂泊の詩人の祖とされる日本武尊への芭蕉の敬意が、信仰の根に存在しているのだろう。

千年を開かずの門や草紅葉　實

秋の暮わが眼前の白刃も

（二〇一〇・〇一）

いざさらば雪見にころぶ所《ところ》迄《まで》

芭蕉

書物の匂いと雪の匂い

貞享四（一六八七）年旧暦十二月三日、熱田に赴いていた芭蕉は名古屋に戻ってきた。『笈の小文』の旅の途中であり、芭蕉は書店を営んでいた門弟を訪れたのである。門弟とは書林風月堂主人長谷川孫助（俳号夕《せき》道《どう》）。折から雪が降り出して、芭蕉は雪の名句を残したのだ。

名古屋市営地下鉄桜通線丸の内駅下車、秋も終わりの冷たい風の中、本町通を名古屋城方面に向かうと、中日病院という新しい大病院がある。このあたりに風月堂はあったらしい。現在ビルばかりが立ち並び、芭蕉当時を偲びようがない。駐車場の桜紅葉が風に吹かれているばかりである。阿部喜三男他著『芭蕉と旅　上』には、店跡は敷地の西北隅であると記している。近接の歩道に、白い石の道標が立っていた。「東ぜんこうじみち　西みのじ　南あつた　北おしろ」と彫られている。この地は交通の要衝にして、名古屋城の真ん前。恵まれた場所に店はあった。尾張の名所を図説した『尾張名陽図会』（文政年間・一八一八〜三〇年ごろ成立）には、初代主人は京都の書林風月堂に奉公した後、名古屋に書店がなかったため店を出したと書かれている。この店は代々続き、明治まで営業した。

芭蕉がこの日、夕道に与えた書の前書には次のようにある。「書林風月とき丶し其名《そのな》もやさしく覚えて、しばし立寄《たちより》てやすらふ程に、雪の降出《ふれいで》ければ」。「書林風月と聞いていた書店名も優雅に思って、しばらく立ち寄って休んでいると、雪が降り出したので」という意。芭蕉は、まず店の名をほめる。そして、置かれている本を開きながら休んでいると、雪が降り出してくる。書物の匂いに雪の匂いが加わる。そこに早くも詩情を感じる。『尾張名陽図会』の挿絵は芭蕉がこの店を訪問しているところが描かれている。店の前に看板が出ていて、「古本売買」と書かれてある。店頭にはどんな本が置かれていただろうか。芭蕉が以前、名古屋の連衆と巻いた歌仙をまとめた『冬の日』は、この時期すでに刊行されている。名古屋の弟子、荷兮の私家版として刊行されたというが、この書店の一角に置かれていた可能性はあろう。『冬の日』の置かれた棚を思うだけで、本好きのぼくはうっとりしてしまう。

重ねられる推敲

夕道に与えた書に残された芭蕉の句は「いざ出《いで》むゆきみにころぶ所まで」。掲出句と上五の形が違う。「さあ、出かけよう。雪見にころんでしまうところまで」という意。「ころぶ」という人が嫌がることを雪の究極の楽しみとしたところにおかしみがある。「いざ出む」という上五が、紀行文『笈の小文』や『あら野』という書に収められる際には「いざ行《ゆか》む」に変えられる。「行む」と「ゆきみ」がたしかに響き合って、調子が良くなっていることに気付く。さらに『花摘《はなつみ》』（元禄三年・一六九〇年刊）という書に収められた際に、掲出句のかたち、「いざさらば」に決まるのである。「さあ、それならば」という意、「それ」は雪が積もったことを意味しているのだが、意味も消され、勢い付いた語調がすばらしい。「行く」と「ころぶ」という対応関係も外され、動詞が一つに削られる。その分、「ころぶ」という動詞が強調されることになる。おかしみが深くなる。

初案の際には前書がついていたため、雪が降り出したばかりのときに「ころぶ所まで」と言ったことになる。誇張したおかしみがあった。しかし、その後、前書は消される。まさに、大雪を喜び、友と興じて駆け出す句になっているのである。日本の詩歌に大きな影響を与えた白楽天の詩句、「雪月花《せつげつか》の時最も君を憶ふ」と深く響きあっているのだ。

この日は夜に入って、雪が止んだ後、霰《あられ》が降り出したらしい。芭蕉と同行していた、大垣の弟子、如行《じょこう》は「霰かとまたほどかれし笠宿《かさやど》り」（『俳諧一葉集』文政十年・一八二七年刊）と発句を詠んだ。「雪がおさまったので発とうとしたら、今度は霰が降ってきた。笠の紐をほどいて、また店に入ったことよ」という意である。芭蕉たちはこの句を発句に表六句を残している。

詩はそれを届ける人がいなければ、読者には届かない。詩人と読者との間を仲介する編集者、出版元、書店が重要になる。夕道は古書を販売するだけでなく、そのすべてを兼ねた存在だった。このような夕道と芭蕉とが関わりを持っていることは興味深い。

夕道にとって、掲出句は忘れられないものであった。芭蕉が自分の店で「雪見にころぶ」の句を残したという前書を置いて、「初雪は翁の墳《つか》も降《ふり》たるか」（『後《のち》の旅』元禄八年・一六九五年刊）という句を残している。「初雪は芭蕉の墓にも降ったのか」という意。雪は死んでしまった芭蕉と夕道とを結びつけるものでもあった。

雪の香あり万年筆の蓋取れば　實

角そろへ和本積みおく深雪かな

（二〇〇九・〇一）

歩行《かち》ならば杖つき坂を落馬哉《かな》

芭蕉

秋暑、道に迷う

貞享四（一六八七）年冬、芭蕉は江戸を発って西下する。『笈の小文』の旅である。十二月十日過ぎ、名古屋を出て、故郷伊賀へ向かう。東海道の四日市宿（現在の三重県四日市市）と石薬師《いしやくし》宿（同鈴鹿市）の間、杖《つえ》衝坂《つきざか》で芭蕉は珍しいことに季語を含まない句を残している。ここを今日は歩いてみたい。

四日市駅から乗った近鉄内部《うつべ》線（現・四日市あすなろう鉄道内部線）を、終点内部駅で下車。秋暑き日の昼過ぎである。駅前に食事を取れる場所はただ一軒。お好み焼き屋しかない。とりあえず腹拵えをするが、なにか不安である。国道一号を石薬師に向かって歩き始める。内部川を渡ったら、旧東海道は国道を横切り南下しているはずだが、その入口がわからない。道沿いの店で道を教えてもらうが、言われた案内板は見当たらない。迷ってしまったようだ。若い女性に道を聞いても杖衝坂という地名そのものを知らない。コンビニエンスストアに入って、店員に聞いてもわからない。困っていると、買い物に来た中学生たちが坂を知っていて道順を教えてくれた。歩き出すと自転車に乗った少年たちが追いついて来て、もう一度道順を確かめてくれた。

急な坂だった。全面が舗装されていて、土管のようなものを押し付けたのか、輪の形のすべり止めが至るところにある。帰りのタクシーで聞いたところでは、現在でも雪が降ると難所に逆戻りする、とのことだ。まず、「史跡杖衝坂」という石碑が見えた。さらに、掲出句の句碑があった。宝暦六（一七五六）年村田鵤州《かくしゅう》が立てたもの、古い碑である。

句碑の下に煎餅の缶のようなものが置いてある。蓋には「ご自由にお持ちください」と記した紙が貼り付けてあった。中には土地の郷土史家・田中一夫による「芭蕉の句碑」と題するプリントが入っていた。

季ことばいらず

杖衝坂は日本武尊の旧跡である。尊は伊吹山《いぶきやま》で山の精、白猪《しろい》に遭い、暴風雨によってダメージを受ける。『古事記』が「其地よりややすこし幸行《い》でますに、いたく疲れませるに因りて、御杖を衝《つ》かして、ややに歩みたまひき。かれ其地に号《な》づけて杖衝坂といふ」と記しているとおり。意味は「そこ当芸野《たぎの》（岐阜県養老郡養老町あたり）からすこし進んだところで、ひどく疲れたため、杖をついてどうにかこうにか歩かれた。それでその地を杖衝坂と言うようになりました」。地名が神話の尊の姿、動きをそのまま伝えているのが貴重である。

芭蕉は尊を漂泊の詩人の祖と考えている。篤い敬意がある。もし、尊がこの坂を上る際、傍にいたら、馬を世話してお乗せしたいぐらいに思っているのだ。ところが、もったいないことに自分自身が馬に乗って通ったところ、情けなくも落ちてしまった。『笈の小文』に「馬かりて杖つき坂上るほど、荷鞍《にぐら》うちかへりて馬より落《おち》ぬ」と記すとおりである。意味は「馬を借りて杖衝坂を上る際に鞍がひっくり返り馬から落ちた」。自嘲、滑稽であるのだが、それだけではない。落馬という愚かな仕業によって、日本武尊というかつての勇者が杖を衝きつつ通ったことを擬《もど》いているともいえる。

芭蕉にとっての落馬は、この直前、伊良湖行きの際の発句に表れている。「伊羅古《いらご》に行道《ゆく》、越人酔《よひ》て馬に乗る　ゆきや砂むまより落《おち》よ酒の酔」。「伊良湖に行く途中、越人が酔って馬に乗っている」という前書のある句で、「雪や砂を含んだ強い風が吹いている。酒に酔って馬上でぐらぐらしている越人よ、どうせなら馬から落ちてしまえよ」と芭蕉は越人を心配しているのだ。この発句が紀行に取り上げられなかったことを見ると、この時得た落馬のイメージを杖衝坂で生かしたという可能性も考えられる。

芭蕉は『笈の小文』に杖衝坂の句を記したあと、「と物うさのあまり云出侍《いひいではべ》れ共、終《つひ》に季《き》ことばいらず」と書いている。意味は「あまりいまいましいので作ってみたが、とうとう季語は入らずじまいだった」。季ことば、季語が入っていないことに気付いても芭蕉は抹消しない。無季句論はいくつか残されているが、その内の一つ、弟子、土芳が記した『三冊子』には次のようにある。「師の詞にも『名所のみ雑の句にも有りたし。季をとり合はせ、歌枕を用ゆ。十七文字にはいささかこころざし述べがたし』といへる事も侍る也」とこの句にも触れて述べている。意味は「芭蕉先生のことばに『名所の句だけは無季の句があってもいい。季語と取り合わせて、名所を詠むとなると、十七文字だけでは十分に思いを述べきれない』ということがある」。名所、歌枕も伝統ある季語もともに豊かな歴史性とイメージとを備える。たしかに重複するし、句の中心が二つになってしまう。その難を季ことばを入れないことによって避けたのだ。季語が入らない異例の発句は、瀕死の尊の霊に反応しているともいえるのではないか。自在である。

日本武尊悲劇の地である。もっと長く、急な坂で人里離れた場所であると思っていた。しかし、現実には上りきるまで五百メートルにも満たない。短いのである。ほとりにはいつから建っているのか、人家も並んでいる。水撒きをしている人や遊んでいる子どもたちまでいる。

蟬の鳴きしきるなか上りきると、血塚社《ちづかやしろ》があった。丸石が積まれた上に碑が立てられ、その前に小さな祠が設けてある。尊が足の血を止めたと伝えられる場所だ。乾いた石の手水鉢の上の古手拭が秋風に吹かれていた。

水撒くや杖衝坂の辺に住みて　實

われも旅人杖衝坂に汗落とす

（二〇〇三・一二）

旧里《ふるさと》や臍《へそ》の緒《お》に泣《なく》としの暮

芭蕉

涙腺を刺激する句

貞享四（一六八七）年の年末、芭蕉は、故郷の伊賀上野に滞在している。江戸を十月下旬に発って、十二月末には故郷の伊賀に入ったのだ。紀行文『笈の小文』の旅である。掲出句は『笈の小文』に所載されている。句意は、「ふるさと伊賀に帰って来ている。たまたま見せられた、自分の臍の緒に泣けて涙が落ちてしまう、年の暮であることよ」。

芭蕉には「涙」「泣く」を詠んだ句が多いが、その中で掲出句は、ぼくにとってもっとも涙腺を刺激してくる句である。

芭蕉は伊賀に帰ってくると、伊賀上野赤坂の家に滞在した。その家は、当時、兄半左衛門が継いでいた。そこで、おそらく兄から自分の臍の緒を見せられたのだろう。兄は母の遺品整理をして、芭蕉の臍の緒を発見した、と想像することができる。母は、天和三（一六八三）年没。当時、芭蕉は四十歳、江戸に滞在していて、母の死を看取ることはできずに終わったのだ。

今日は芭蕉生家を訪ねたい。伊賀上野駅で関西本線から伊賀鉄道伊賀線に乗り換え、上野市駅下車。秋晴れで、空には雲が見えない。駅の地下道を通って城側に出て、西へ行く広い通りを十分ほど歩くと、芭蕉の生家がある。

古い木造の建物である。狭い玄関を潜り入って土間に立つと、冷え冷えとする。建て替えられてはいるが、この家で芭蕉は父松尾与左衛門《よざえもん》と母との間に生まれたのだ。与左衛門は、農民であったが、かつては名字帯刀も許された、武士に準ずるクラスの農民であった。分家によって、与左衛門はその資格を失っているが、別格の地位をもつ農民だったのだ。父は芭蕉が十三歳の時に死去している。

のち芭蕉となる青年は、藤堂新七郎家の長男良忠（蟬吟）に仕えている際にも、この家から通っていたはずだ。芭蕉は二十九歳の時、俳諧師になることを志して、伊賀から江戸に出るが、それまでこの家で過ごしていたことになる。その後も帰郷するごとに、この家へと帰って来た。

芭蕉は漂泊の詩人といわれる。その彼が漂泊を始める以前の原点ともいうべき場所がここなのだ。久しぶりに帰郷して、臍の緒を見せられて落涙している芭蕉が、この家のどこかにいたのだ。

臍の緒は、人生の原点

掲出句の「臍」の字であるが、かつては「へそ」と読むか、「ほぞ」と読むか、説が分かれていた。「へそ」と芭蕉自身がひらがなで書いた掲出句の資料が見つかって、現在は「へそ」と読みが定まっているようだ。たしかに濁音はないほうがいい。「ふるさとや」の上五と「へそのおになく」の中七とが、ささやくように響き合うのを楽しんでいる。

「臍の緒」は、人生の原点を示すものである。母とつながっていた臍の緒が取れて、芭蕉の生涯が始まった。その臍の緒を母が生涯たいせつに保管しつづけてくれたことに、芭蕉は感動している。「ふるさと」は、父母と兄、またそこからひろがるひとびとの住む地なのであった。それらのひとびとがいなければ、芭蕉は存在することができなかった。「ふるさと」は「臍の緒」のようなものだ、と芭蕉は言いたかったのかもしれない。

「年の暮」も偶然その時期だったというだけではあるまい。当時、年齢は数え年であった。元日を迎えると、年齢には一歳が加えられた。年が増える日を間近にした、いのちそのものと向き合うのに、もっともふさわしい時期であった。

さて、掲出句は芭蕉が母の死後、二度目に郷里に帰った際の句である。最初に故郷に帰った際には、次の句を遺している。「手にとらば消んなみだぞあつき秋の霜」（『野ざらし紀行』）。兄に母の遺髪、白髪を見せられての句である。句意は「秋の霜のように薄く白い母の遺髪、手にとったとしたら、わたしの熱い涙が落ちて、消えてしまいましょう」。字余りの句であり、技巧的である。秋の霜が遺髪の比喩として用いられている。「なみだぞあつき」は実感ではあるが、技巧が先立ってしまって、ぼくには芭蕉と感動を共有することができなかった。掲出句は「手にとらば」の句から比喩の技巧をはぎ取り、「臍の緒」という「もの」をただ置いている。そこに打たれるのだ。

芭蕉の母のことは、ほとんど記録に残されていない。名前すらわかっていない。しかし、芭蕉のもつ深いやさしさ、ことに弟子と対しているところに現れる限りないやさしさは、母から得たものではないか。

土間を抜けると庭に出る。青々と芭蕉の葉がそよぎ、薄が穂を出しはじめている。女郎花や野菊も花を付けている。まるで小さな花野のようで、立ち去りがたい。

蟻《あり》と蟻遭ひたり芭蕉広葉《ひろは》の上　實

芭蕉広葉歩める蟻の透けゐるよ

（二〇一一・一二）

春立《たち》てまだ九日《ここのか》の野山《のやま》哉《かな》

芭蕉

上野忍町は忍者の町か

貞享五（一六八八）年、芭蕉は故郷、伊賀上野で新年を迎えた。『笈の小文』の旅の途上であり、紀行文『笈の小文』中に掲出句も見える。前書には「初春」とある。初春を迎えた喜びが籠められている句であるという意味である。

句意は次のとおり。「立春になって、まだ九日しか経っていない。野山の様子は冬のままで枯れきっているが、どこか春になったという神々しさに包まれている」。

人口に膾炙《かいしゃ》してはいないが、名句として評価されるべき句である。『初蟬《はつせみ》』（元禄九年・一六九六年刊）という俳諧撰集にも掲出句は掲載されていて、「風麦亭《ふうばくてい》にて」と前書が付されている。芭蕉は滞在中の兄の家から風麦という弟子を訪ねて、掲出句を贈ったのだ。

この句が作られた日について二説がある。当時のひとびとは正確な暦とは別に、年が新たになる旧暦一月一日を立春と考えていた。すなわち、句の「九日」は一月九日なのだという説。もう一つは、貞享五年の暦上の正確な立春である一月四日に九日を足して、十三日とする説。十三日説の方が厳密ではあるが、この句が風麦への贈りものであるとすると、句を贈った日が句中の「九日」とそのまま呼応している九日説をとる方が楽しいと、ぼくは思う。

今日は伊賀市に風麦亭を訪ねてみたい。阿部喜三男他著『芭蕉と旅　上』に掲載の風麦亭の所番地が頼りである。

伊賀鉄道伊賀線上野市駅にピンクの電車が止まっている。電車の正面には、「くノ一」の頭巾からのぞく、なんとも妖艶な両眼が描かれている。マンガ家松本零士のデザインである。

冬晴の午後、駅前の大通りを南下、五百メートルほど歩くと右手に「忍者珈琲館・キド」という店があった。このあたりの町名は上野《うえの》忍町《しのびちょう》である。忍者珈琲館の直前を右折し、二百メートルほど静かな道を進んだあたりが、風麦亭のあった場所とされる。なんと、パワーショベルが住居を壊している真っ最中だった。工事の方に「芭蕉の弟子、風麦のことをご存じですか」と尋ねたが、知らない知らないと手を振られてしまった。向かいは広々とした空地、草が立ち枯れて枯野に戻ろうとしている。枯れきった桜の大木の下にただ一基、石灯籠が立っている。はるかに見える伊賀の山は、かつて芭蕉も目にしたことがあろう。

偶然を必然に

伊賀市の芭蕉翁記念館で城下のことに詳しい方を紹介してもらった。この方に「忍町とは忍者が住んでいたから、名付けられたのですか」とうかがってみた。「はい、それが定説になっています。実際、伊賀者と呼ばれる忍者が住んでいたという記録が残っています」。改めて「忍者が住んでいると地名で公開してしまって、忍《しのび》の仕事に差し支えなかったのですか」と尋ねると、「忍町には忍者だけでなく、武家屋敷が集まった地区からはみだした武士も住んでいました。武士が忍び住んだということが、実は語源になっているかもしれません」と答えてくださった。なるほど、忍町に住む風麦は伊賀上野の藩士、二百石取りの中級武士である。忍者ではなかった。

掲出句を読んで思い出す、鎌倉時代の連歌の有名な発句がある。芭蕉が敬愛した、室町時代の連歌師宗祇が、連歌論『吾妻問答《あずまもんどう》』に記録しているものだ。旧暦九月最後の日に連歌を楽しむというので、阿仏尼《あぶつに》という人が発句を請《こ》われた。旧暦で九月の最後は、秋の終わりの日である。阿仏尼の発句は「今日ははや秋のかぎりになりにけり」だった。句意は単純、「今日はもはや秋も最後の日になってしまったなあ」。翌日十月一日も連歌を巻くために阿仏尼は発句を請われた。旧暦十月一日は立冬の日。阿仏尼は「今日は又冬のはじめになりにけり」と詠んだ。句意は、「今日はそして冬の初めになったことだなあ」。宗祇は発句を詠む際の心得として、時節を違えないように詠む手本として引用している。

　阿仏尼は秋の終わりの日、冬の初めの日という季節の変わる、まさにその日を詠んでいる。それに対して芭蕉は、春になってから九日過ぎた日という、かなり中途半端な日を詠んでいる。けれどその中途半端な日こそ、芭蕉が風麦を訪ねた日であった。何でもない日が、友人と会ったことで特別な日となる。そして、芭蕉の句において、偶然に選ばれた「春立てまだ九日」という一日が、どうしようもなく動かしがたい必然の一日になっていく。「春立てまだ九日」目、春としてはまだまだ浅すぎるが、光は冬のものとは違っていよう。「はるたちてまだここのかの」ということばも、ア音が多いために、春光が感じられる。偶然によって得たものを必然に変えてしまうことが、芭蕉の表現の秘術であった。

石灯籠一基に枯野はじまれる　實

廃園のさくら大樹や枯れきれる

（二〇一〇・〇二）

丈六にかげろふ高し石の上　芭蕉

須弥壇の獅子

芭蕉は寺をよく訪ねたが、仏像を詠んだ句は多くない。ぼくが仏像を好きなこともあって、仏を詠んだ句には注目してしまう。掲出句は『笈の小文』所載。句意は「一丈六尺までにかげろうが高く上がっている、石の台座の上に」。芭蕉がこの句を詠んだ新大仏寺を訪ねてみたい。関西本線伊賀上野駅下車、タクシーで伊賀の田園風景のなかを走る。日の中に冬薄《ふゆすすき》が輝いている。二十分ほどで新大仏寺の大門前に着いた。

芭蕉は貞享五（一六八八）年の新春を故郷の伊賀上野で迎えて、そこにしばらく滞在する。その際この寺を訪ねているのだ。芭蕉の俳文『伊賀新大仏寺之記』には、「旧友宗七《そうしち》・宗無《そうむ》ひとりふたりさそひ物して、かの地に至る」とある。ところが『笈の小文』では同行者の名前は省かれる。この前後には杜国との記述があった。三河国、保美で再会し、この後ともに吉野に遊ぶ、愛弟子杜国の印象を薄めないための配慮だろう。

『笈の小文』には「伊賀の国阿波《あわ》の庄といふ所に、俊乗上人《しゅんじょうしょうにん》の旧跡有《あり》。護峰山《ごほうざん》新大仏寺とかや云《いふ》」とある。まず、俊乗上人の名が出てくる。平家の焼き打ちにあって破壊された東大寺を再建した勧進聖《かんじんひじり》、重源《ちょうげん》のことである。そして、寺の名が示される。赤川一博の『伊賀国新大仏寺』（新大仏寺・平成七年・一九九五年刊）によれば創建までの経緯は次のとおり。当時伊賀は、知多半島・渥美で焼かれていた瓦を東大寺へ運搬する道筋にあたるが、道が悪く事故が頻発、長野峠を中心とする伊賀街道の整備が急務となっていた。重源はその拠点として、丈六の阿弥陀三尊像を中心とした新大仏寺を建てたわけである。

『笈の小文』は「名ばかりは千歳《ちとせ》の形見《かたみ》となりて、伽藍《がらん》は破れて礎《いしずえ》を残し、坊舎は絶て田畑と名の替り」と続ける。意味は「寺の名ばかりは、千年後まで残っているが、伽藍は崩れて礎石だけを残し、僧房は絶えてしまって田畑と名が変わり」。芭蕉が訪れたのは、もっとも寺が衰えていた時期であった。現在、境内は整えられそのころの面影はない。ちょっと拍子抜けの感じである。

管理人の方にお願いして、宝物館の鍵を開けてもらうと、まず、床に据えられている石製の須弥壇《しゅみだん》が眼に入ってくる。白い石に獅子が鞠と戯れているさまが彫られている。宋人系石工の作で、創建時、この上に阿弥陀像が乗せられていたものである。芭蕉の書いている「石の蓮台・獅子の座などは、蓬・葎《むぐら》の上に堆《うづたか》く」残っていたというもの、そのものである。見事な彫りのある石の台座が草の中に放置されているのを想像してみる。それはあわれだが美しい。掲出句はこの石から発想を得ている。

重源の面構え

芭蕉の高弟土芳の『三冊子』には、掲出句にならべて「かげろふに俤《おもかげ》つくれ石のうへ」という句もある。句意は「かげろうによって仏像の俤をつくれ、石の台座の上に」。そして、「人にも吟じ聞せて、自も再吟有て、丈六の方に定る也」と解説されている。「かげろふに」という形が別案としてあった。創建時の仏像の面影を作れと呼びかけているのだ。「つくれ」という命令の強さが芭蕉の悲しみを伝えるかのようだ。ただ、この句の独立性は弱い。何の面影であるかは文章で補わなければわからない。対して、「丈六に」の形はこの「丈六」(釈尊の身長は一丈六尺と考えられていた)ということばから仏像の姿が想像できる。陽炎《かげろう》がそれほど高くゆらめくことはないだろうが、芭蕉はそのむこうに仏の幻を見せてくれる。この句は台座のみ、すなわち優れた残欠の美についても物語っているようだ。

改作の事情も土芳は書いていた。芭蕉は仲間にも聞かせつつ意見も言わせたのだろう。そして、自分自身でもふたたび詠んで、掲出句の形に定まった。ここに孤独ではない、連衆《れんじゆう》とともにある芭蕉の姿も見えてくる。

　階上にあがると、丈六の毘盧遮那仏《びるしやなぶつ》が据えられている。頭部、胸、手には厚く金が押されている。『笈の小文』には「丈六の尊像は苔の緑に埋《うづもれ》て、御ぐしのみ現前《げんぜん》とおがまれさせ給ふ」と書かれていた。意味は、「丈六の尊い像は緑の苔に埋もれてしまい、御頭のみがこの眼で拝み申すことができる」。芭蕉が訪ねた際には頭部のみであった。創建時の阿弥陀仏のものである。内刳にはこの像の作成を依頼した重源の名、作者である快慶の名も墨書されている。その頭部をもとに、江戸時代に胴体が作られて毘盧遮那仏に改造され、昭和になって塗装が施されて箔が押された。信仰のためには止むをえなかったが、それは美から遠ざかることであった。「聖人《しようにん》の御影《みえい》はいまだ全《まつたく》おはしまし侍るぞ、其代《そのよ》の名残うたがふ所なく泪《なみだ》こぼる、計《ばかり》也」。意味は、「俊乗上人の御像がいまも完全な形でおいでになるのは、その時代の形見として疑うところがなく涙がこぼれるばかりである」。『笈の小文』に書かれている重源像は、今も往時そのままの姿で座している。重源像は東大寺蔵のものが高名。最晩年の老醜まで感じられるリアリズムに徹した作品である。それに比べこの像の表情は、皺も浅く少し若く見える。への字に閉じられた口、開いても細く正面を見据える眼、膝の上に堅く組まれた大きな手には不撓不屈《ふとうふくつ》の精神が感じられる。重源の友人に、芭蕉が敬愛する西行がいた。西行は晩年重源に頼まれて、陸奥平泉の藤原秀衡の下に大仏再建のための勧進に赴いた。芭蕉は西行ゆかりの男の面構えを拝みたくて、この寺まで歩いてきたのだ。

石冷えて芭蕉触れけむ獅子いづれ　實

重源の猫背なりける寒さかな

（二〇〇三・〇二）

何の木の花とはしらず匂《におい》哉《かな》　芭蕉

伊勢外宮の囀り

掲出句は『笈の小文』所載。句意は、「何の木の花であるかは知らないが、よく匂うことだなあ」。この句は芭蕉の貞享五（一六八八）年二月中旬に書かれた杉風宛書簡に引用されている。この手紙によれば、芭蕉は故郷の伊賀上野で越年、伊勢神宮に旧暦二月四日に参宮している。『笈の小文』の旅である。伊勢は芭蕉がその生き方に憧れた西行が晩年の七年間を過ごした地、芭蕉も少なくとも六回は訪ねているようだ。今日はその地、伊勢神宮周辺を歩いてみたい。

名古屋駅で東海道新幹線から快速に乗り換え、約一時間半で伊勢市駅である。駅前の食堂で伊勢うどんを食べると、たれが濃い独特のあじわい。伊勢に来たのだと実感する。外宮《げくう》前の観光案内所を訪ね、芭蕉の遺跡について尋ねると、担当の女性は市内に五つの句碑があるといい、資料をコピーしてくれる。「小春になりました、歩くのにいいですね」と言ってくださる。「小春」という言葉を日常初めて聞いた。

神宮には外宮と内宮《ないくう》がある。芭蕉のこの句は外宮で詠まれている。掲出句に「外宮に詣ける時」と前書が付いている書『真蹟集覧』（天保二年・一八三一年刊）があるのだ。外宮は豊受大御神《とようけのおおみかみ》を祀る。天照大神《あまてらすおおみかみ》の食物の守護神である。まずは詣でよう。楠の木など常緑樹の緑が濃い。この句の脇句は「こゑに朝日を含むうぐひす　益光」だった。句意は、「声の中に朝日まで含んでいる鶯よ」。さすがに鶯の声は聞こえないが、囀りも聞こえる。なんでもないような石や、なにもない空間が注連縄《しめなわ》で囲まれている。神々しい別世界である。正殿を囲んでいくつも垣が巡っている。僧体の芭蕉はどこで拝したのか。一番外の板垣からだったろうか。外玉垣から拝す。紙袋を提げた若い女性が手を合わせたまま動かない。信仰が生きているのだ。玉垣の中に吹かれ落ちた杉落葉を神官が拾い集めている。

芭蕉の掲出句は西行の次の歌の本歌取になっている。「何事のおはしますをば知らねどもかたじけなさの涙こぼるゝ」(『西行法師家集』)。

この歌は延宝二(一六七四)年刊の版本にしか見えない。西行作かどうかも疑われているようだ。「僧の身としてこの社にどのような神様がいらっしゃるかは知らない、しかし、雰囲気のありがたさに自然と涙が流れてしまう」という意。芭蕉は西行作と信じきって、感動している。そして、この歌の「何事のおはしますをば知らねども」という神域での感動の告白の部分を「何の木の花とはしらず」と木の形にして見えるように作る。「何という木の花であるかはわからないが」という句意である。「かたじけなさの涙こぼるゝ」という感動の現れは「匂哉《にほひかな》」と嗅覚の感覚で凝縮して表す。ここに和歌と発句との生理の違いも明らかになるのだ。

この句が刻まれた碑が外宮から徒歩十分程度の霊祭講社の庭内の築山に立っている。明治十四(一八八一)年、杉本隆重らによって建てられた小ぶりのものであった。

西行谷の垂水

五十鈴川にかかる宇治橋を渡って内宮に詣でる。こちらは天照大神らを祀る。正殿を拝したあと、二十年ごとに神殿を建て替えるため、現在は空き地になっている西御敷地《にしみしきち》を望む。この何も建てられていない空間に神々しさを覚えた。外宮にも内宮にも桜など花の木を見ることはできなかったが、この空き地に感じた清々しさが花であったかと思うのである。芭蕉はこの句を発句にして歌仙を巻いている。その裏十二句には花の座は見えない。つまり、この発句が花の句となっているのである。歌仙には二句、花の句を詠まなければならない。

それは桜を詠むのが普通であるが、桜ということばを使ったものは花の句として認めない。桜という植物名を超えた命を宿したものしか花の句としては認められないのだ。この花は伊勢の神の変化《へんげ》したもの、最も境地の高い花の句である。

内宮から近い、西行がしばらく住んでいたと伝えられる西行谷を訪ねる。ここは『野ざらし紀行』の旅で芭蕉も訪ね、「芋洗ふ女西行ならば歌よまむ」の句を残しているところである。句意は「芋を洗う女がいる。西行だったとしたら歌を詠むだろう」。西行の住んだあとは神照寺という尼寺となっていたが、明治維新後、廃寺となってしまった。その上、国民体育大会のスタジアム建設のために地形が変わってしまっているそうだ。かつてあった「芋洗ふ」の句碑もどこかに失せてしまったという。貴重な詩歌の伝承の地が無惨だ。朝熊山《あさまやま》に登る有料道路の一つ目の曲り角に「西行谷」ではなく「西行橋」の掲示が出ていた。谷には小さな滝が澄んだ水を落している。猪が出ることもあるのか、その絵の標識もあった。落ちている水だけが西行や芭蕉を偲ぶよすがであった。

神官の木沓《きぐつ》に来たり百千鳥《ももちどり》　實

西御敷地何ひとつなく清《すが》し寒

ゐのししに西行谷の垂水かな

西行谷寒の水落ち水青む

（二〇〇二・〇三）

御子良子《おこらご》の一《ひと》もとゆかし梅の花　芭蕉

艶やかな句

貞享五（一六八八）年正月を故郷の伊賀で迎えた芭蕉は、旧暦二月上旬、伊勢神宮に参詣している。『笈の小文』の旅の途上である。掲出句は、伊勢神宮にかつて仕えていた御子良子という少女が詠まれている艶やかな句である。『笈の小文』所載。句意は「子良の館に仕える御子良子のもとに咲いているという一本の梅の木が、なんとなく慕わしく憧れるように感じられる」。

御子良子とは、伊勢神宮の神に供える飲食物を調える少女である。この神聖な少女が奉仕していたのが、子《こ》良《ら》の館《たち》であった。伊藤正雄著『伊勢の文学』（神宮庁教道部・昭和二十九年・一九五四年刊）によれば、少女の数は古い時代には多かったが、江戸時代には減ってきて、芭蕉のころには外宮内宮ともに、おのおの一人ずつであったという。明治時代になると廃止されてしまった。伊勢神宮独自のもので、他の神社にはなかったようだ。

紀行文『笈の小文』の掲出句の前に、次の意味の記述がある。「神社の周囲の垣の内には、梅の木は一本もありません。梅がないことにどのような理由があるかと、神官に聞いてみますと、『ただ何となく自然と梅はなくて、子良の館の後ろ側に一本だけあります』ということを語り伝えてくれました」。

芭蕉は、神官のことばを聞いただけで、館の奥に暮らす御子良子そのひとを見ることはできなかったはずだ。立ち入ることのかなわない館の裏手の梅も見たとは思えない。御子良子と梅双方に憧れる思いを「ゆかし」ということばに託しているのではないか。

この梅は白梅か、紅梅か。艶なる紅梅がふさわしくも思えるが、白梅の清らかさがよりふさわしく思える。

門人土芳による俳論『三冊子』には、掲出句に関しての記録がある。「芭蕉先生がおっしゃったことには、『昔からここ伊勢神宮には連歌俳諧の達人が、多くの句を残しているのに、今までこの梅は詠まれていません。初めてこの梅のことを聞いたことをうれしく感じています』」。芭蕉は、過去の連歌師、俳諧師が気付いていない子良の館の梅を知りえて、神宮の句に新しみを加えることができたことを喜ばしく感じているのである。芭蕉たちのグループ蕉門の、代表的俳諧撰集である『猿蓑』に本句が掲載されているのも、芭蕉の掲出句への自信を示すものであると思う。

内宮か外宮か

冬晴れの昼ごろ、参宮線伊勢市駅に降りた。歩いて伊勢神宮の外宮に詣でる。『伊勢の文学』によれば、外宮の子良の館は、北御門鳥居を入った右側、忌火屋殿《いみびやでん》の北のあたりにあった。周りに木々は多いが、常緑樹が多く、梅の木は見あたらない。観光ガイドボランティアの方に、「現代でも神宮の中では梅の木は植えられていないでしょうか」と尋ねると、「そうですね。神宮には花をつける木自体が、とても少ないですね」と答えてくださった。

バスに乗って、内宮へと向かう。宇治橋を渡り終えると、山茶花がよく咲いていた。神宮内に珍しい木の花である。『伊勢の文学』によれば、内宮の子良の館は、二の鳥居を入った右手。言い換えれば、風日祈宮橋《かざひのみのみやばし》へ向かう道の右側である。近くに建物はまったくなく、すっかり林に返ってしまっている。橋の上に立って見返すと、楓紅葉《かえでもみじ》に午後の日差しがあたって、鮮やかな赤である。

掲出句の初案が、芭蕉自身が書き残した懐紙によって残されている。

梅稀《まれ》に一もとゆかし子良の館《たち》

句意は「神宮の中は梅の木が稀なので、子良の館の一本の梅の木が慕わしく、憧れる」。「梅稀に」が「一もとゆかし」の原因になってしまっている。「稀に」を削除したのは賢明であった。その上、初案では「子良の館」という建物を詠んでいた。これでは場所の説明にすぎない。それが掲出句では「御子良子」という少女そのものに変えられた。まことにみごとな改作と言えよう。一本の梅の木と少女の姿とが重なるのだ。芭蕉が関心を持って句に詠んだことで、「御子良子」は永遠に記憶される存在となった。

掲出句を芭蕉が伊勢神宮の外宮で詠んだのか、内宮で詠んだのか、という疑問がある。その答えについては、『伊勢の文学』に著者の国文学者、伊藤正雄が「芭蕉が此句を詠んだのは内宮か外宮か明瞭でない」と記している。ぼくに判断がつけられるはずがない。ただ、冬のすがすがしい空気の中、芭蕉の一句を思い出しながら、外宮と内宮とを拝することができたのが、ありがたかった。

欅《けやき》落葉掃き集めあり小砂利の上　實

さざんくわや御子良子ものおもふころ

（二〇一三・〇二）

此山《このやま》のかなしさ告《つげ》よ野老堀《ところほり》

芭蕉

西行の友人再興の寺

貞享五（一六八八）年、芭蕉は故郷の伊賀で新年を迎え、二月上旬には伊勢に来て、中旬まで滞在していた。この時、芭蕉のもっとも愛していた門弟杜国が、罪を得て流されていた伊良湖から、はるばる当地に芭蕉を訪ねてくる。その後、芭蕉と杜国主従は伊賀を経て、花の吉野を訪ねることとなる。『笈の小文』の旅である。

紀行文『笈の小文』（宝永六年・一七〇九年奥書）に所載。「菩提山《ぼだいせん》」と前書がある。菩提山神宮寺は蔀関月《しとみかんげつ》『伊勢参宮名所図会』（寛政九年・一七九七年刊）によれば、天平十六（七四四）年に聖武天皇の勅願により行基が開いたと伝えられる古刹で、文治《ぶんじ》元（一一八五）年に良仁《りょうにん》上人によって、再興されている。この良仁が、芭蕉がもっとも敬愛していた院政期の歌人、西行と親しかった。その縁があるため、芭蕉はこの寺を訪れたのであろう。

「野老堀」の「野老」は山野に自生するヤマノイモ科の蔓性《つるせい》の多年草。根茎《こんけい》にひげ根が多いため、それを老人のひげに見立て、正月飾りにして、長寿を祝った。海老に対して、野老としたのである。また、根茎を食用にもした。

「野老堀」とは、それを掘る人である。芭蕉はここで「堀」の字を用いているが、実はこれは誤用。「掘」の字を用いた方が適切であった。

「野老掘」は春の季語、「野老」は新年の季語である。掘る行為は春で、植物自体は新年と、矛盾してしまっている。「野老掘る」を初めて季語としたのは、斎藤徳元の俳論書『誹諧初学抄《はいかいしょがくしょう》』（寛永十八年・一六四一年刊）。三月の季語として取り上げている。「野老」を初めて季語としたのは、歳時記『増山井《ぞうやまのい》』（寛文七年・一六六七年刊）。こちらは一月の季語としている。二つの季語が別の季節になっているのは、二つの書物の解釈の違いによるものなのだ。

句意は「この山の悲しみを告げてくれよ、野老を掘る人よ」。「この山」とは前書にあった「菩提山」である。芭蕉が訪れた当時は、寺はたいへん荒れていたといわれている。

菩提山神宮寺の盛衰

今日は、伊勢の朝熊山の麓に菩提山神宮寺を訪れてみたい。参宮線伊勢市駅で近鉄鳥羽線に乗り換え、五十鈴《いすず》川駅で下車。冬晴の五十鈴川のほとりを南下し、御側《おそば》橋を渡って、下水浄化場の前を通りすぎ、五十鈴川の支流にかかった小橋を渡ると、そのあたりが菩提山の跡である。

竹藪の中に「菩提山神宮寺」の石柱を見つけた。路上には瓦のかけらが散らばっている。ところどころに石垣が残っている。たしかにこの地に古刹があったのだ。しかし、今や何の建造物も残されていない。野老掘どころか誰にも会わない。

良仁が再興した菩提山は、弘長《こうちょう》年中（一二六一～六四年）の大火で、多くの建物が失われてしまった。そのまま再興されることなく四百数十年が経った後に芭蕉は訪れて、この寺の悲しみを感じ取り、掲出句を詠んでいたのだ。

ところが、芭蕉が訪れた数十年後、宝暦十（一七六〇）年に当寺はみごとに再建される。先に挙げた『伊勢参宮名所図会』には再建後の姿が挿画で残されている。そこには堂々たる本堂を中心に、門や方丈などの建物が描かれている。そして、絵の右奥の滝の落ちている傍らには、良仁が住んでいたという「かや堂」と、なんと掲出句の句碑「芭蕉塚」まで描かれている。

現在はここに描かれてあるすべての建物が失われてしまっている。芭蕉塚も行方不明になってしまったままだ。明治初期の廃仏毀釈は、神宮の地である伊勢においては徹底的だった。変わらないのは、林間に響く滝音ばかりである。

ただ、江戸中期にこの寺を訪れて句碑を読んだ参詣客よりも、今日すべてが失われた地に訪れたぼくの方がこの句の悲しみは理解できるのではないか。芭蕉の句の悲しみは、作られた当時よりも、廃仏毀釈という歴史的惨事を経て、さらに深まっているように思われる。

『伊勢参宮名所図会』の文中では「芭蕉塚」には「山でらのさびしさ告げよところ掘」と彫られていたとされている。『笈の小文』以外ではすべてこのかたちになっている。上五が「山でらの」になっているのが初案であって、芭蕉はそれを「此山の」に改作しているのだ。「山でらの」というかたちの方が、一句の独立性がつよい。言い換えれば「此山の」というかたちの方が前書に沿っている。紀行文に句を入れる際にこのように改作したのは理解できる。音に注目してみると、上五「此山の」冒頭の「ｋｏ」の音と中七「かなしさ告よ」冒頭の「ｋａ」の音とを響かせたかったとも思うのだ。

大寺の消え失せにけり冬の滝　實
冬滝を落ちきし水や淵《ふち》なせる

（二〇一八・〇二）

神垣《かみがき》やおもひもかけずねはんぞう

芭蕉

伊勢神宮外宮の涅槃図

貞享五（一六八八）年の正月を故郷の伊賀で迎えた芭蕉は、二月初めに伊勢に出て、神宮に参拝している。『笈の小文』の旅である。ここで伊良湖崎からやって来た、愛弟子杜国とも落ち合っている。このあと杜国をともなって、吉野へと花見に出かけるのだ。

掲出句は、紀行文『笈の小文』に収録されている。また、芭蕉自身が懐紙に書き残した句には、「十五日外《げ》宮《くう》の館《やかた》にありて」という前書があり、旧暦二月十五日に伊勢神宮の外宮の内のある館で詠まれた句であることがわかる。「館」を外宮北側にある現在の伊勢市宇治館町とする説もあるが、ぼくは伊藤正雄著『伊勢の文学』に従いたい。この日は、釈迦入滅の日とされている。釈迦の涅槃《ねはん》の寝姿の図、「ねはんぞう」を掛けて、釈迦を祀るのだった。

「神垣《かみがき》」とはもともと「神社の周囲の垣」の意であったが、のちに「神社、神域」の意に変化している。句意は「外宮の神域の内であることだなあ。思いもかけないことに涅槃図が掛けてあったことだよ」。神宮のなかであるというのに、意外にも仏教に属する絵である釈迦の涅槃図を拝することができた驚きとこころ躍りとが表現されている句である。

十一月のよく晴れた日、参宮線伊勢市駅下車。外宮へと向かう広い参道の両脇には、古い木造の宿屋があったり、魚屋が水槽に伊勢海老をぎっしりと生かしていたりする。この道を歩いていると、伊勢に来たことをつよく感じるのだ。

五分ほど歩くと外宮である。まず、正宮《しょうぐう》に参る。そして、その隣のかつて正宮が建っていた古殿地《こでんち》にたたずむ。何もない、ただ白い石が敷き詰められているだけの空地なのだが、この場所に立っていると、気持ちがいい。

仏教徒をこばまない外宮

芭蕉が目撃した涅槃図は、外宮のどの館に飾られていてどんなものだったろうか、知りたい。しかし『伊勢の文学』を開いても、「外宮のどう言ふ場所に涅槃像が祀られたものか、当時の慣習がよく分からない」と書かれているばかりだ。これ以上のことを知ることはかなわない。

ただ、江戸時代の伊勢神宮と現在の伊勢神宮との間には、大きな断絶がある。現代の神宮は、仏教徒の立ち入りをこばむことはない。ところが、江戸時代においては仏教徒は僧尼拝所だけに立ち入ることが許されていた。貞享元年の『野ざらし紀行』の旅において、伊勢に参宮した芭蕉は、髪を剃り、頭陀袋《ずだぶくろ》を下げ、数珠《じゅず》を持参していた。このような僧の姿の芭蕉は、内宮の神前にまで入ることは許されなかったのである。しかし、外宮にも僧尼拝所はあったが、芭蕉は自由に参拝したように書いている。

この事実と、外宮の館で二月十五日に涅槃図を芭蕉が目撃したということは、対応する。外宮は、内宮に比べて、仏教を拒絶するという姿勢が少なかったのではないか。それは何に由来するか。現在では信じられないが、鎌倉時代において、内宮と外宮は対立していた。内宮に対する外宮の位置を高めようとして、外宮では伊勢神道が編み出された。伊勢神道とは、神が中心で仏が従う存在と考える信仰のありかたである。古来の神道のみを信奉し、仏教を排除した内宮との違いを示したわけである。

『伊勢の文学』には、掲出句の典拠となる和歌が紹介されている。読んでみよう。

神垣のあたりと思へど木綿《ゆう》襷《たすき》思ひもかけぬ鐘《しょう》の音かな　六条右大臣北の方《ろくじょううだいじん》『金葉和歌集《きんよう》』

『金葉和歌集』（源俊頼撰、二度本・天治二年・一一二五年成立）は、平安時代の勅撰和歌集で、この歌は伊勢で詠まれている。「木綿襷」は木綿で作った襷、神事に奉仕するときに袖をからげるのに用いるものだという。「神垣」と神関係の縁語になっている枕詞である。襷をかけることから「かけ」にかかってもいる。歌意は「神域のあたりと思っていたが、思いもかけない鐘の音が響いていることだなあ」。「鐘」とは、本来は仏教において、釈迦が説法をはじめる合図に打たれたものだ。その鐘の音が、神域の近くで響いていることに驚いているわけだ。神域に鐘が設置してあるはずがない。近隣の寺の音が届いたのだろう。詠まれた場所が外宮である確証はないが、その可能性はあろう。

和歌の「鐘の音」を「涅槃像」に替えて掲出句が生まれている。形はないが響きのいい「鐘の音」は、たしかに和歌的な素材である。対して、拡げた掛け軸という「もの」で、形がある「涅槃像」は、まさに俳句にふさわしい素材。その「もの」から連想が広がっていくのだ。

古殿地に満ち満てるもの冬の雲　實

古殿地の白石冬日差しにけり

（二〇一七・〇二）

裸《はだか》にはまだ衣更着《きさらぎ》の嵐《あらし》哉《かな》

芭蕉

全裸の上人の魅力

貞享五（一六八八）年の新年を故郷の伊賀上野で迎えた芭蕉は、二月には伊勢参宮に赴く。『笈の小文』の旅である。紀行文『笈の小文』に掲載されるこの句には前書はない。芭蕉の弟子、嵐雪《らんせつ》編の作品集『其袋《そのふくろ》』（元禄三年・一六九〇年）には、前書付きの掲出句が収録されている。「二月十七日神路山《かみじやま》を出るとて」。「神路山」は伊勢神宮内宮を囲む山のこと、神宮そのものを指す場合もある。旧暦二月十七日、伊勢を出て故郷に戻る際、詠んでいる句なのである。

芭蕉の弟子、支考が師の句文を収集した『笈日記』という書には、掲出句についての芭蕉の「増賀《ぞうが》の信をかなしむ」ということばが記録されている。平安時代の高僧増賀の信仰心を愛おしむという意味である。増賀という僧を知らないと、掲出句は理解できない。芭蕉も愛読していた、鎌倉時代の仏教説話集『撰集抄《せんじゆうしよう》』冒頭にエピソードが載っている。

増賀上人は比叡山延暦寺の根本中堂に千夜籠もるという修行をした僧である。さらなる悟りを求めて、伊勢神宮に参詣する。神に祈って眠ったところ、夢に神が現れ、「道心をおこそうと思ったら、自分の身を自分のものと思うな」というお告げを受ける。目覚めてから上人は「これは名利を捨てよということに違いない」と思って、着ていた衣を脱いで乞食にみな与えてしまった。下着も着けず、まったくの裸で、伊勢から帰り、修行していた比叡山に登る。

「名利を捨てる」ということと着衣を捨てるということとを直接に結びつけ、実際に実行してしまう上人には魅力がある。比叡山では悟りを得るのに千夜かかっているが、伊勢では一夜にして得られている。伊勢の神のありがたさをものがたるエピソードでもある。僧と神とが伊勢という場でたしかに出合っている、神仏習合の一事件である。

芭蕉は伊勢を去るにあたって、増賀のことを思い出していた。「上人のように着衣を捨て去りたいが、二月は裸になるにはまだまだ寒い、いまだ重ね着がふさわしい季節、嵐も吹きすさんで、つらすぎる」という句意になる。増賀の精神の気高さに打たれつつも、生身の世俗の人間としてはついていけないところをはっきりと示しているところがおもしろい。

「衣更着」が季語。旧暦二月の名称「きさらぎ」の語源説の一つとして、「まだまだ寒いので、着物をさらに着る」からというものがある。そこから「衣更着」という字が当てられているのだ。

僧尼拝所からの眺め

参宮線伊勢市駅を降りて、バスで「内宮前」まで行く。銀杏黄葉がまぶしい。好天に恵まれた勤労感謝の日である。かつてこの日は新嘗祭《にいなめさい》だった。天皇が新米を感謝し、天神地祇《てんじんちぎ》にすすめ、みずからも食べた。俗界と神域の境をなす五十鈴川の宇治橋の上もたいへんな人出である。

冬至の日の太陽は、宇治橋の大鳥居の正面の真ん中から上がるという。先月訪れた伊勢二見浦《ふたみがうら》の夫婦岩では、岩の間から夏至の太陽が昇る。伊勢は太陽信仰の聖地なのだ。内宮の祭神、天照大神は太陽を神格化したものである。

さて、高僧増賀のことを書いたが、明治の初めまで、僧は、宇治橋を渡り正殿の前で参拝することは許されなかった。僧が死の穢れに触れることが多いためであるという。芭蕉の『野ざらし紀行』には伊勢参宮の際、僧体であったため、神前に入ることを拒まれたことが明記されている。増賀も、西行も、五十鈴川を隔てて、正殿を拝することのできる高みにあったという僧尼拝所から拝したらしい。その場所の存在を矢野憲一著『伊勢神宮』（角川書店・平成十八年・二〇〇六年刊）によって、帰宅後知った。同著によれば、現在、僧尼拝所のあった場所にはなにも残されていないというが、その位置から正殿を遠く拝してみたかった。芭蕉を訪ねる旅としても、神仏習合を考える旅としても必要だった。そう思って後悔しているところだ。伊勢にはまだ名句がある。再訪を期したい。

『笈の小文』の旅においては、神前に入ることを拒まれたか、許されたか、芭蕉ははっきりと書いてはいない。しかし、掲出句の存在は、拒まれたことを意味しているのではないか。増賀と自分とを重ねるという立場は、姿は同じ僧体であることをはっきりと意識している。伊勢に来て、神社、神道的なものばかり詠むのではなく、あえて僧を詠む姿勢がおもしろい。芭蕉は神前に入ることを拒まれたことによって、自分が伊勢という土地にとって、僧体の異物であることを意識している。その意識を積極的に楽しみつつ、神道と仏教との出合いという奇蹟に目を瞠っている。

さざんくわや増賀上人立ち走り　實

神域をむささび飛べる月夜かな

（二〇〇八・〇二）

香にゝほ《（匂）》へうにほ《（掘）》る岡の梅のはな

芭蕉

悪臭と清香と

貞享五（一六八八）年の新年を、芭蕉は故郷の伊賀上野で迎えた。旧暦二月中旬、弟子の土芳の庵を訪ねて掲出句を残している。『笈の小文』の旅の途上であるが、紀行文には収録されてはいない。しかし、さまざまな意味で貴重な句である。この句には、匂いというものが詠まれている。近現代の俳句は写生を重視した視覚中心のものである。そのような俳句の中に掲出句を置くと、とても刺激的に感じられる。

俳諧撰集『有磯海《ありそうみ》』（元禄八年・一六九五年刊）に所載。前書には「伊賀の城下にうにと云《いう》ものあり、わるくさき香《かおり》なり」とある。「うに」は伊賀の方言で、泥炭《でいたん》のこと。掘り出して燃料として用いられた。句の中に方言を使っているということも珍しい。句意は、「泥炭を燃やすと悪臭がします。泥炭を掘る岡の梅の花よ、清らかな香りを放ってください」。泥炭の悪臭と梅の花の清香とが対比されているわけだ。

今日は、芭蕉の詠んだ「うに」を見に行きたい。伊賀市の芭蕉翁記念館に電話をして、「うにを見たいのですが、どこに行ったらいいでしょう」と問い合わせると、「市内の古山《ふるやま》にお住まいのNさんに相談してみてください」とのこと。

伊賀鉄道伊賀線上野市駅下車、上野産業会館から名張行きバスに乗り、南へ約二十分。野には枯れきった風景が広がっている。停留所「古山局前」で降りて、Nさんのお宅を訪ねる。縁側に青いシートを敷いて、小豆の殻を取る作業中である。箕《み》の中に殻を取り去った小豆が入れられている。枯れた殻には香ばしい匂いがある。なつかしい農家の庭である。座敷に通されると、みやびな屏風が飾られていた。洛中の風景が彩色あざやかに描かれている。金彩のたなびく雲も、光を失っていない。うかがうと、先祖伝来のものとのこと。伊賀の豊かさに驚き、伊賀人の都への憧れを、かたちにして見せていただいた思いであった。同じく伝来の、江戸時代に伊賀で出版された句集も、何冊か手に取らせていただいた。Nさんの先祖に俳諧をたしなんだ方がいたのだ。

「うに」は匂わない

「それでは、『うに』を見にいきましょうか」とNさんは言う。バスで来た道をしばらく戻って、右手の山際に入っていくと、市場寺という小さな寺がある。境内には掲出句の句碑が建てられていた。読もうと句碑に近づくと、Nさんが「それが『うに』です」と句碑の下に置いてある、炭の塊のようなものを指さす。寺の裏山で掘り出されたメタセコイヤという木からできた泥炭であるとのこと。年輪の層が見える。匂いを嗅いでみる。しかし、匂いはほとんどない。多くの鑑賞に「うには悪い匂いがする」と書かれているため、どんな悪臭であるかと期待してきたぼくにとっては、ちょっと拍子抜けするほどであった。Nさんにそれを言うと、「火をつけないと匂いません。燃料として燃やすと嫌な匂いがします」とのことだった。火をつけないと「うに」は匂わない、それは伊賀に来なければわからなかった。

「うに」が燃えるとき発する悪臭も、諸国を行脚してきた芭蕉にとっては故郷の伊賀そのものを感じさせるなつかしいものだったのではないか。「うに」について、同郷の俳人、土芳と語り合ううちに句に仕立てたのではないか。同郷のもの同士であったから、「うに」という方言を使っているのだ。芭蕉訪問時、土芳の庵で「うに」を燃やしていたのかもしれないと、想像は広がる。

今回の旅で、二つ残念なことがあった。一つは、「うに」を燃やした際の匂いを経験することができなかったということ。それは最初からあきらめていたのだが、後日、なんと現在も「うに」を燃料として使っている豆腐屋さんがあると聞いた。その豆腐屋を訪ねて、「うに」が燃えるとどんな匂いがするか嗅いでみたかった。芭蕉の嗅いだ匂いである。その匂いを嗅がないかぎり、掲出句を真の意味で味わうことはできまい。

もう一つは、仏像のこと。句碑の建つ市場寺には平安時代の仏像五体が安置されていた。いずれも平安後期の作で、国の重要文化財に指定されているという。このようにまとまって質の高い仏像が遺されている場所はそうそうない。ぜひ拝みたいとNさんにお願いしたのだが、たまたま鍵を管理している方が留守で、拝観はかなわなかった。伊賀にはたくさんの古き佳きものが伝えられている。このことも芭蕉が伊賀に生まれたことと関係しているような気がする。この二つ、次回、伊賀を訪ねるときの楽しみに取っておきたい。伊賀の山の姿はなだらかでやさしい。伊賀の地がまた一つなつかしさを増した。

洛中屏風雲の金《くがね》に照らさるる　實
一塊のうに冷ゆるなりにほひなし

（二〇一一・〇二）

さまぐ〵の事おもひ出す桜哉《かな》

芭蕉

平易で深い、桜の名句

貞享五（一六八八）年旧暦三月、故郷の伊賀に滞在していた芭蕉は、かつて仕えていた藤堂新七郎家の下屋敷に招かれ、花見をしている。芭蕉を招いたのは、かつて芭蕉が奉公した良忠（俳号　蟬吟）の子息、良長《よしなが》（俳号　探丸《たんがん》）であった。

俳諧好きの主君蟬吟に仕えたことで、芭蕉（当時の俳号は宗房）はおのずと俳諧に興味をもった。ただ、芭蕉を愛しんでくれた蟬吟は、寛文六（一六六六）年に急死してしまう。享年わずか二十五であった。残された芭蕉は二十三歳。そして、遺児良長はまだ幼児であった。

主君の死の二十二年後に、青年となった主君の子息から、芭蕉は高名な俳諧師として、主との想い出の屋敷に招待を受けたのである。良長の風貌に、かつての主君蟬吟のおもかげを探ることもできたことだろう。

句意は、「見上げていると、さまざまなことをおのずと思いだす、桜の花であることよ」。難解なことばは一語もない。口語訳もいらないほどに平易な句である。それでいて、桜への深い思いが感じられる。桜の花のもっている不思議な力、思いださせる力を書きとめている。「ぐ〵」の踊り字の部分は、まさに咲き枝垂れる一枝そのものであるとも感じられるのだ。芭蕉の名句の一つである。

掲出句は紀行文『笈の小文』に、前書なしで所載。先に記した事情は、芭蕉自身が懐紙に残した自筆の句の前書によって知ることができる。『笈の小文』に掲載した際、前書を一切付けなかったのは、特殊な事情の元で読まれたくない、普遍的な桜の句として読んでほしいという芭蕉の意志だったのかもしれない。

立春は近いが底冷えのする日、伊賀鉄道伊賀線上野市駅に下車。駅の向かいの「ハイトピア伊賀」一階にある観光案内所を訪ねた。尋ねたいことがあったのだ。

阿部喜三男他著『芭蕉と旅　上』によると、掲出句がつくられたのは、藤堂新七郎家の下屋敷であった。伊賀市上野赤坂町の芭蕉生家から遠からぬ所にあり、掲出句の上五に由来して、後に「さまざま園」と名付けられている。「今でもこの庭にはみごとなしだれ桜があり、芭蕉のころの桜の三代目だといわれている」と記されているが、その庭を現在見ることができるかどうかを知りたかったのだ。

観光案内所の女性は、掲出句のこともさまざま園のこともよくご存じだった。ただ、「個人の家の庭なので、残念ながら現在は公開されていないのです。桜の木も枯れてしまって、もうないのです」と本当に残念そうだった。

蟬吟の墓に参る

それではどこへ行くか。ぼくは蟬吟の墓がある山渓寺《さんけいじ》を訪ねたいと思った。上野市駅前から銀座通りを南下して、銀座中央駐車場を右折すると、山渓寺である。臨済宗東福寺の末寺で、寺を建てた大年禅師は、戦国武将藤堂高虎とともに伊予（現在の愛媛県）から伊賀に来た人。この寺には、高虎の従兄弟である藤堂新七郎良勝を初代とする、藤堂新七郎家代々の墓所がある。

藤堂新七郎家一族の墓はかたまっているが、蟬吟の墓だけは離れたところに建つ。二メートルを超える高さの黒っぽい花崗岩《かこうがん》の墓で、戒名の下に「寛文六丙午歳《へいごのとし》四月二十又五日」と刻まれている。蟬吟の亡くなった年と命日である。蟬吟は父よりも早く亡くなったため、一族の墓群には入れてもらえなかったのだ。

芭蕉の句の「さまざま」の中には、蟬吟が亡くなった日のことがかならずや含まれているだろう。故郷の伊賀に帰ってくるたびに、芭蕉は蟬吟の墓に参っているはずだ。蟬吟の墓にぬかずいていると、芭蕉の気配を感じる。「蟬吟様、若き日の芭蕉を俳諧に誘ってくださって、ありがとうございました。安らかにお眠りくださ い」と申し上げて、合掌を解く。おりから降り出した雨が急に雪に変わり、墓の面で解けてゆく。
芭蕉の掲出句に対して、花見の当日、亭主である良長が脇句を付けている。

春の日はやくふでに暮行　探丸子

句意は「永いといわれる春の日も、脇句を付けようと苦心して筆を使っていると、いつの間にか時間が経ってしまい、暮れてゆきます」。
良長は脇句がなかなかできないながらも、芭蕉とともにある春の午後が過ぎていくことを惜しんでいる。芭蕉への敬意を含んだ、おおらかな付句である。良長がみごとな脇句を付けたことにも、芭蕉は父蟬吟の血を感じたことだろう。

雨雪となりたり墓の面打つ　實

墓より見えしだれざくらや枯れきれる

（二〇一五・〇四）

手鼻かむ音さへ梅のさかり哉《かな》

芭蕉

雅俗のあざやかな対比

貞享五（一六八八）年春、芭蕉は故郷の伊賀上野の実家に滞在していた。『笈の小文』の旅のさなかである。二月に芭蕉の亡父の三十三回忌の法要が催されるので、帰省していたのだ。

門弟土芳自筆の芭蕉句集『蕉翁句集草稿』に所載。前書に「伊賀の山家にありて」とある。「山家」は芭蕉の実家のことである。当時は兄半左衛門の家となっていた。掲出句は伊賀の実家で詠まれたというのが、通説である。

「手鼻かむ」とは、紙を使わずに指で鼻を押さえて鼻をかむこと。句意は「手鼻をかむ音までもがどこか趣深く感じられる、梅の花の盛りであるなあ」。「手鼻かむ」という俗な行為と「梅」という雅な花とをあえて取り合わせている、芭蕉の意欲作である。和歌でも連歌でもかつて詠みえなかった、人の日常生活の褻《け》の姿が、ここにたしかに描きとめられているのだ。

伊賀国一宮《いちのみや》である敢國《あえくに》神社には、芭蕉が参拝時に掲出句を作ったという伝承があることを神社のホームページで知った。もしそれが真実としたら、新しい読みができるかもしれない。今日はその敢國神社を訪ねてみたい。関西本線佐那具《さなぐ》駅に下車、田園風景の中を三十分ほど歩くと、神社に到着する。

参道の楓紅葉《かえでもみじ》が鮮やかである。かたわらに掲出句が彫られた自然石の句碑を見つけた。「手はなかむおとさへ梅のにほひかな」と読める。下五が『蕉翁句集草稿』の句形とは異なっていて、「にほひかな」になっている。

手鼻をかむと鼻が通って、梅の匂いをしっかりと嗅ぐことができるようになる。それゆえ、「梅のさかり哉」よりも「梅のにほひかな」のほうが、「手鼻かむ」という行為に対して、直接的である。同時に一句全体の句柄も小さくなってしまうような気がする。

「梅のにほひかな」のかたちを誤伝と判断する鑑賞もあるが、ぼくは芭蕉自身が敢國神社で詠んだ初案の可能性も十分あると思う。芭蕉がその初案の問題点を「梅のさかり哉」へと改作して、改善しているという推理も、可能なのではあるまいか。

「手鼻かむ」は誰がしているのか

境内には七五三のお参りの家族が訪れていた。男の子の袴姿《はかま》がりりしい。祖父母、両親が男の子をにぎやかに囲んで写真を撮っている。

社務所の前で、興味深いものを見つけた。「芭蕉みくじ」である。ただのおみくじではなく、芭蕉の名を冠しているところは、さすが芭蕉の国伊賀の一宮である。木箱から振り出した棒を窓口の神職に渡すと、薄紫色のおみくじをくださった。

開くと『野ざらし紀行』冒頭の一句「野ざらしを心に風のしむ身かな」が刷られてあり、下に「吉」とある。とりあえず、よかった。

運勢は「もっと自分に自信をもちましょう。積極的に物事にとりくむことで、少しずつ運は開けるでしょう」とあった。そうだ。芭蕉も積極的に旅に出ることで、新たな句境へと展開させていったのだった。

ことに響いたのは、「健康運　少し体を休ませましょう」というところである。まったくそのとおり、ゆっくり休みたいものだ。芭蕉ファンのぼくには、芭蕉自身にことばをかけてもらったようなうれしさがあった。

このおみくじは芭蕉句集の栞《しおり》としてたいせつにしたい。

さて、この伊賀滞在の後、芭蕉は愛弟子杜国を伴って、吉野、和歌の浦、奈良、須磨明石へと大旅行にでかける。空米取引で罪を得た杜国をなぐさめるために同行させたわけである。『笈の小文』の旅が続いている。その足慣らしと旅の平安を祈願するために、この時期芭蕉が、敢國神社を参詣している可能性は十分にあると思う。

もし敢國神社への参詣を行うとしたら、芭蕉は一人では行かないだろう。旅の準備ですでに伊賀に来ていた杜国を伴ったはずだ。とすれば、掲出句の手鼻をかんでいるのは杜国その人である、と想像することができるのではないか。

たからかな音を立てて手鼻をかんだ愛弟子をからかっている一句と読める。といってけっして馬鹿にしているのではない。香り高き「梅」を取り合わせていることで、杜国への愛情も読みとれる。

『笈の小文』の旅の際、芭蕉は同行の杜国のいびきに眠れず、いびきの音をふくべのような絵に描いた。その絵ともつながる聴覚の鋭さとユーモアとを読みとることもできる。

きざはしに男《お》の子子《こご》袴七五三　　實

きざはしに紅葉散り敷く音を聞け

（二〇一六・〇二）

よし野にて桜見せうぞ檜の木笠

芭蕉

杜国との愛の唱和

花と月とを愛した西行がもっとも好きだった場所が吉野であった。「吉野山梢《こずえ》の花を見し日より心は身にも添はずなりにき」（『山家集』）。意味は「吉野山で梢に咲く桜の花を見た日以来、わたしの心は体からさまよい出てしまった」。西行の花への強い思いを感じさせる歌である。西行に憧れた芭蕉は吉野を二度訪ねている。最初は貞享元（一六八四）年秋、『野ざらし紀行』の旅である。芭蕉は一人吉野を巡った。

二度目は『笈の小文』の旅、貞享五年の吉野である。同行したのは愛弟子杜国であった。「かのいらご崎にてちぎり置《おき》し人の、いせにて出《いで》むかひ、ともに旅寝のあはれをも見、且《かつ》は我《わが》為に童子となりて、道の便りにもならんと、自万菊丸《みずからまんぎくまる》と名をいふ」。芭蕉は、三河国、保美に謫居していた杜国と再会、伊良湖崎にともに遊び、吉野への旅を約していた。「童子」とは召使の少年である。すでに成人であった杜国がこのような振る舞いをするところに旅を興じる思いが現れている。この芭蕉の文章はともに旅ができる喜びに弾むようだ。杜国がみずから付けた名「万菊丸」も気に入っている。「まことにわらべらしき名のさま、いと興有《あり》」と子どもらしい名前の様子をおもしろがっている。そして「いでや門出のたはぶれ事せんと、笠のうちに落書ス」、つまり「さてさて出発の戯れていうことばとして、かぶっている笠の内に落書する」。

『笈の小文』所載。句の前には「乾坤無住同行二人《けんこんむじゅうどうぎょうににん》」という文句を置く。これは巡礼が笠に書くもので、本来はいつも仏とともにいるという意味。それを転じて芭蕉と杜国がいつもともにあることを示している。単なる師弟の関係を超えた、神仏をも恐れぬ愛情の確認と読める。それに続く掲出句も同様。句意では「吉野に行って桜を見せましょう、檜の木笠よ」。晴雨を問わず旅人芭蕉の頭上にある「檜の木笠」に、杜国そのひとを重ねている。

続いて杜国の句が添えられている。「よし野にて我も見せうぞ檜の木笠　万菊丸」。芭蕉の句の「桜」を「我も」と変えただけ。季語もない。巧みに和すという姿勢はまったくない。芭蕉を慕いすべてを捨てて付き従っている杜国の姿が見えてくる。芭蕉と行をともにすることができる喜びのみが溢れている。前書と芭蕉の掲出句と杜国の句と合わせて、俳諧においては類稀な愛の唱和となっている。この二句を誦しつつ同行二人は吉野へと向かった。

苔清水から西行庵へ

吉野に芭蕉が着いたのは貞享五年旧暦三月二十二日、大安隆は『芭蕉　大和路』の中で、花のころには遅かったが奥千本は花盛りであったろうと推定している。近鉄吉野線吉野駅下車、タクシーで奥千本の金峯神社に赴く。再訪の際も芭蕉が訪れた苔清水《こけしみず》は、車では行けない。雪があるから、と渋る運転手さんにどうしてもとお願いすると、神社の脇を上がる山道を同行してくれた。杉林の中の急坂を上り、落葉の積もった道を谷底まで下ると、苔清水があった。花の時期には訪れる人もいようが、この時期だれもいない。

谷底をしばし歩くと、山腹の平坦な場所に出る。そこに西行庵が再建されている。正面には青根ケ峯から大峯山へと続く山並が望まれる気持ちのいい場所だ。暁鐘成《あかつきかねなり》著『西国三十三所名所図会』（嘉永六年、一八五三年刊）所載の江戸末期の西行庵の絵、その屋根には小さな草木が見えるが、現在の庵の屋根にも小さな馬酔木《あしび》が生えていた。春になると庵の周りに山吹が咲き乱れるんです、と運転手さんが言った。

芭蕉は『笈の小文』に次のように書く。「よしの丶花に三日とゞまりて、曙《あけぼの》、黄昏《たそがれ》のけしきにむかひ、有明《ありあけ》の月の哀《あはれ》なるさまなど、心にせまり胸にみちて」と花の実景に感動したことを記す。三日間、明け方、夕暮れの桜と向き合い、花の上に出た夜明の月の情趣を味わった。その上で「あるは摂政公のながめにうばゝれ、西行の枝折《しをり》にまよひ、かの貞室《ていしつ》が是《これ》は〳〵と打《うち》なぐりたるに、われいはん言葉もなくて、いたづらに口をとぢたる、いと口をし」と述べる。「摂政公のながめ」とは鎌倉初期の歌人、藤原良経の「昔たれかゝる桜のたねをうゑて吉野を春の山となしけむ」（『新勅撰集』）、歌意は「昔誰がこのような桜の種を植えて、吉野を春の山にしたのでしょうか」。「西行の枝折」とは西行の「吉野山こぞのしをりの道かへてまだ見ぬかたの花を尋ねむ」（『新古今和歌集』）、歌意は、「吉野山の去年枝を折って案内した道とは変えて、まだ見ていない方の花を尋ねましょう」。「貞室が是は〳〵」とは京の文化人、松永貞徳の門弟、安原貞室《やすはらていしつ》の「これは〳〵とばかり花の芳野山」（『あら野』）句意は、「これはこれはとばかり感嘆のことばを述べるばかりです、花の咲く吉野山では」。これらの和歌と発句をそれぞれ踏まえる。みな吉野の花の呆れるような美しさを捉えている。対して芭蕉は、自身の句を詠めなかったことを残念がっている。

芭蕉は先人の作と向きあい、それを超えなければ自分の作と認めなかった。実際には「桜がりきどくや日ゝに五里六里」他三句を記している。句意は、「われながら殊勝なことだ、花見に毎日五里六里を歩くとは」。しかしこれらを吉野での堂々たる自句としては認めていないのだ。句が詠めないことで吉野が名所の中の名所であることを示した。後年、『おくのほそ道』の「松島」でも句を残さなかったが、その姿勢と通じている。

落葉厚きすべて桜や踏みくだる　實

西行庵屋根なる馬酔木冬芽もつ

（二〇〇三・〇三）

春の夜や籠《こも》り人《ど》ゆかし堂の隅

芭蕉

雪から霰へ

貞享五（一六八八）年春、『笈の小文』の旅において、芭蕉は伊勢から伊賀を経て、吉野の花を目指す。同行したのは万菊丸と名乗る、愛弟子杜国であった。いくつかの名所を二人で巡っている。掲出句には「初瀬《はつせ》」と前書が付けられていた。これは長谷寺のこと。芭蕉の愛した寺の一つであった。

紀行文『笈の小文』所載。句意は「春の夜、堂の隅に祈願のために泊まり込んでいる人に心魅かれる」。

寒中の昼、近鉄大阪線長谷寺駅に降り立った。雪がかなり激しく降っている。かなたに真言宗豊山《ぶざん》派総本山長谷寺の山がうっすらと見える。初瀬（泊瀬）の枕詞、「隠国《こもりく》の」は『万葉集』の古歌などに用いられているが、ことばどおり山に囲まれた地である。駅前でビニール傘を買って歩き始める。物置小屋のトタン屋根の上にふくらすずめが一列に並んでいた。初瀬川を渡ると、三輪素麺や餅などを売る店が並んで、参道らしくなる。洋品店に入った。毛糸の手袋を買い、包んではもらわず、すぐにはめた。店主も今年の寒さを嘆いていた。

仁王門から長谷寺に入る。ゆるく長い登廊《のぼりろう》には屋根が設けられていて、雪を避けられるのが、心底ありがたい。廊の脇には藁に包まれて寒牡丹がみごとな花を咲かせていた。天狗杉のあたりで、本堂へ向かう廊と開山堂へ向かう廊とに分れる。後者には屋根はない。階の上に霰《あられ》が白々と弾けていた。

本堂へと向かう。小さな神社も建てられている。廃仏毀釈以前の信仰の形を伝えているのだ。本尊十一面観音を拝す。十メートルを超える我が国最大の木造の像である。もともとは神亀四（七二七）年に作られたものであるが、火事で何度も失われている。現在のものは天文七（一五三八）年に立てられている。男性的な風貌が頼もしく、どんな願いでも適えてくれそうである。芭蕉もこの同じ像を眼前にしていたのである。巨像を収める本堂は慶安三（一六五〇）年、徳川家光による建立である。

七十代ぐらいの女性であろうか。床にひざまずいて般若心経を一心に唱えていた。

夜の堂内の美しさ

長谷寺は、平安時代以来、願いを適えたい人が、夜籠って観音に祈る場所であった。そこでは奇蹟が生まれる。信じられない遭遇が起こるのだ。

『源氏物語』「玉鬘《たまかずら》」の巻において、夕顔の娘、玉鬘はここに参るために泊まった椿市《つばいち》（現在の奈良県桜井市金屋）の宿で、母の侍女右近とめぐり会う。謡曲の「玉鬘」はそのエピソードが基となっている。『源氏』の右近の和歌にも詠み込まれ、謡曲中にも出てくる「二本《もと》の杉」は宗宝蔵《しゅうほうぞう》の裏手に今も立っている。『撰集抄』では、西行がこの寺で、出家後別れていた老妻とめぐり会う。『住吉物語』の少将が、姫との再会の示現を受けるのも、この地であった。掲出句の「籠り人」を「ゆかし」く思うのは、長谷寺がこのような性格の場所であったからだ。朧夜、現実の籠り人の上にこれらの物語の中の登場人物が重なり、懐かしく感じられてくるのだ。

この「籠り人」は芭蕉と杜国でもある。杜国は若くして優れた才能をもった俳人だが、世俗的には名古屋の富裕な米商であった。それが、空米売買の罪に問われ、一時は死罪にもなりかけた身である。伊良湖岬での芭蕉との再会があり、そこでの約束によって、吉野の花を訪ねる旅を共にすることができている。それは、まさに奇蹟と言ってもいい。その幸運を二人は観音に謝しているのだろう。自分たち二人を古物語の登場人物に重ねたところに、笑いも生まれている。

この句には「や」、「ゆかし」と二つの切れがある。ただ、この場合の「や」は「の」に変わるもの。中七でより強く切れよう。

現在、寺の拝観者はふつう夕方までしか入ることはできない。ほのかな灯明に照らされた夜の堂内の美しさを、ぼくらは想像するしかない。昼中心の世界に住まうぼくらにはこの句の真実を理解できないのだろう。近代現代の「俳句」は、昼の光の中にあるものを中心にひたすら「写生」して来た。この句の世界を思うことは、近現代俳句の及ばない奥深い世界を思い知ることである。

堂内には、僧がたくさん集まって、法会を行っていた。本尊の前に柄香炉《えごうろ》をささげもつ黄の衣を着た青年僧の息が白い。本堂からの雪の景を楽しんだ後、廊を下り始める。雪はなお降り続けているが、日が差して来た。まことに神々しい。日頃の心の疲れ、汚れが洗い流されたような気がしてきた。

（二〇〇六・〇三）

登廊《のぼりろう》霰に霰ぶつかりぬ　實

隠国《こもりく》の初瀬降る雪に日の差す

猶《なほ》みたし花に明行《あけゆく》神の顔

芭蕉

葛城は伝説の山

貞享五（一六八八）年旧暦三月、芭蕉は愛する門弟、杜国とともに吉野など大和の名所を訪ね歩いている。『笈の小文』の旅の途上のことである。名高い葛城山では掲出句を残している。『笈の小文』とともに芭蕉らの俳諧撰集を代表するとされる『猿蓑』に収録されており、「葛城の麓を過《すぐ》る」と前書が付けられていた。句意は後述する。

葛城山は奈良県と大阪府との境にある山。現在では葛城山、そして、その北側に隣り合う金剛山とに分けられているが、かつては葛城、金剛二つの山を含む山塊の総称であった。読み方も変わっている。現在は「かつらぎ」と読まれているが、『古事記』『日本書紀』『万葉集』など古典のなかでは「かづらき」と読まれていた。芭蕉も「かづらき」と読んでいたらしい。濁音の位置の違いによって、だいぶ印象が違う。「かづらき」と読んだほうが、鄙《ひな》びた、また、山深い印象を受ける。

葛城山は修験道の開祖である役小角《えんのおづぬ》が修行をした山であり、役小角の不思議な伝説が残されている。役小角は吉野の金峰山《きんぶせん》と葛城山との間に石橋をかけようと思い立って、葛城の神に作業を行わせていた。しかし、なかなかはかどらない。それで葛城の一言主神《ひとことぬしのかみ》に理由を尋ねてみた。実は葛城の神は容貌が醜かったのだ。見られたくないために、仕事は夜の内しかせず、昼は身を隠していたというのだ。役小角は怒って、葛城の神を呪術で縛してしまった。

葛城山の伝説をもとに、世阿弥《ぜあみ》も「葛城」という謡曲を作っている。役小角の言いつけを守らず苦しめられている一言主神を、世阿弥は女神に脚色している。謡曲に描き取られた神は、ずいぶん艶やかな印象である。

掲出句の句意は「夜が明けてきて、周りが明るくなってくる。葛城山の桜の花もしだいにはっきりと見えてきた。夜明けは葛城の一言主神が身を隠すときである。醜いと言われている神の顔は、実際に醜いのか、実は美しいのではないか。夜の内にも神の顔を見たいと思っていたが、夜が明けていよいよ見たくなってきたのだ」。

芭蕉の句の中でも、特に不思議な世界が描かれている。そして、艶めいて、おくぶかい。

写生から踏み出た名句

和歌山線御所《ごせ》駅下車。曇っていて、風が強く、寒い。葛城山の麓にある一言主神を祀る神社を訪ねよう。近くの近鉄御所駅前から御所市コミュニティバス西コースに乗る。バスの運転手さんに葛城山を尋ねると、駅の西側に聳える山を指さしてくれた。森脇という停留所で下車。十分ほど歩くと、一言主神社に着く。大きな銀杏の木が枯れきっていて、その下に、掲出句の古い句碑が据えられている。

この神社では願いごとを一つだけかなえてくれるという。何を祈ろうかとしばし迷って、頭を垂れる。

初詣客が多く、お忙しい中、宮司の伊藤典久《のりひさ》さんがお話しくださった。「芭蕉はこの神社にお参りしているのでしょうか」と質問すると、「おそらくはお参りしてくださっていると思います。お参りしていなくてもお参りしようとする気持ちはお持ちだったのではと思います」とのことだ。たしかに掲出句の中心には、姿は見えなくとも一言主神がいる。一言主神に深い関心のある芭蕉が、葛城山の麓を通って、この神社の前を通り過ぎてしまうとは思えない。

正岡子規の登場以降、明治以後の俳句は写生が尊重されるようになった。情景がくっきりと描かれた句が大切にされてきた。掲出句は写生の対極にある。見えている桜の花の背後に、目に見えない神を感じている。見えているものよりも、見たいという意志の方を尊重しているのだ。その背後に葛城山の歴史と伝説と信仰とが広がってゆく。ぼくは写生という方法の有効性を認めるものだが、写生から大きく踏み出たこの句の魅力に抗することはできない。

芭蕉が残した掲出句の画賛には、「葛城の山伏の寝言を伝えたものでしょう」という意味の芭蕉自身の注が加えられたものがある。この句の含んでいるおかしみには、芭蕉が愛した同行者杜国の存在も、影響しているのかもしれない。気の合う杜国に向けて詠んでいるからこそ、名句が生まれたのである。

葛城山にはロープウェイが架設されていて、今日も営業している。山頂まで登れば、佳句を授かるかもしれない。しかし、ひたすら葛城山の麓を歩いて神の顔を見たいと願った芭蕉の心からは、遠ざかってしまうのではないか。それに風が強く、ことさらに寒い。今日のところは、乗らずに去ることにしよう。

（二〇一一・〇三）

葛城の一言主神社《いちごんさん》に初詣　實

葛城山《かづらき》へ凧揚げにけり田を走り

ちゝはゝのしきりにこひし雉《きじ》の声　芭蕉

句碑に賽銭

貞享五（一六八八）年春、『笈の小文』の旅中吟である。紀行文『笈の小文』所載。句意は不用だ。芭蕉は愛する弟子、杜国とともに吉野を経て、高野山を訪れている。今日はこの霊地を歩いてみたい。

出発前、高野山宿坊組合に電話をかけてみた。雪はないが最高気温が三度、最低気温が零下三度であると言われた。防寒コートに厚い内張を付けて、使い捨てカイロをたくさん買い込んで出かけることとした。

南海電鉄高野線極楽橋駅下車、高野山ケーブルに乗り換えて五分、高野山駅に降りる。山上もよく晴れている。幸いなことにそれほど冷えていない。バスで高野山霊宝館へ向かう。

学芸員の方にうかがいたいことがあった。掲出句の『笈の小文』での前書は「高野」としかないが、井上士朗著『枇杷園随筆《びわえんずいひつ》』（文化七年・一八一〇年刊）に収録されている「高野登山端書」にはかなり長い前書が付けられている。そこに「御廟《ごびょう》を心静かにをがみ、骨堂のあたりに彳《たたずみ》て」という部分があった。その御廟つまり弘法大師廟と骨堂つまり納骨堂の位置を正確に知りたかったのである。僧形の方がメモ用紙に地図を書きながら親切に教えてくださった。

地図をもらって奥の院へ徒歩で向かう。酒屋には「般若湯」と看板が出ているのが目を引く。仏具屋、お札の印刷所なども高野らしいところだ。一の橋から参道に入ると、有名無名の人の供養塔と碑、杉の木ばかりである。酒、椀、菓子が供えてある墓があった。武田信玄、上杉謙信、織田信長、豊臣秀吉、明智光秀、石田三成ら高名な武将の墓も揃っている。

中の橋を過ぎて、しばらく歩くと右側に掲出句の句碑があった。安永《あんえい》四(一七七五)年、紀州の俳人、塩路沂風によって建てられたもの。裏の銘は著名俳人、大島蓼太《りょうた》による。句の文字は池大雅《いけのたいが》であった。文人画家の最高峰、書の方面でも名高い。たしかに雄渾なる書である。句碑の前に置かれた籠には硬貨がざくざくと入れられていた。これはお賽銭であるらしい。芭蕉句碑も高野山の聖なるものの一つなのである。

恋しいのは父母のみか

御廟橋《みみようのはし》を渡って、燈籠堂に詣でる。その左手奥に納骨堂があった。芭蕉はこのあたりで掲出句を詠んだと記している。先の「端書」の大意を続けよう。「納骨堂は多くの人の遺物の集まった所で、私の先祖の遺髪を始め、親しく懐かしい方の遺骨もここにお納めしてあります。袂でせきとめられず、むやみにこぼれる涙をとどめて」とある。芭蕉の生家松尾家の宗旨は真言宗で、両親はじめ先祖の遺髪をここに納めていた。芭蕉は故郷の伊賀で父の三十三回忌を済ませたばかり、母は没後六年であった。

さらに、「したしきなつかしきかぎり」と書かれているものはかつての主君、藤堂新七郎家の嗣子良忠(俳号蟬吟)であった。ともに俳諧を楽しんだ主は寛文六(一六六六)年二十五歳で病没する。当時、二十三歳の青年芭蕉は主を失って途方に暮れていた。この時期、芭蕉が蟬吟の遺骨を高野山に納めに来たという古伝もある。それが事実だとすると、芭蕉のもっとも辛い旅だったろう。掲出句を詠んだのは二十二年ぶりの高野ということになる。ここで流されている涙の意味も重くなるのだ。

さて、この句は次の和歌を踏まえていると言われている。


山鳥のほろほろと鳴く声聞けば父かとぞ思ふ母かとぞ思ふ　『玉葉集《ぎょくようしゅう》』

奈良時代の僧、行基が高野で詠んだと伝えられている歌である。歌意は「山鳥がほろほろと鳴いている声を聞くと、父の声か母の声かと思う」。行基は山鳥の声に父母の声を聞き取って思い出している。対して、芭蕉は雉子の激しい声と父母への思いとを取り合わせている。和歌と掲出句の二つは深く響き合う。その分、亡き父母への思いの深さを感じさせるのだ。

ただ、この句を初めて読んだのは同行した杜国であったはずである。そして、『笈の小文』には掲出句に並べて、次の杜国の句を置いている。

散る花にたぶさ恥づかし奥の院

「たぶさ」とは「もとどり」のこと。「霊地奥の院に散りしきる桜の花にもとどりの俗体が恥ずかしい」と詠っている。この句、特に「たぶさ恥づかし」に杜国の身をもだえるような芭蕉への愛の感情を読み取ってしまうのは過剰だろうか。この句が隣にあることを考え合わせると、単なる父母への思いを詠った句とだけには思えないのだ。杜国は「恋し」ということばが自分に対してでなく、亡き父母に対して用いられていることに、反応しているような気がする。当然、芭蕉の最初の思い人であった蟬吟への微妙な思いも動いたことであろう。そして、芭蕉もそれを意識しつつ、思い人をじらすように用いているのではないか。

弘法大師の御廟に参ると、男性が来て蠟燭立に溜まった蠟涙《ろうるい》を一つひとつ叩き落としていた。

高野山寒の参詣日和かな　實

寒の暮蠟涙たたき落としけり

（二〇〇四・〇三）

行春《ゆくはる》にわかの浦《うら》にて追付《おいつき》たり　芭蕉

和歌上達のお守り

貞享五（一六八八）年春、芭蕉は愛弟子、杜国とともに吉野、高野山の花を楽しみ、和歌浦《わかのうら》に出ている。今日はこの歌枕を歩いてみたい。

東海道新幹線の新大阪駅から特急「スーパーくろしお」に乗り換えて約一時間、和歌山駅に下車。思ったより近い印象である。バスに乗り換える。虎伏山《とらふしやま》の高みには和歌山城天守閣がそびえる。徳川御三家の威容を示すものである。かつて芭蕉も見上げたはずだ。

「玉津島《たまつしま》神社前」で降りる。まず、神社に詣でる。赤子を抱いてお宮参りしている人がいる。祝詞に交じって泣き声が聞こえてきた。案内板によると、玉津島とは和歌浦にあった、船頭山《せんどうやま》、妙見山《みょうけんざん》、雲蓋山《うんがいざん》、奠供山《てんぐやま》、鏡山、妹背山《いもせやま》という六つの山を言う。もとは島だったが、今は妹背山を除いてすべて陸上の小山になってしまったとのことだ。この神社の裏が奠供山、このあたりがかつての和歌浦であったのだ。

光孝《こうこう》天皇の夢に衣通姫《そとおりひめ》が現れて、玉津島神社ゆかりの歌を詠んだことによって、住吉大神、柿本大神と並んで「和歌三神」の一つになっているとのこと。和歌を広く考えれば俳句もその一体である。上達を願ってお守りを買う。

神社を出て、バスで来た道路を海側に進むと右側に掲出句の句碑があった。大きな自然石である。天保四（一八三三）年に宇井櫟亭麦蛾《ういれきていばくが》によって建てられたもの。

『笈の小文』所載。句意は「過ぎ去ろうとしている春にわかの浦で追い付いたことだよ」。「春」という季節を擬人化した古風な句だ。なかなか追いつけなかった春にようやく歌枕和歌浦で追いついたというのだ。古注は「花は根に鳥は古巣にかへるなり春のとまりをしる人ぞなき」（『千載集《せんざいしゅう》』）を踏まえるというが、この歌でなくてもよかろう。歌意は、「花びらは根に帰り、鳥は古巣に帰るのである。春のとどまっている場所を知る人はいない」。たとえば、「花ちれる水のまにまにとめくれば山には春もなくなりにけり」（『古今和歌集』）を思ってもいいかもしれない。こちらは「山川の水に散り込んで流れる山桜の花を探しているうちに花も春もなくなってしまった」という意。吉野、高野と山中に散る桜を惜しんできた芭蕉師弟には実感があったろう。花が散るので心静かに向き合うことができなかった春に和歌浦でようやくゆったりとした気持ちで対することができたということになる。おおらかな調子が魅力的だ。杜国がいるゆえの芭蕉の興じぶりを言ってもいいだろう。

海を隔て向き合う塔

石で作られた三段橋《さんだんきょう》を渡り、妹背山に渡る。まだ、冬、海の色は暗い。浜に対岸の紀三井寺《きみいでら》を拝するために観海閣《かんかいかく》が設けられてある。山の上に上がると何の前触れもなく海禅院の多宝塔があった。海を隔てて紀三井寺の多宝塔と向き合っているのである。観海閣も海禅院も紀州徳川家初代頼宣《よりのぶ》が建造したもので、観海閣は改築されているが、芭蕉も拝していよう。多宝塔の入口に蜜柑の無人販売所が置かれているが、ぼく以外に人は誰もいない。

芭蕉の紀行文『笈の小文』掲出句の前書には「和歌」とある。「和歌浦」のことである。後には「きみ井寺」とある。「きみ井寺」は掲出句を案じた場所と解している書もあるが、これもやはり前書で、これに続く紀三井寺での句が抹消されて、前書のみが残ってしまったとも考えられる。消された句が「見あぐればさくらしまふて紀三井寺」であったとする説もある。句意は「見上げると桜は終わってしまって、紀三井寺」。たしかに掲出句の後にまた桜の句が出てくるのはうるさい。もしそれが事実だとすれば、芭蕉の抹消はもっともなことだ。

妹背山の周りには潟が広がっている。小さな穴が空いているのは、冬でまだ姿は見せないが、貝や蟹が住んでいるからだろう。弱々しく枯蘆《かれあし》が立っているが、これは移植されたものかもしれない。「若の浦に潮満ち来れば潟を無《な》み葦辺を指して鶴鳴き渡る」(『万葉集』)の山部赤人の名歌の風景を再現しようとしているのだ。歌意は「若の浦(和歌浦)に潮が満ちてくると、干潟が無くなるので、蘆の生えた岸を目指して鶴が鳴きながら渡っていく」。鶴は見えないが、潟にはたくさんの鷗《かもめ》が降りて一面白々としている。そして、数羽の鳴も来ている。

片男波《かたおなみ》海岸へ向かう橋の上に男性が来て餌を撒き始めた。「片男波」という地名も赤人の歌の「潟を無み」から取られている。江戸時代に架けられた石橋、不老橋《ふろうばし》の脇にある新しい橋である。潟から飛び立ったおびただしい数の鷗が、餌を撒く男性の周りを飛び回り始め、手や頭や胸にぶつかっていく。海に浮いた餌には何羽も突っこんで、海上にいくつもの小さな竜巻が生まれているような具合だ。それでも男は餌を撒くのを止めない。鷗は狂ったように鳴きつづけ、妹背山にいるぼくの頭上にまで飛んで来る。

潟白きは冬鷗なりなべて発つ　實

冬鷗なり頭に胸にぶつかり来

(二〇〇四・〇四)

灌仏《かんぶつ》の日に生《うま》れあふ鹿《か》の子哉《かな》

芭蕉

釈迦にも鹿にも平等の愛

貞享五（一六八八）年春、『笈の小文』の旅を続けてきた芭蕉と愛弟子杜国は、高野山から和歌浦を経て、奈良へと入った。戦乱のため焼け落ちてしまった東大寺大仏殿の再建が、そのころ始まろうとしていた。建造開始を意味する釿始《ちようなはじめ》という儀式が行われている時期で、これを見物に伊賀から出て来ていた弟子惣七《そうしち》（猿雖《えんすい》）らとも、芭蕉は再会することができた。

紀行文『笈の小文』に所載。次の文章の後、掲出句が置かれている。「灌仏の日は奈良にて爰《ここ》かしこ詣侍《もうではべ》るに、鹿の子を産《うむ》を見て、此日《このひ》においてをかしければ」。「灌仏の日」は四月八日、釈迦の誕生を祝う灌仏会《かんぶつえ》の日。花で飾った花御堂のなかに誕生した直後の釈迦を表現した仏像を据え、その仏像に柄杓で甘茶を灌《そそ》いだ。芭蕉は、その日にあちらこちらの寺を参詣したところ、たまたま鹿が子を産むところを見て、ちょうど仏が生まれた日であったことが興味深くて、掲出句を詠んだ。

掲出句の意味は、「釈迦が生まれた日に、巡り合わせて生まれた鹿の子であることよ」。釈迦の生誕を祝うと同時に、鹿の誕生も祝っている。釈迦と同じ日に生まれた仏縁によって、鹿の命もまた輝かしきものになっているのである。生まれたばかりの釈迦にも鹿にも、平等に愛がそそがれているのが、すばらしい。生まれて即立ちあがって七歩歩いたと伝えられている釈迦と、生まれて即歩く子鹿の姿とが重なる。

今日は奈良に釈迦誕生の姿と鹿とを訪ねてみたい。冬も終わろうとしている曇天の日、奈良線奈良駅に下車した。

人間と鹿との信頼関係

三十分ほど歩いて、東大寺に着く。寺には天平時代の誕生釈迦仏が蔵されていて、現在においても灌仏会が行われているということを耳にしていたからである。南大門の内にある東大寺ミュージアムで、現在の灌仏会の様子を尋ねてみた。男性の係員の方が説明してくださった。「四月八日にお釈迦様の誕生を祝って、仏生会《ぶっしょうえ》を行っています。灌仏会のことです。大仏殿の向かって右側の回廊に花御堂を据えて行っています。さすがに国宝の誕生仏に甘茶はかけられません。現在使用しているのは、レプリカです。お釈迦様がお生まれになったとき、九頭の龍が天から舞い降りて清らかな水をかけました。これが産湯だったんですね。それにならって、甘茶をかけるんです」と教えてくださった。「東大寺の境内で鹿がお産することがありますか」と尋ねると、「そのあたりの木陰で、どんどんしていますよ」とのこと。たしかに南大門のあたりにも鹿は多い。

運良く展示室には、実物の国宝、誕生釈迦仏立像が展示されていた。大きな灌仏盤の中に立って、右手を挙げ、微笑している。釈迦が誕生してすぐの姿である。

実は『笈の小文』には東大寺を訪れたとは明記されていない。ただ、故郷の伊賀の弟子たちが、東大寺の釿始の見物に出て来ているのだから、芭蕉が東大寺に参詣しなかったとは考えにくい。当時仏生会ではレプリカは使わなかっただろう。とすると、この誕生仏は芭蕉が拝した、もっと言えば甘茶をかけた仏像である可能性がある。

誕生仏は像高四十七センチ、人間の赤子の大きさである。しかし、表情は赤子のものではない。中年の男のもののような気がする。平家に焼き打ちされて失われてしまった天平期の東大寺大仏の表情は、おそらくこの誕生仏に似通ったものがあるのではないか。そんな想像にもふけった。

翌朝十時、春日大社の参道の南、飛火野《とびひの》に行った。鹿寄せを見るためである。「奈良の鹿愛護会」の青年が、ナチュラルホルンを吹くと、若草山の方から鹿が勢いよく走り出てきた。およそ三百頭が集まると、青年は籠のなかのどんぐりを撒き始めた。鹿の好物なのだろう、どんどん食べている。明治二十五（一八九二）年以来の伝統を持つ行事である。奈良では、人間と鹿との間に信頼関係が築かれている。それを日の当たりにすることができた。鎌倉時代以降、春日大社への信仰のなかで、鹿が神の使いとして扱われてきた、その歴史も感じさせる行事である。してみると、掲出句は灌仏という仏教的な行事と、鹿という神道的な存在とを対比させることによって、奈良の神仏混淆《しんぶつこんこう》の精神的風土まで描き出している句とも読める。

飛火野の奥の鹿の保護施設「鹿苑《ろくえん》」で、「奈良の鹿愛護会」の青年に話を聞く。先ほど鹿寄せを見せてくれた青年だ。この施設では、出産前後、気が荒くなる雌鹿を収容して、お産をさせるという。約二百頭がここでお産をする。ただ、収容されないで出産する雌鹿も、奈良公園には多いそうだ。現在も芭蕉の世と変わらない風景が、見られるわけだ。

誕生仏天平の五指そこなはず　實

鹿の子の顔そむけたり吾を見ず

（二〇一四・〇四）

若葉して御《おん》めの雫《しずく》ぬぐはばや

芭蕉

唐招提寺と鑑真

貞享五（一六八八）年旧暦四月八日、芭蕉は、奈良東大寺大仏殿再興の起工式に出て、故郷の伊賀の門人たちとの宴を楽しんだ。その後、唐招提寺におもむいている。

紀行文『笈の小文』所載。句意は「若葉によって御目元の雫をぬぐってさしあげたい」。

時代はさかのぼり、奈良時代のこと。仏教を深く信仰した聖武天皇の招聘を受けて、唐の高僧鑑真《がんじん》は渡海を試みた。暴風雨や官憲の妨害によって阻まれ続け、ようやく来日できたのは、天平勝宝五（七五三）年であった。まず東大寺に戒壇院《かいだんいん》を建て、天皇、皇后以下に儀式を行い、正式な僧の資格を与えた。しかし、東大寺の中には反発するものもあったため、新たに唐招提寺を建てて移ることとなった。鑑真の死の直前の姿が、弟子忍基《にんき》の手によって、麻布と漆とで造形する脱活乾漆《だつかつかんしつ》像に写され現在まで伝えられている。肖像彫刻として、日本最古、最高と賞讃されている国宝、鑑真和上坐像である。芭蕉は唐招提寺でまさにこの像を拝し、掲出の名句を残している。「御め」とは鑑真和上その人の目であった。

近鉄橿原線西ノ京駅下車。十分ほど、やわらかな春雨の中を歩く。南大門から境内に入っても、楽しみにしていた天平の甍の威容は見えなかった。現在、金堂は覆いの中で、解体修理中。来年、平成二十一（二〇〇九）年十一月の完成予定である。

唐招提寺の僧Nさんにご案内いただいて授戒の儀式を行う戒壇を左に見ながら、奥に進む。Nさんによれば、唐招提寺の宗派は律宗という奈良時代以来のもの。生きるとは何かを考える哲学であり、人生相談、心理カウンセリングの面もあったという。つきあたりに本坊がある。その向かいあたりに、かつて開山堂と呼ばれる堂があった。江戸後期に焼亡してしまい現在は木々が生えているばかりだが、芭蕉が参詣したころには、ここに鑑真像が安置されていた。幸いなことに像は火中より救い出されて、現在に至る。

芭蕉参詣の年は鑑真生誕千年

本坊で長老に挨拶をして、現在、鑑真像がまつられている御影堂《みえいどう》へと向かう。玄関の紅梅が満開であった。折から鶯が鳴き出した。

鑑真像は秘仏で、ふだんは厨子の奥に秘められている。今年の公開は五月三十一日から六月八日。今日は長老のご厚意で特別に開扉していただいた。鑑真像は静かに座している。写真によっては苦しみを感じているようにに写っているものもあるが、ひたすら安らかに感じられた。つぶっている目も次の瞬間には見開かれるかもしれない、そのようにさえ、思った。このまぶたにはまつ毛まで描かれているのである。

芭蕉はこの像を拝し、掲出句を詠んだのだ、とあらためて思う。紀行文『笈の小文』には句の前書として、次のように書かれてある。「招提寺《しようだい》鑑真和尚《わじよう》来朝の時、船中七十余度の難をしのぎたまひ、御目《おんめ》のうち塩風吹《ふき》入《いり》て、終《つい》に御目盲《しい》させ給ふ尊像を拝して」。意味は、「鑑真は、日本に来る際、船で七十回以上の危機を乗り越えた。塩分を含んだ風が目に入って、ついには盲目となった像を拝見して」。「御目」ということばが二度繰り返されるのが注目される。

句においては、若葉で鑑真の涙をぬぐいたい、と詠っている。「若葉して」には、「周囲が若葉になって」と解釈する向きもあるが、「若葉を手にして」と読んでおきたい。芭蕉の手と鑑真の目が、柔らかな若葉を介して触れ合うような感触をたいせつにしたい。「御めの涙」ではなく「雫」としているのがいい。「涙」という人間臭いものではない、聖なる「雫」。なにか植物に近いもののようにも感じられる。芭蕉は仏像に対しているのではなく、高僧鑑真その人に向き合うように句を作っているのだ。

この句の初案と考えられる形（『笈日記』）では上五が「青葉して」になっている。「青葉」では葉が堅い印象。触れるとちょっと痛そうだ。「若葉」の柔らかさがまさにふさわしい。歌人北原白秋がこの寺に来て、「水《みず》楢《なら》の柔《やわ》き嫩葉《わかば》はみ眼にして花よりもなほや白う匂はむ」と詠っている。歌意は「水樽の柔き若葉は鑑真の眼に触れて花よりもさらに白々と匂ったのでしょう」。白秋の歌も掲出句の読みのひとつだ。この若葉を「水楢」の葉であると観じた。たしかに寺内に「水楢」の木が多い。芽吹く日が待たれる。

Nさんによれば、芭蕉が訪ねた貞享五年は、ちょうど鑑真生誕千年にあたるという。芭蕉は意識していたのか、いなかったのか。

厨子の内部にも建物の襖にも東山魁夷が、絵を残している。日本の風景、鑑真のふるさと、中国の風景である。

鑑真和上御廟《ごびょう》を拝し、新宝蔵で天平木彫立像の数々を眺めた後、休憩所の前に出ると、蓮の鉢の数々が並べられている。蓮は鑑真が薬として中国からもたらしたものだとNさんに教えられた。蓮の花を見たり、蓮根を食べる機会は多い。鑑真との新しい縁ができたようで、うれしかった。

めつむりてまつ毛ありけり百《もも》千《ち》鳥《どり》　實

紅梅にまなぶた厚し開くごとし

（二〇〇八・〇五）

草臥《くたびれ》て宿かる比《ころ》や藤の花

芭蕉

発句改作の名手

掲出句は紀行文『笈の小文』所載。句意は「体がくたびれてきて宿を借りるころと感じている、藤の花がさきたれている」。

芭蕉は自作を改作するのが得意であった。形を変えることによって、何の変哲もない句を名句へと変えていった。とりわけすばらしい変貌を見せているのは掲出句への改案である。もともとの形は貞享五（一六八八）年旧暦四月二十五日付け伊賀上野の弟子惣七（猿雖）宛の書簡に見えている。「時鳥《ほととぎず》宿かるころの藤の花」であった。こちらの句意は、「時鳥が宿を借りるころ、藤の花が咲き垂れている」。

四月八日、東大寺大仏殿再興釿始の法要の際に猿雖らと宴を楽しんだ後、芭蕉は愛弟子杜国とともに山の辺の在原寺《ありはらでら》、布留《ふる》（石上神宮）など旧跡を辿りつつ南下する。手紙にはその状況が詳しく記されている。「布留の社に詣《まうで》、神杉など拝みて、声ばかりこそ昔なりけれと詠《よみ》し時鳥の比にさへなりけるとおもしろくて滝山に昇る」とある。芭蕉は素性《そせい》法師の『古今和歌集』の歌「石上《いそのかみ》ふるき宮この郭公《ほととぎす》こゑばかりこそむかしなりけれ」を思いだしている。歌意は、「石上といえば布留と続くが、その古《ふる》ということば通りに古い都に鳴くほととぎすよ、その声だけが昔のままである」。古歌ゆかりの時鳥の声を聞きえたことを喜んでいる。それで「時鳥宿借るころの」と興じているのではないか。

その書簡に「丹波市《たんばいち》、やぎと云所《いふところ》、耳なし山の東に泊る」とあるところから、この句は丹波市か八木かどちらかで詠まれたとされている。そして、どちらかといえば八木説のほうが有力のようである。近鉄橿原線・大阪線大和八木《やまとやぎ》駅を降りて、交番で掲出句の句碑のある公民館について尋ねると、今井まちなみ交流センター「華甍《はないらか》」を教えてもらった。今井町は戦国時代に浄土真宗布教の拠点として造られた町。各地から商人、浪人を集めて町割りを行い、四方に濠《ほり》を巡らし防備を固めて寺内町を形成したと案内板にあった。今西家など江戸時代の初期に建てられた重要文化財の古民家が建ち並ぶ。今もそこに生活している人がいるというのが貴重である。芭蕉とは直接の関係はないが、江戸時代の名残のある町並をゆっくりと歩けたのは幸いだった。通りでは老いた犬猫を多く見た。大切に飼われているようだったのが印象的であった。

札の辻近くの旅籠

まちなみ交流センターで尋ねると、句碑のあるのは八木地区公民館であるという。大和八木駅方面に戻ろう。公民館の前に建てられていた緑色がかった石が、掲出句が刻まれた碑だった。

初出「時鳥宿かるころの藤の花」の形では「時鳥」と「藤の花」とが季重《きがさ》なりになっていた。作られたのは旧暦四月も末であるから夏、時鳥のほうに重心がかかっている。遅くまで咲き残っていた藤が詠われていることになる。「時鳥」には宿を借りようとしている自分の姿も重ねられていた。芭蕉はその自分自身の姿のみを押しだすように改作する。「時鳥」を消して「草臥て」と置くのである。この上五によって、「宿かる比や」という表現は、歩き疲れた肉体によって感じ取られたものとなる。句に厚みが加わる。さらには中七の「の」から「や」に替わる。ずるずると続いていたかたちが中七で鋭く切れることになるのだ。長途を歩いて疲労が溜った心と体は、晩春、だらりと垂れて咲く藤の花とどこか呼応する。二つの要素が照応して一つの世界を生む取り合わせの名句が、改作によってここに誕生しているのである。

芭蕉は紀行文『笈の小文』の中でこの句を夏季から春季に移すため、実際の制作時期よりもだいぶ繰り上げた位置に置く。また蕉門を代表する撰集『猿蓑』にも収録する。芭蕉の自信の現れである。

八木は奈良から吉野などに赴く中《なか》街道と難波と伊勢とを結ぶ横大路の交差する交通の要地である。その交差点が「札《ふだ》の辻《つじ》」と呼ばれる八木の中心地であった。暁鐘成編『西国三十三所名所図会』の当地の箇所には「往《おう》返《へん》の十字街なれば晴雨暑寒をいとわず平生《へいぜい》に旅人間断《りよじんかんだん》なく至つて賑わし」とある。意味は「行き帰りの人の通る十字路なので晴や雨の天候、暑さ寒さの季節を嫌うことなく、ふだんに旅人がとぎれることなく到着してにぎやかである」。芭蕉もまたその旅人の一人であった。公民館の前にビジネスホテルが建っていた。そのフロントの方に「札の辻」の場所を尋ねると、一つ先の交差点であるという。今はなんの変哲もない小さな十字路である。ただ、脇に古い石造りの井戸がある。現在は堅く閉ざされているが、かつては旅人の喉を潤したことだろう。

『名所図会』には「此辺《このへん》いづれも旅籠屋《はたごや》にて家作《やづくり》ひろく端麗《きらびやか》なれば伊勢参宮の陽気連《やうきづれ》、駕《かご》をつれたる大和巡《やまとめぐ》り、両 掛《りやうがけ》もたせし西国巡禮なんど日の高きを言《かた》ひ〳〵て、ここに宿る」とある。意味は「この辺はどれも旅館で、家の構えが広くきれいなので、伊勢神宮にお参りする陽気な連中、駕籠をともなった大和（現在の奈良県）の名所巡りの人たち、旅行用の行李を持たせた近畿地方三十三カ所にある観音の霊場を巡礼する人たちなどが、まだ日が高いことを語らいながら、この地に宿をとる」。さまざまな旅人たちが訪れたのだ。十字路に面した古い大きな家はかつて宿屋であったたか。屋根瓦には波濤《はとう》と亀とが浮彫りになっていた。

屋根瓦の亀《かめ》の頭《づ》は龍《りゆう》日《ひ》永《なが》なり　實

日永なりたれも汲まざる古井戸も

（二〇〇三・〇四）

杜若《かきつばた》語るも旅のひとつ哉《かな》　芭蕉

八軒屋と八橋と

貞享五（一六八八）年旧暦三月、吉野で花見をした芭蕉は、高野山に参り、和歌浦《わかのうら》から奈良に向かい、さらに大坂へと出た。紀行文『笈の小文』の旅である。愛弟子の杜国が、万菊丸《まんぎくまる》と名を変えて同行している。いつか季節は四月、初夏へと変わっていた。

芭蕉にとって、初めての大坂である。淀川べりの船着き場のあたり、八軒屋に宿をとって、六泊している。滞在中、伊賀上野出身の保川一笑《やすかわいっしょう》を訪ね、杜国とともに連句を楽しんだ。一笑は、二十二歳の芭蕉が参加した連句にも一座していた旧友。伊賀では紙屋を営んでいたが、その後大坂に出て来ていたのだ。その際の発句が掲出句である。

『笈の小文』に所載。句中、三つの「か」の音が響きあって、歯切れがいい。句意は、「かきつばたについて語ってみるのも旅の一つの楽しみであるなあ。一笑さん、よく迎えてくださって、ありがとう」。『伊勢物語』の三河国八橋《やつはし》で詠まれた和歌を踏まえている。「から衣きつゝなれにしつましあればはるばるきぬるたびをしぞ思ふ」。句頭に「かきつばた」五文字を折り込んだ名歌である。意味は「美しい衣のように慣れ親しんだ妻が都に残っているので、はるばる遠くまで来た旅をしみじみと思うことだよ」。

芭蕉は一笑邸で、かきつばたを見て、『伊勢物語』の古歌を思い出した。そして、『伊勢物語』の主人公と自分自身とを重ねているのである。在原業平の東下りと『笈の小文』の長旅とを重ねていると言ってもいい。八軒屋と八橋との「八」つながりも話題にしたかもしれない。

晴れてはいるが寒い日、京阪電鉄京阪本線天満橋《てんまばし》駅にて下車。西改札口を出ると、大きな川が春光に輝いていた。現在の大川、かつての淀川である。

八軒屋についての案内板もあった。広重の浮世絵「八軒屋着船の図」が掲げてある。江戸時代、京伏見と大坂の天満八軒屋とを結ぶ三十石船が往来していた。その船が到着した様子が描かれている。乗客が降り、積荷が降ろされている様子である。近くに停泊している船では船頭が飯を食べたり、寝そべったりしている。

解説によると、この三十石船は、明治三（一八七〇）年の蒸気汽船就航で衰退するまで、運行された。さらに明治四十三（一九一〇）年に京阪電気鉄道が天満橋—京都五条間で開通し、船便は役割を終えたという。つまり、先ほど乗ってきた京阪本線は、実は三十石船がかたちを変えたものだったのだ。

芭蕉は元禄七（一六九四）年大坂で亡くなった。芭蕉のなきがらは、ここ八軒家から河舟に乗せられて伏見まで上り、大津の義仲寺《ぎちゅうじ》まで運ばれた。

残花を夏季に

天満橋駅の土佐堀通側に回ってみる。通りを渡ると、永田屋昆布本店がある。店の前に「八軒家（屋）船着場の跡」という石碑が立てられている。江戸時代にはこのあたりが船着き場だったということは、かつて川幅がもっと広かったことになる。店の方に聞いてみると「だいぶ埋め立てたわけですね」とのことである。

掲出句の脇句、第三が、旧暦四月二十五日付伊賀の門弟惣七（猿雖）宛の芭蕉書簡に記録されている。主《あるじ》の一笑が、掲出句に付けた脇句は次のとおり。「山路の花の残る笠の香」。句意は「芭蕉さんの笠には山路の花が残っていまして、いい香りがします。ひさしぶりにお会いできてうれしいです」。発句の季語は「かきつばた」なので、夏季である。脇句も同季、夏にしないといけない。「花の残る」で題「残花」を用い、夏季としているわけだ。芭蕉と杜国の吉野での土産話から発想しているのだろうが、まことに自由な季の扱いである。

続く第三は万菊こと杜国が付けている。「朝月夜《あさづくよ》紙干板《かみほしいた》に明初《あけそめ》て」。「月がまだ残っている暁も、紙を干す板のあたりからようやくしらじらと明け初めてきました。一笑さん、よろしくお願いします」。季語「朝月夜」は月がまだ空に残っている明け方の意味、秋季となる。発句、脇の夏季から季移りをしている。かつて紙屋だった一笑のために、縁のある「紙干板」を出してきたのも気が利いている。

川沿いの建物「川の駅はちけんや」に戻ると、水陸両用観光バス大阪ダックツアーが、土佐堀通へと出発するところだった。八軒家浜船着場からは河川上を水上バスのアクアライナーがすべるように出ていった。八軒家は大阪の水上観光の中心地であり続けていた。

春の河全面日をば受くるなり　實
水上バスの航跡みじか春の昼

（二〇一五・〇五）

須磨寺やふかぬ笛きく木下《こした》やみ

芭蕉

敦盛塚での感動

貞享五（一六八八）年、芭蕉は奈良から大坂を経て、須磨、明石を訪ねている。『笈の小文』の旅も終わりに近づいていた。旧暦四月二十日には須磨の名所旧跡をたどっている。同行者は杜国。四月二十五日付惣七（猿雖）宛芭蕉書簡によれば、もっとも感動したのは敦盛塚であった。「敦盛《あつもり》の石塔にて泪《なみだ》をとゞめ兼候《かねそうろう》」。芭蕉は平家の若武者平敦盛の墓の前で感動の涙をとどめることができなかった。

掲出句は紀行文『笈の小文』所載。句意は「須磨寺に来たことだなあ。木下闇にいると、吹きもせぬ敦盛の笛の音を聞いているような気がする」。

『平家物語』は数々の悲劇で編まれているが、平敦盛の最期はその峰の一つ。一ノ谷の戦に破れた平家は、西国に落ちていく。敦盛は遅れて、舟に乗ろうとしていた。敦盛は、清盛の弟、経盛の子である。そこに源氏方の熊谷直実が現れて、波打ち際に組みあう。直実は、敦盛が若く美しいのを見て、助けようとするが、源氏の軍勢が現れる。逃すことはかなわないとさとった直実は涙ながらに首を掻き切った。

春も終わりの、よく晴れた午後、山陽電気鉄道須磨浦公園駅に降り立った。海が近く、明るい。このあたりが源平の戦いで名高い、一ノ谷である。敦盛塚は巨大な積み上げ式五輪塔であった。高さは四メートルに及ぶ。梵字が刻まれている。時代は室町末から桃山というが、悲劇の記念碑として、存在感は十分。ここに敦盛の胴体が埋められているという伝承もある。よく整備はされているが、「磯ちかき道のはた、松風のさびしき陰《かげ》に物ふりたるありさま」。意味は「磯に近い道端に松に吹く風のさびしい音を立てる日影に古びた様子」。この芭蕉書簡の描写も現場に立って理解できる。「生年拾六歳にして戦場に望ミ、熊谷に組《くみ》ていかめしき名を残しはべる。其日の哀れ、其時のかなしさ、生死事大無常迅速《しょうじじだいむじょうじんそく》、君忘る丶事なかれ」。意味は「年齢わずか十六歳で戦場に出て、熊谷直実と組討をしてはなばなしい名を残した。その日の哀れ、その日の悲しみは、まさに禅語の『生死は重要な課題、死期は思いがけず早く訪れる』の通り、猿雖さん、このことを忘れてはいけません」。芭蕉の悲しみは無常を感じて出家した直実を追体験しているようにも見える。中世の芸能者はこの物語に感じ入り、謡曲、幸若などの「敦盛」に編み直している。芭蕉の感動は中世の人のものだ。

須磨寺での失望

山陽電気鉄道に乗り神戸方面に二駅戻って、須磨寺駅に下車。改札口を出ると、「平重衡《しげひら》とらはれの遺跡」の碑が立つ。重衡は、清盛の子。東大寺、興福寺を焼き払った。一ノ谷の戦の後、捕らえられているのは、『平家物語』にも見えるところ。商店街を北へと向かう。道の両側の店舗が一様に新しい構えであるのは、阪神淡路大震災後に建て直されたものであるからだ。

突き当たりが須磨寺。宝物館には笛が展示されていた。笛について『平家物語』には次のように記されている。直実が敦盛のなきがらの鎧直垂を解くと、錦の袋に入れた笛を腰に差していた。この笛は敦盛の祖父、忠盛が鳥羽院より下賜されたもので、「小枝《さえだ》」と銘があったという。

宝物館の厨子の中に二本の笛が仏像のように並べ立てられてあった。太い方が青葉の笛、細いほうが高麗笛。この青葉の笛は「小枝の笛」の通称。説明書を写し取ってきた。弘法大師が入唐中、長安青龍寺において、天竺産の竹を用いて作った。加持したところ、三本の枝葉を生じた。そこから天皇が命名したとのことだ。寺に納めたのは、熊谷直実。実物はといえば、塗装が剥げきってしまってはいるものの、古格を感じえなかった。

芭蕉はこの寺を訪れて、実際に笛を見ている。先の書簡に次のようにある。「すま寺の淋しさ口をとぢたる斗ニ候。蟬折・こま笛、料足十疋見る迄もなし」。意味は「須磨寺の寂しさに句もできませんでした。蟬折、こま笛の拝観料は十疋でしたが、見るまでもないです」。当時、須磨寺では笛を見せて、見物料を取っていた。一疋は銭十文、法外な高値であった。歴史的存在を信じやすく、感動しやすい芭蕉がここまで落胆しているのは珍しい。『笈の小文』の記述が須磨で唐突に終わるのも、この失望と関わりがあるかもしれない。当時、「蟬折」という名ではあったが、いま展観されている笛である可能性もある。なお、現在は無料で拝観できる。

須磨寺内にも敦盛塚はあった。本堂左手奥である。鎌倉後期の積み上げ式五輪塔、青年敦盛の姿を見るような、すがすがしい風情があった。こちらは首塚であると伝えられている。塚の前にワンカップの日本酒の蓋を開け、上げてあった。敦盛を悲しむ思いは現代人の中にも生きているのだ。

さて、『笈の小文』所載の掲出句である。現実には吹かれていない、音の出ていない笛であるからこそ、幻の敦盛の笛を聞くことができるのだ、と詠っている。この句に、楽器に触れない、無音の曲「4分33秒」を作った、現代音楽家ジョン・ケージのことを想うのは、唐突に過ぎるだろうか。

季語は「木下闇《こしたやみ》」。和歌では「木《こ》の下闇《したやみ》」と詠われ夏の夜の意であったが、芭蕉は「の」を取り、昼なお暗い様として下五に据えた。不自然な感じはない。緑を含んだ薄闇に笛を吹く敦盛の霊を幻想している。須磨寺の裏山は一山新緑である。風に吹かれて、山ごと大きく揺れている。

新緑や笛祀られて厨子の中　實

胴塚に遠く首塚木下闇

（二〇〇六・〇七）

ほとゝぎす消行方《きえゆくかた》や島一つ

芭蕉

少年の道案内

貞享五（一六八八）年旧暦四月、芭蕉は紀行文『笈の小文』の旅で須磨を訪れていた。紀行文『笈の小文』所載。掲出句の意味は、「時雨の姿が消えて行く方向に島が一つ見える」。

掲出句は鉄枴《てつかい》が峯からの眺望が詠われている。

　ほとゝぎす鳴きつる方をながむればただ有明の月ぞ残れる　後徳大寺左大臣『千載集』

歌意は「ほととぎすが鳴いた方向を望むと、ほととぎすの姿は見えず、ただ明け方の月が残っているばかりであった」。

掲出句はこの歌を本歌取りしている。名歌に詠まれた有明の月は島に変えられている。それでいて、本歌を知らなくてもこの茫漠たる空間は魅力的だ。芭蕉発句の空間の大きさがすばらしい。

須磨は一の谷の戦いの旧跡、『平家物語』を代表する源平の古戦場である。今日はその須磨、鉄枴山周辺を歩いてみたい。山陽新幹線西明石駅で山陽本線に乗り換え、神戸方面へ一駅で明石駅。山陽電気鉄道に乗り換え、山陽明石駅から神戸方面へ十駅。明石海峡大橋を仰ぎつつ行くと、須磨浦公園駅に着く。

芭蕉の貞享五（一六八八）年旧暦四月二十五日付惣七（猿雖）宛書簡によれば、芭蕉は、四月二十日須磨を訪れ、鉄枴が峯（鉄枴山）に登っている。この山の東南に一の谷があり、安徳帝の御所は麓にあった。義経による鵯越《ひよどりごえ》の奇襲はまさにここで行われたのである。

芭蕉は『笈の小文』のなかで、苦労して登ったことを書いている。その折、土地の子どもを道案内にしている。「平家」のなかにも子どもの道案内はいた。この山の猟師の子、熊王という童が義経の道案内だった。それに倣っての記述かもしれないが、芭蕉の道案内は平家の十六歳と言われている子よりも四歳年下、十二歳の子である。

「羊腸険阻《ようちようけんそ》の岩根をはひのぼれば、すべり落ちぬべき事あまたたびなりけるを、つつじ・根笹に取りつき、息をきらし、汗をひたして、漸雲門《ようよう》に入る」と書いている。意味は「羊の腸のように曲がりくねった険しい道なき道を登っていくと、すべり落ちそうなことが多数だったのだが、つつじや根笹につかまって、息をきらせて、肌を汗に濡らして、かろうじて頂上に着いた」。

おもしろくするために脚色を加えているということが、たぶんにあろう。それにしても、十二歳の子にこのような山道の案内ができるだろうか。たとえ、実際に案内を頼んだにしろ、もっと年嵩の人だろう。フィクションの匂いが濃い。紀行文としてのリアリティよりも、『平家物語』と対応させることのほうを優先している。少年の道案内を伴わせることによって、義経に近づこうとしている、と言ってもいいだろう。

『おくのほそ道』のなかには、陸奥の義経の遺跡を訪ねて義経と共振するように旅の苦労を味わうという箇所がいくつかあるが、これはその先駆となっているのかもしれない。

からすをおどす弓

よく晴れている。この明るさには海面からの反射も加わっているようだ。改札口右手の乗り場から須磨浦ロープウェイで鉢伏《はちぶせ》山頂に向かう。鉢伏山は鉄枴山に隣り合う山。芭蕉が見た眺望と変わらないだろう。

見下ろすと緑が濃い。木々の間をアオスジアゲハが飛翔している。その上下運動の激しい飛び方にこの浜で死んだ平家の公達のことを思う。

鳶がたくさん飛んでいる。一羽の鳶が上っていくロープウェイすれすれに飛んだので、おもわず首をすくめた。

『笈の小文』の須磨の文章には鳶は出てこないが、鴉《からす》が出てくる。「きすごといふ魚を網して、真砂の上に干しちらしけるを、からすの飛び来たりてつかみ去る。是をにくみて弓をもておどすぞ、海士のわざとも見えず。もし古戦場の名残をとゞめて、かゝる事をなすにやと、いとど罪ふかく〈中略〉」。意味は、「網の上に鱚《きす》という魚を置き、砂の上に干し散らしてあるのを鴉が飛んで来てつかんで去る。この鴉を憎んで弓でおどすということは漁師の行為とも見えない。もしも古戦場であったことの影響でこのようなことをするのであろうかと、たいそう罪深く感じた」。

鱚を浜の砂の上で干していると、鴉が奪いに来る。それを防ぐために海士が弓矢で脅すというのである。それも古戦場の名残かと、「平家」と結びつけているのである。

芭蕉は須磨という土地に憧れというか、先入観をもって訪ねている。次の歌があるからだろうか。

わくらばに問ふ人あらばすまの浦に藻塩たれつゝわぶと答へよ　行平『古今和歌集』

歌意は「たまたま聞く人がいるならば、藻を焼いて塩を採るという須磨の浦で、泣く泣く暮らしていると答えて下さい」。

芭蕉はこの歌に詠われているような、濃い海水に浸した海草を焼いて塩を取る古来の製塩がなされている鄙びた静かな浜と考えてきたようだ。ところが、製塩がされてないどころか、海士が弓で鳥をおどしているのに驚いている。

源平の合戦において、弓矢は重要な武器であった。一の谷の戦いにおいても、平家方の生田森《いくたのもり》の逆茂木《さかもぎ》を乗り越えようとした源氏の河原太郎、次郎兄弟が射殺されるという場面がある。芭蕉は罪深く感じつつも、歴史と繋がりあえたことに感銘を覚えているかに見える。

そのようなことを考えるうちに約三分で鉢伏山上駅に着く。芭蕉にもうしわけないようである。

展望台から見ると、『笈の小文』の「淡路嶋手にとるやうに見えて、すま・あかしの海右左にわかる」という描写どおりの風景である。意味は「淡路島が手にとるように見えて、須磨と明石の海が右と左に分かれてある」。海に向かって山がせり出しているので、平地はほんのわずかしかない。そこを山陽本線、山陽電気鉄道、国道二号が通っている。この平地の狭さゆえに守りやすいと考えて平家は陣を置いたのだろう。それも義経軍の奇策と勇猛の前にはむなしかった。

ほととぎすの声も姿もないが、山の風は心地良い。下界は暑そうだ。しばらく風に吹かれていよう。

凌霄花《のうぜんか》島へ渡れる橋まぶし　實

矢襖をアヰスヂアゲハ飛びきたる

鳶の羽に日のあまねしよ樟若葉

須磨明石しろじろ灼くるばかりかな

（二〇〇〇・〇九）

蛸壺やはかなき夢を夏の月

芭蕉

「魚の棚」を歩く

貞享五（一六八八）年旧暦四月、芭蕉は紀行文『笈の小文』の旅で明石を訪れた。

掲出句の意味は、「蛸壺の中で蛸ははかない夢を見ている、夏の月が差している」。紀行文『笈の小文』所載。俳諧撰集『猿蓑』にも集録されている。

今日は掲出句が詠まれた、明石を歩いてみたい。山陽新幹線西明石駅で山陽本線に乗り換え、神戸方面へ一駅で明石駅である。夕暮れの駅から出ると、潮の匂いがかすかにする。駅から海までそれほど遠くない。山国、長野県に育ったぼくにとっては、それだけでも胸が躍るのである。

繁華街、明石銀座を南下して、魚屋が並ぶ、「魚の棚」へ向かう。土地のひとは親しみを込めつつ、「うおんたな」と呼んでいる。もともとは板の上に魚を並べて売っていたことが、語源になっているようだ。それもこの通りの歴史の古さをものがたっている。明石に来た芭蕉も当然この通りを歩いていよう。

魚屋には海から揚がったばかりの大きな鯛が煌々たる電灯のもと光っている。蛸も茹でていない、生で売られている。見ていると動きだしそうである。

蛸のかたちの大きな宣伝が街のそこここに掲げられてある。たまご焼（関東では明石焼と呼ばれているたこ焼の一種）、たこせんべい、たこかまぼこなどである。鮮やかな赤い色の顔料が使ってあり、数えてみると、かならず足を八本描いてある。その色と足の数とが盛んなる生命力の象徴になっているのではないか。さらには、商売の繁盛までもが託されているような気がする。縄文土器にも蛸壺と呼ばれているものがあった。はるか古代からひとは蛸を捕って食べてきた。蛸の生命力をわが身の内に取り込もうとしてきたのであろう。芭蕉のころにはまだ蛸は季語になっていなかったが、昭和のころから、夏の季語とされている。

俳諧の付合《つけあい》の連想を示している江戸初期の辞書、『類船集《るいせんしゅう》』（延宝四年・一六七六年刊）には、「鯛」からの連想語に「明石」が、「播磨《はりま》」のからの連想語に「蛸」が掲げられている。芭蕉が訪れたころの「魚の棚」にも当然、鯛も蛸も並んでいたろう。

日も暮れた。近くの寿司屋に入る。土地の鯛と蛸とを食べたいと言うと、蛸の頭を切ったものと足のぶつ切りとを出してくれる。蛸の頭には酢味噌、ぶつには山葵醤油。茹で方が絶妙なのである。芭蕉もこのような蛸を食べたのだろうか。鯛の刺身と鯛の子の煮付も出してくれる。黒メバルの煮付は生きているものが手に入らないと作らないとのこと。新鮮であるほど、身が弾けるという。そのとおりのみごとさであった。関西ではいかなごの釘煮を珍重するが、まさにそのいかなごを食べて育っためばるだからうまいわけだ、と主人が言う。

今でも蛸壺を使って蛸を取っているとのこと、前の日に蛸壺を沈めておいて、そこに入ったものを取っている。芭蕉のころと変わっていないのだ。今は陶製の蛸壺は用いられない、合成樹脂のものが使われるようになっているということも教わった。一回使った蛸壺はきれいに洗っておかないと、蛸は入らないそうだ。きれい好きなのだ。

芭蕉の幻視の力

芭蕉は貞享五年旧暦四月、尼崎から船に乗って、今の神戸市である兵庫を訪れ、須磨明石に遊んだ。『笈の小文』の旅の最後の部分である。同行したのは芭蕉の愛弟子、杜国であった。この場所が芭蕉が足が運んだ最西の地となるのである。

芭蕉は夜の海にアクアラングを着けて潜水しているのではない。想像力で浅い海の底に潜る。砂地に沈められている蛸壺に身を入れて、ゆうゆうと眠る蛸。その肌にあわあわと差している月の光を幻視しているのである。この幻視の力が芭蕉の本領、読者をねじふせるのである。

「蛸壺や」で切れがある。だから、「はかなき夢」は蛸壺に入り込んで眠っている蛸のことのみを指しているのではない。その蛸を賞味して眠るひともまた、明日はまた、生きているかどうかはわからない、はかなさにある。旅の途中、共寝をかさねてきた、愛弟子杜国との別れが近づいていることも暗示しているような気がする。

『猿蓑』では、この句には「明石夜泊」と前書がある。ところが、芭蕉の貞享五年旧暦四月二十五日付惣七（猿雖）宛書簡によれば、この夜実際には、明石に泊まらず須磨に帰っている。それなのになぜ、こういう前書を付けているのだろうか。まず、「蛸壺」の句をたいせつにしているということがある。魚の棚のある明石であるからこそ、蛸壺の句は生きるのだ。須磨で泊まったとなると、この句はそらぞらしくなってしまう。それから、芭蕉は「あかし」明るいということばと、「夜」とが結びついていることを単純に楽しんでいるのではないか。そして、明石は代表的な歌枕であった。

ほのぼのと明石の浦の朝霧に島隠れゆく舟をしぞ思ふ　『古今和歌集』

中世以来、柿本人麻呂の歌と信じられてきた、和歌最高の作品とされているものである。意味は、「ほのぼのと明けていく明石の浦の朝霧の中、島影に消えてゆく舟をしみじみと思うことだ」。明石で人丸塚を訪ねている芭蕉はこの歌を思い出していたろう。この名歌は朝の海を詠んでいるが、芭蕉はその海の夜を詠もうとしたのではないか。

明石港へ向かう。小さな漁港、そして、フェリーなどが着く桟橋がある。漁港には夜ゆえ、働いているひとはいない。そこに置かれている蛸壺を見た。たしかに合成樹脂製で持ち上げてみるとずっしりと重い。色は素焼きのやきものの色、茶色である。そこに黒ペンキで、草書の「砂」らしき字が書いてある。これは蛸が入るおまじないだろうか。

大きなフェリーが入港してきた。船首が開いて、何台かの自動車が出てくる。しばらくして、フェリーが出ていくと、港に静寂が戻った。明石の夜は更けていく。

魚の棚数匹の蛸一塊なす　實

蛸を干す棒をもて足ひろげしめ

あはれあはれいかなご喰ひし眼張食ふ

たこつぼをのぞけばもぬけ夏の星

（二〇〇〇・〇八）

かたつぶり角ふりわけよ須磨明石

芭蕉

『源氏物語』からの発想

掲出句は貞享五（一六八八）年旧暦四月二十日の体験が基になって、詠まれた。この年の春、故郷の伊賀を出た芭蕉は、吉野、奈良、大坂を経て須磨に来ている。芭蕉が愛した弟子、杜国が同行した。『笈の小文』の旅である。伊賀の弟子、惣七（猿雖）に詳しい旅程を書いた書簡を送っていて、日まで特定できる。その書簡に「鉄拐が峯に登ると、須磨と明石とが左右に分かれて見える」という意味の箇所があり、鉄拐が峯からの眺望から発想したと考えられる。

句意は「かたつむりよ、角を振り分けて須磨と明石とを示してくれ」。紀行文『笈の小文』には掲載されなかったが、俳諧撰集『猿蓑』に掲載されて、次のような意味の前書も付けられている。「須磨と明石との境は『這いわたる』程度の近さと『源氏物語』に書かれているのも、このあたりのことだろうか」。

『源氏物語』の中で「須磨」も「明石」も巻の名になっている重要な地名だ。光源氏は都を退去し須磨に赴き、明石で明石の君と出会う。芭蕉は『源氏物語』を愛読しており、「須磨」の巻の「明石の浦はただはひわたる程なれば」という部分を記憶していた。意味は「須磨から明石の浦は気軽に歩いて行く程の距離なので」。そこに用いられていた「はひわたる」という動詞から、「かたつむり」を連想しているのだ。『笈の小文』の旅中には作られずに、『猿蓑』の編集の際にまとめられた可能性もある。

かたつむりの命をとらえる

今日は芭蕉が須磨、明石を眺めた「鉄拐が峯」に登ってみたい。山陽新幹線西明石駅で山陽本線に乗り換え須磨駅下車。すぐ近くの山陽電気鉄道山陽須磨駅まで歩いて電車に乗り、ひと駅戻って須磨浦公園駅である。さらにロープウエイで鉢伏山《はちぶせ》上まで登る。

見下ろす浜は源平の合戦、一の谷の戦いの古戦場である。よく晴れた午後で、神戸市街や淡路島まで見える。須磨アルプスの隣の山、旗振山《はたふりやま》まで歩く。徒歩十分。案内板には、山名は大坂堂島の米市場の相場を岡山方面へとリレー形式で伝えるための旗振り場が明治のころあったため名付けられたと書かれていた。旗振山の「旗」は源平の合戦に由来する旗だと思っていたが、意表を突かれた。山頂からは明石海峡大橋がよく見える。この橋のあたりが、須磨と明石との境になるのだろう。ベンチに座って青年二人が缶ビールを飲んでいる。

さらに隣の山、鉄拐山まで歩く。途中に「一の谷坂落とし下り口」という案内板があった。坂は麓まで続いているのだろう。ここから源義経ひきいる源氏の軍勢は、馬に乗って麓の平家軍を急襲したのだ。

掲出句の「かたつぶり」は、中国古典の『荘子』の「蝸牛角上の争い《かぎゅうかくじょう》」を踏まえていると、説かれてきた。蝸牛の左の角の上にある国と右の角の上にある国とが互いに戦ったという寓話である。ミクロの国と国との戦いの寓話は、宇宙の悠久無限に対して、人間世界の微小であることを例えていると言われるものだ。一の谷の戦いの勝者である義経も、やがて兄頼朝に追われる身となる。勝者源氏もわずか三代で滅び去ってしまう。芭蕉は戦いというもののむなしさまでこの句に託しているのかもしれない。

実はぼくは蝸牛が好きで、幼いころから観察してきた。掲出句は描写の句ではないが、「角ふりわけよ」という表現には感服する。蝸牛は二つの角をそれぞれ同時に別の方向に動かすことがあるのだ。自然の中の命をとらえる芭蕉の目の確かさである。

「一の谷坂落とし下り口」を過ぎると、すこし岩がちになってくる。ところどころに咲いているつつじの明るい紫色がきれいだ。札がかかっている。「コバノミツバツツジ」。たしかに枝から小さな葉が三つそろって出ている。『笈の小文』の「鉄拐が峯」にもつつじが描かれているが、この種類かもしれない。

すぐ鉄拐山の山頂である。旗振山からは十五分程度。現在は灌木が茂って、残念ながら、この山頂からの眺めはよくない。ただ、木の間に透けて見えている須磨の海が明るくて、気持ちがいい。

芭蕉の書き残している「鉄拐が峯」は、即「鉄拐山」ではないような気がしてきた。鉢伏山、旗振山、鉄拐山などをひっくるめて、現在は須磨アルプスと呼んでいる。芭蕉のころはこの須磨アルプス全体を「鉄拐が峯」と呼んでいたのではないか。芭蕉の紀行文や書簡には、「鉄拐が峯」以外の須磨の山の名は出てこない。

山頂で、しばらく掲出句を味わっていると、ふいに子どもたちの明るい声に囲まれた。見ると、女の子ばかりの園児四人と付き添いの保育士さん二人である。

やまつつじ咲きつらなりぬ道のうへ　實
春の山園児四人《よったり》来てあそぶ

（二〇一三・〇六）

なでしこにかゝるなみだや楠《くす》の露《つゆ》

芭蕉

楠木正成悲劇の生涯

掲出句は俳諧撰集『芭蕉庵小文庫』（元禄九年・一六九六年刊）に所載。前書に「正成《まさしげ》之像《のぞう》　鉄肝石心《てつかんせきしん》此人《このひと》之情《のじょう》」とある。南北朝時代を代表する武将、楠木《くすのき》正成の絵に加えられた画賛の句であった。前書の意味は「正成の像である。鉄や石のようにくじけない心をもっていながら、情の深さがあった」。

句意は「なでしこの花にかかった涙は、楠の木からこぼれた露であったことだよ」。楠が正成の比喩とするのなら、なでしこは何の比喩なのか。まずは正成の生涯をたどってみよう。

正成は河内（現在の大阪府東部）の武将で、鎌倉幕府を滅ぼそうとしていた後醍醐《ごだいご》天皇の軍勢の有力な一員であった。最初のクライマックスは元弘《げんこう》三（一三三三）年、河内の金剛山の千早城の籠城である。何倍もの数の幕府軍を引きつけるが、落城することはなく、そのうちに鎌倉幕府は滅亡してしまう。前書の「鉄肝石心」は、正成の精神力を芭蕉が評したことば。軍記物語『太平記』に描かれた正成の不屈の籠城戦は、まさに「鉄肝石心」にふさわしいものであった。

こうして後醍醐天皇が政治の中心である建武新政が始まるが、こんどは天皇と足利尊氏《たかうじ》とが対立して、新政はわずか二年で崩壊してしまう。天皇の側にあった正成は、ひとたび尊氏と戦って敗走させる。しかし、すぐに九州で力を蓄えた尊氏の大軍が攻めのぼってくる。

死を覚悟した正成は、桜井駅《さくらいのえき》（現在の大阪府三島郡島本町）で息子の正行《まさつら》に後事を託す。正行と別れるとき、正成は涙を流したという。掲出句前書の「此人之情」の場面である。強い意志をもって戦いつづける武士でありながら、もはや会うことのない子どもへの情を隠すことができない。永別の父子が描かれた絵に、芭蕉は句を求められ、掲出句を残した。可憐ななでしこの花には、息子の姿が比喩として重ねられていたのだ。その後、湊川《みなとがわ》（現在の兵庫県神戸市）で尊氏の大軍を迎撃した正成は敗北、自刃《じじん》を遂げる。

　掲出句は、桜井駅での正成・正行の別れを詠んでいる。しかし、芭蕉が桜井駅を訪問したかどうかは記録に残されていない。正成関係の旧跡で、芭蕉が訪問したことが明らかなのは、湊川にあった「良将楠が塚」（すぐれた武将、楠木正成の墓という意）である。元禄元年の『笈の小文』の旅の際、芭蕉みずからが伊賀の弟子の惣七（猿雖）に手紙で道程を報告しているのだが、手紙には同行者万菊丸（杜国）のメモが添付されていた。メモには二人が訪ねた古塚が列記されており、そのなかに「良将楠が塚」とあるのだ。今日は湊川を訪ねてみたい。

正成公戦没地の木漏れ日

　よく晴れた薄暑の昼、東海道本線神戸駅で下車。北へ進むと、湊川神社に着く。まず、社務所を訪ねて、「良将楠が塚」がどこにあるか、たずねてみた。「大楠公墓所《だいなんこうぼしょ》ではないでしょうか」ということで、パンフレットをいただいた。この神社には、元禄五（一六九二）年に水戸藩主徳川光圀《みつくに》が建てた、楠木正成の墓「嗚呼《ああ》忠臣楠子之墓《ちゅうしんなんしのはか》」が残されている。亀のかたちを彫り出した石の上に建てられた古格ある墓に、手を合わせる。ただ、元禄五年造であるから、芭蕉が拝した塚ではない。光圀が建造する以前にも、もっと古い塚があったのだろう。

　パンフレットには芭蕉の墓所参詣も記されているのがうれしい。参詣時に掲出句を詠んだことになっている。ただ、画賛の句であるので、現在では制作年次不詳とされることが多い。

宝物殿には、富岡鉄斎《てっさい》の「楠公父子《なんこうふし》」と題する絵が掛けられていた。正成・正行父子の別れが描かれている、明治期の絵だ。この画題で多くの絵が残されてきたと思うが、芭蕉が賛を加えた絵は、それらの絵の中でも古いほうになるだろう。楠木正成が詩歌に詠まれてきた歴史を考えても、掲出句は古い部類に入るはずだ。正成が広く世に評価されるようになったのは、吉田松陰、西郷隆盛ら、維新の志士たちが墓参を繰り返したからで、正成の墓のあった場所に湊川神社が創建されたのも明治五(一八七二)年になってからだ。

本殿を拝し、左手の「史蹟　楠木正成公戦没地」を訪ねる。楠の大木の葉擦れと木漏れ日がすがすがしい。ここが正成の自刃した地であるとは、にわかに信じられない。

評論家山本健吉は、『芭蕉全発句』で、掲出句を「比喩があらわで、ゆかしさがない」と切り捨ててしまっている。比喩の点はたしかにそのとおりかもしれない。しかし、悲劇の武将に共感する芭蕉、父と子の永別に感動する芭蕉、そのいささか通俗的な面もけっして嫌いにはなれない。

楠大樹《くすたいじゅ》に満ち神域や南風　實

楠《くすのき》の若葉青葉へすすみつつ

(二〇一七・〇八)

補記　成立年次未詳句であるが、『笈の小文』の旅の際湊川の良将楠が塚で詠んだ可能性があるため、元禄元年旧暦四月の句と仮に定めた。画賛の句のため、後年の可能性もある。

有《あり》難《がた》きすがた拝まんかきつばた

芭蕉

かきつばたと餓鬼つばた

貞享五（一六八八）年初夏、芭蕉は奈良から須磨明石に出て京都へと向かう。紀行文『笈の小文』の記述は明石で終わるが、旅は続いていたのだ。旧暦四月二十五日、芭蕉は京都の宿から、伊賀上野の弟子、惣七（猿雖）宛に書簡を出す。これによって旅程を知ることができる。掲出句もこの手紙の中に見えていた。句の前に「山崎宗鑑《やまざきそうかん》やしき、近衛殿の『宗鑑がすがたを見れば餓鬼《がき》つばた』と遊《あそば》しけるをおもひ出《いで》て」と句の発想が記されている。

芭蕉は四月二十一日、山崎の地に「山崎宗鑑やしき」を訪ねる。山崎宗鑑は室町時代の人、俳諧作品を集めた『犬筑波集《いぬつくばしゅう》』（天文年間・一五三二〜五五年成立）の編者であり、俳諧の祖と考えられている。芭蕉はその屋敷址を訪ねているのだ。そこで詠まれたという付合が伝えられていた。近衛殿（不詳だが貴人なのだろう）が、たまたま宗鑑の屋敷を訪ねると、宗鑑が庭掃除をしていて、杜若の咲く池の面に映っていた。それを見て近衛殿は「宗鑑がすがたを見れば餓鬼つばた」と詠んだ。「杜若」の「かき」に「餓鬼」が掛けられて、痩せ細った宗鑑の姿を見ると、餓鬼のようだ、とふざけかかっている。対して、宗鑑は「のまんとすれば夏の沢水」と応じた。「水を飲もうとしても、夏の沢水です。お腹をこわすと思うと飲めず、餓鬼のような姿に痩せ細ってしまいました」と応えているわけだ。

芭蕉は、宗鑑屋敷で近衛殿の句を思い出して掲出句を残した。句意は「俳諧の祖、宗鑑の姿を偲ぶよすがとして、おりから咲いている杜若の花を拝みましょう」。
今日は山崎に山崎宗鑑の遺跡を訪ねてみたい。東海道本線山崎駅下車。駅の広場に面して、妙喜庵という禅寺がある。この寺は宗鑑の創建とも伝えられている。ここに千利休が茶室を建てている。二畳の「待庵《たいあん》」、国宝である。ただ、残念なことに予約申込がないと拝観できない。

油の町、酒の町

駅の南西に離宮《りきゅう》八幡宮《はちまんぐう》がある。ここはもともと嵯峨天皇の離宮の地であった。山崎は桂川、木津川《きづがわ》、宇治川が合流し、淀川となる地点で、古くからの交通の要衝、離宮が置かれたのだ。中世になると、荏胡麻《えごま》油《あぶら》生産が盛んになる。離宮八幡宮を中心に油座を組織し、全国の油専売権を独占した。富を得た人々に連歌の指導を求められたのが、宗鑑がここに住んだ理由である。明治時代以降、山崎は京都府側と大阪府側とに分かれてしまっている。

北西へと進むと、関大明神社がある。古代の摂津（現在の大阪府西部）と山城（現在の京都府南東部）の国境にあった関所の址という。その向かいに「山崎宗鑑やしき」はあったらしい。大山崎町歴史資料館で見せてもらった資料によれば、宝積寺《ほうしやくじ》という寺に伝わる絵地図の「宗鑑やしき」はこの位置にあたる。資料には、現在お住まいの方は八幡宮の社家《しやけ》、元禄以来の旧家であり、この地が宗鑑屋敷であると、次の理由で信じているとのことであった。この一帯を「宗鑑」という名で呼んでいること。妙喜庵で利休が茶をたてる際には、この井戸水を汲んでいったと伝えられていること。芭蕉がこの屋敷を訪れたという資料も残っていること。

明治時代に建造された日本家屋である。井戸は家の中にあり、見ることはできなかったが、今も水は湧き出しているという。この地の水の良さは有名で、古来、酒も作られてきた。新幹線からも見えるサントリーの山崎蒸溜所が近くにあるのも、その縁か。西国街道沿い数軒先の民家の門前に、「ありがたき姿おがまむ杜若《かきつばた》芭蕉」と彫られた小さな句碑を見出した。芭蕉の来訪を誇る個人が建てたものだろう。

山崎駅の北側に、天王山《てんのうざん》が聳《そび》える。山崎は、秀吉と光秀の古戦場でもあった。この山の占領を二将は争い、秀吉が勝利した。以後、勝負の分かれ目を「天王山」と呼ぶようになった、まさにその山である。ただ、芭蕉は戦国時代の戦については一切、触れようとしない。その山の登り口に、「霊泉連歌講《れいせんれんがこう》跡碑」が建つ。ここで宗鑑が連歌を指導したという伝承があるのだろう。碑文は「うつききてねふとに鳴《なく》や郭公《ほととぎす》　宗鑑」。これは真蹟が残っていて、宗鑑作と確定できる代表句だ。表面の意味は「卯月来て音太に鳴くや郭公」、四月が来て声太く鳴くほととぎす、ということだが、裏の意味は、「疼ききて根太に泣くや」である。「根太」は化膿した腫れ物の意。「ずきずき痛む腫れ物に泣くことだ」という裏の意味があるところで、俳諧になっている。

芭蕉は文学史に造詣が深い。おのれがたずさわる俳諧という詩型の祖、宗鑑もしっかり認識していて、挨拶を送っている。現代人は俳句の祖を芭蕉と思いがちであるが、宗鑑のことを思い出してみることも、大切ではないか。上品になりすぎた俳句に、活力を取り戻すヒントが得られるかもしれない。

春の日にふきん干しあり妙喜庵　實

若草や天秤降ろす油売

（二〇〇七・〇五）

花あやめ一夜にかれし求馬《もとめ》哉《かな》

芭蕉

役者の急逝を悼む

貞享五（一六八八）年春、芭蕉の紀行文『笈の小文』は須磨明石で終わっているが、旅はなお続いていく。兵庫を経て四月末には京に入った。同行していたのは、愛弟子杜国である。

門弟土芳による芭蕉の句集『蕉翁句集』に所載。前書には次のような事情が書かれてある。ある人に誘われて、旧暦五月四日に歌舞伎役者吉岡求馬《よしおかもとめ》の芝居を観た。ところが、翌日の五日には、なんとその求馬は死んでしまった。そのため、冥福を祈ってこの追悼句をつくったのだ。

句意は「飾った菖蒲《あやめ》の花が一夜のうちに枯れてしまった。同じように役者の求馬もみごとな芸を見せた後、一夜を経ただけで亡くなってしまった」。

現在においてはあやめと菖蒲《しょうぶ》とは別種のものとされているが、かつて菖蒲はあやめとも呼ばれていた。求馬の死が伝えられた五月五日は、端午の節句当日。男子の節句で、家々に菖蒲を飾った日である。そのために「花あやめ」を詠み入れているのだ。

役者の名が詠み入れられた芭蕉の発句は他にはない。芭蕉に詠まれたことによって、この役者は永遠に生きることになったともいえる。

三月半ばの晴れた日、東海道新幹線京都駅下車。四条大橋東詰の南座へ向かった。南座が歌舞伎を上演する劇場であることは、もちろん知っていた。しかし、今回調べてみて、江戸時代初期元和年間（一六一五～二四年）に四条河原に公許された七つの芝居小屋の伝統を伝えている劇場であることを、はじめて知った。芭蕉と杜国が京で知人とともに見物したのは、四条通をはさんで存在した七つの小屋のうちの一つだったのだろう。

芭蕉、杜国、求馬を偲んで、南座で歌舞伎見物をしたいところだが、現在南座は耐震工事を検討中ということで休館していた。残念。

四条通をはさんだ北側には、北座ビルが建っている。ここには芝居小屋、北座があった。北座は明治時代まで残ったが、四条通りの拡張のために閉鎖されてしまった。建築の外装で芝居小屋の雰囲気を再現している。また、五階にある北座ぎをん思いで博物館では、京における歌舞伎の歴史について学ぶことができた。

芭蕉と杜国との別れ

同行した杜国も求馬のことを詠んでいた。

唐松歌仙《からまつかせん》よくをどり侍る
だきつきて共に死ぬべし蟬《せみ》のから　万菊《まんぎく》

万菊は、芭蕉と同行する際に杜国自身が名付けた別号である。伊賀の芭蕉の弟子惣七（猿雖）宛てに杜国が出した書簡に記してあった句を、土芳が『蕉翁句集草稿』に記録しておいたものだ。

前書にある「唐松歌仙」は求馬が出演した演目なのだろう。杜国は前書で「求馬はよく踊りました」と褒めている。そして句意は「求馬に抱きついていっしょに死にましょう。蟬の抜け殻を見ましたが、わたしも抜け殻になったような気分です」。求馬に対して、芭蕉よりも若い杜国の方が、さらに熱くなっている。熱狂的なファンになっているといってもいいだろう。その分、さらに死を悲しがっているわけなのだ。

役者評判記の一つ『野良立役舞台大鏡《やろうたちやくぶたいおおかがみ》』（貞享四年・一六八七年刊）には求馬その人が取り上げられている。

賛辞が連ねられたあとに、次の発句が置かれている。

もとめみんこましやくれてもはなのかほ

「こましやくれて」はこざかしく、ませた言動をする意である。句意は「求馬のことを見てみましょう。ませた言動はしますが、花のようにうつくしい容貌です」。ちょっと才気ばしったところはあるが、たしかに美貌の俳優であったことがわかる。

求馬は歌舞伎役者のなかでも若衆方であった。妖しい美少年役である。芭蕉の句において、求馬の死に取り合わせた「花あやめ」は、求馬の容貌のうつくしさとたしかに照応するものであった。

芭蕉は空米取引の罪を得て伊良湖に流された杜国をなぐさめるため、『笈の小文』の旅に伊勢から同行させた。九十日を超える日々を一緒に過ごしたことになったが、この求馬の急死は二人にとって、忘れることのできない事件となったはずだ。二人に人の世が無常であることをあらためて確認させるものであった。

この芝居見物の数日後、杜国は一人伊良湖へと帰っていった。そして、芭蕉とは二度と会うことがなかった。そして、元禄三（一六九〇）年の春、芭蕉に先立って没することとなるのだ。

鴨川の水照りに立つや花待てる　實

南座に向うて北座花待てる

（二〇一六・〇五）

五月雨《さみだれ》にかくれぬものや瀬田《せた》の橋

芭蕉

瀬田の橋、歴史と伝説

貞享五（一六八八）年旧暦四月、須磨明石において、『笈の小文』の旅は終わる。その後、芭蕉は、京を経て近江に出ている。その折の句である。

句意は明快。「五月雨ですべてのものが降りこめられた中で、有名な瀬田の唐橋《からはし》だけは隠れてはいない」というのだ。梅雨のさなかの名所、大景を詠いきって、水墨画の大幅のごとく鮮やかである。荷兮編の俳諧撰集『あら野』所載。

東海道本線石山駅に隣接する京阪石山駅で京阪電鉄石山坂本線に乗り換える。石山寺方面へ一駅乗って、唐橋前駅下車。東へ五分ほど歩くと瀬田川に出る。琵琶湖から流れ出るただ一つの川である。下流は宇治川、さらには淀川になるという。対岸にも此岸にも桜が点々と咲いている。ちょうど満開に来合わせた。

目の前に架かっている橋が古来有名な瀬田の橋である。今でも現役の橋で、交通量はかなり多い。車が途切れず、横断するのも苦労するほどであった。小さな橋と大きな橋とが中の島を挟んで架けられている。

中の島には大正と昭和とそれぞれの架橋の際の銘文が掲げられていた。それによると、この橋は宇治橋、山崎橋とともに、日本三古橋の一つであるとのことだ。景行《けいこう》天皇の時代に船橋を仮設したのがはじまりであるとも書かれている。景行天皇は日本武尊の父にあたるので、そうとうに古い、神話の時代のできごとになる。東海道が京都に入る直前の交通の要衝で、壬申《じんしん》の乱（六七二年）以降、たびたび戦場にもなってきた。

俵藤太《たわらとうた》（藤原秀郷《ふじわらのひでさと》）のムカデ退治の伝説も、大きなパネルで掲示されている。瀬田の橋に、体長六十六メートルの大蛇が横たわっていた。これを平気で踏み越える勇者は、秀郷しかいなかった。秀郷が大蛇を踏み越えると、大蛇は翁に姿を変えた。言うことには「三上山に七回り半まきついている大ムカデが琵琶湖の魚を食べてしまい、民を困らせている。退治してほしい」。秀郷は大ムカデの眉間を射貫き、倒す。橋の下には龍宮があり、翁はそこに秀郷を招き、ご馳走した。お土産はたくさんの米俵だったので、俵藤太の名が付いたとのことだ。平将門の乱の平定が、この伝説に変化していると説くひともいる。秀郷は芭蕉が敬愛した歌人西行の先祖であり、奥州藤原氏の先祖でもあった。東大寺大仏殿再建の勧進のために西行が平泉を訪れたのは、血のつながりゆえであった。

中七「かくれぬものや」は、単なる描写のみではあるまい。歴史や伝説に名高い名橋ゆえにというところもあるだろう。さみだれの中に浮かびあがる大橋は、かの大ムカデのように見えるかもしれない。

名所の名句の条件

現在の橋は昭和五十四（一九七九）年に掛け替えられたもの。ただ、欄干の宝珠形の飾り、擬宝珠《ぎぼし》は昭和のものから、大正、明治、江戸時代の年号の記されたものまで用いられている。擬宝珠は橋の掛け替えの歴史を示す現物でもある。一つひとつを確かめながら橋を渡った。

芭蕉の高弟、其角が、掲出句を論じ、高く評価している。随筆集『雑談集《ぞうたんしゅう》』（元禄四年・一六九一年成立）に次のようにある。京・大津の俳人たちが、この句を非難していた。「橋の名が別の橋でも通用してしまうではないか。たとえば矢矧《やはぎ》の橋であってもいいではないか」。対して、其角はまず同門去来が琵琶湖で詠んだ発句「湖《みずうみ》の水まさりけり五月雨《さつきあめ》」を掲げる。句意は「湖の水が増えたことだなあ、五月雨が降って」。この時期、琵琶湖の湖面は雨に曇って、水は天に接するほどとなる、その折には名高い近江八景の名所すべてを見ることができなくなってしまう、と言う。梅雨で姿を消した近江八景に代わるものとして、瀬田の橋が見えているわけで、時も場所も一切変えることはできない、と其角は説くのである。ぼくも其角の論に賛成する。瀬田の橋はその役目を引き受けるだけの大きさと格とを持っている。時も場所も、動かすことができないのである。そのことがすなわち、名所の句が優れているための条件となるのだ。

『あら野』の「名所」の部には掲出句と去来の「湖の」の句は隣り合って収録されている。

掲出句の句碑の立つ瀬田川東岸の唐橋公園に、中学生の女の子三人が花見に来ている。一人が菓子を投げると、白くて顔の黒い、鳩ほどの大きさの鳥が集まってきた。鳥の名を聞くと、知らないと言う。通りかかった女性に聞くと、ユリカモメであると教えてくれた。

外輪船をかたどった遊覧船が川面をのぼっていく。デッキの上にはたくさんの観光客がいる。瀬田川の岸の桜を巡っているのだろう。五月雨のころの瀬田の橋もいいだろうが、桜のころもいい。

やはらかくなみのぼりゆく桜かな　實

からはしのむかしの擬宝珠日永なる

（二〇〇八・〇六）

やどりせむあかざの杖になる日まで

芭蕉

白々としたあかざの杖

貞享五（一六八八）年夏、須磨・明石に赴いたところで終わっている『笈の小文』の旅の後、芭蕉は京都に滞在していた。旧暦六月ごろ、岐阜、妙照寺《みょうしょうじ》の僧、己百《きはく》が迎えに来て、彼の案内で岐阜に入っているのだ。岐阜の俳人たちの求めによるものだった。掲出句は、芭蕉の己百への挨拶句、句意は、「あかざの茎が杖に用いられるよう成長するまで、お邪魔していましょう」。後述の真蹟懐紙に所載。

今日は、岐阜を訪ねたい。晩春のよく晴れた日、東海道本線岐阜駅下車。句友の車で金華山の麓に、妙照寺を訪ねる。ここには芭蕉、その人が滞在した部屋がそのままに残されている。

妙照寺は、天文三（一五三四）年開創、宗派は日蓮宗。慶長五（一六〇〇）年に織田信長の孫、秀信が現在地を寄進している。もともと信長と秀吉に仕えた知将、竹中半兵衛の屋敷跡であった。境内の奥に今も祀られている三光稲荷社は、半兵衛の屋敷神であったようだ。

ご住職に案内されて、「芭蕉の間」に入る。十二畳、座るとひんやりとしている。壁の柱には古い穴が空けられていた。半兵衛の屋敷の古材を使った可能性もあるそうだ。「穴がものを言ったら、いろいろなことを教えてくれますよ」と、ご住職は笑う。床の間の壁に立て掛けられている一メートルほどの白い棒が、あかざの杖である。手にとらせてもらうと、軽い。草であるはずなのに、しっかりしている。といっても、芭蕉の時代のものではない。趣味であかざの杖を作っている人が近所にいて、届けてくれたとのことだ。「あかざの杖」

は現実に存在するものだった。辞書を開くと、「中風にならないというので、老人が用いた」とある。

京都に芭蕉を迎えに行った己百は、かつて日蓮宗の学問所、鷹ヶ峰檀林《たかがみねだんりん》の師も務めた、学識深い僧であった。後に妙照寺の住職となる。芭蕉と同齢であることもわかっている。若き日、京で、芭蕉とともに俳諧を学んだことがあったのではないかと、ご住職は想像する。再会したとき、四十五歳。人生五十年の時代においては、すでに老人である。芭蕉と会った己百の手に「あかざの杖」が握られていた可能性もある。

もので示す時間

ご住職は岐阜市歴史博物館で開かれた「芭蕉と文考 その旅のこころ」展の図録を見せてくれた。掲出句が書かれた懐紙の掛軸が掲載されている。己百の発句に芭蕉の脇句が付き、新たに掲出句が並ぶ。

己百の発句に付けられた芭蕉による前書は次のとおり。「ところどころみめぐりて、洛に暫《しばら》く旅寝せし程、美濃の国よりたびたび消息ありて、桑門《そうもん》己百のぬし、みちしるべせむとて、とぶらひ来侍《きはべり》て」。『笈の小文』の旅の後、京に滞在中、美濃より誘いの手紙が繰返し来た。そして、僧である己百が、道案内をしようと訪ねてきて」という意である。美濃からの誘いが熱心であったことがわかる。己百の発句は次のとおり。

しるべして見せばや美濃の田植哥《たうえうた》

「芭蕉先生をご案内して美濃の田植歌をお見せしたいものだ」という句意。

芭蕉は脇句を次のように付ける。

笠あらためむ不破《ふわ》の五月雨《さみだれ》

「不破の関あたりで五月雨に降られることになるかもしれません。長旅で古びた笠を新調してから、うかがいましょう」と己百の誘いに威儀を正している。

その後に、「其《その》草庵に日比有《ひごろあり》て」、意味は「己百の草庵、つまり、妙照寺に幾日も滞在して」と前書を置いて、掲出句が書かれているのである。先の脇句の中の「笠」が、掲出句の中の同じく旅の小道具である「杖」を引き出しているようである。

芭蕉は己百のもてなしに感謝して、このまま長く滞在したいと詠う。あかざの茎は秋ごろ、杖になるべき長さと固さとを持つ。長い時間を、「あかざの杖」という「もの」で見えるように示しているのが巧みである。そして、この句は、あかざの杖を手にした新たな旅立ちも予想させるところがある。芭蕉はこの後、尾張を経て、『更科紀行』の旅、信濃へと出立するのである。本懐紙はまさに芭蕉が己百に与えたものだろう。この掛軸はかつて妙照寺に蔵せられていて、いつか寺外に流出したものではないかと、ご住職はおっしゃる。

掲出句の句碑が寺の庭に立てられている。書は加藤楸邨。碑の近くの梅の木の若葉が眩しい。芭蕉手植と伝えられている木である。あかざはどこに生えているか、ご住職に尋ねると、近くにいた夫人が一つの植木鉢を指し示してくれた。よく尋ねられるので、わかりやすいように植え直しているとのことだった。雑草ともいうべきあかざをたいせつに植え替えているところは、さすが芭蕉のあかざの句ゆかりの寺である。あかざはまだ幼い。ようやく双葉を出したばかりであった。

たてかけて藜《あかざ》の杖や床の壁　實

鉢に植ゑあかざ双葉や妙照寺

（二〇〇七・〇七）

此《この》あたり目に見ゆるものは皆涼し

芭蕉

扇替わりの一句

貞享五（一六八八）年の春から夏にかけて、『笈の小文』の旅は奈良・大坂から須磨・明石に赴いたところで終わっている。しかし、芭蕉はその後も旅を続けている。京都を経て、岐阜に入っているのだ。岐阜も門弟の多い地であった。芭蕉はしばらく滞在している。

掲出句は門弟賀嶋鷗歩《かしまおうほ》宅を訪ねて、残している挨拶句。句意は、「このあたりの目に見えているものは、みなすずしい」。荷兮編『曠野後集《あらのごしゅう》』（元禄六年・一六九三年刊）所載。ぼくは作られた場から離れて、愛誦してきた。上五、「此あたり」は前書にあたる俳文「十八楼の記」の風景を受けている。長良川の景である。句中に置いた「この」などの指示語は生きないことが多い。そう言われても、読者は作者のイメージが想像できないのだ。しかし、掲出句の場合は場所が指定されないために、どこにあっても通用してくれるところがある。ひどい暑さに悩まされているとき、この句を思い起こすと、どこか涼気を覚えるのだ。一句が扇替わりになってくれる。ぼくにとって、たいせつな句である。

今日はこの句が詠まれた地を訪ねたい。東海道新幹線名古屋駅下車、東海道本線に乗り換え、岐阜駅に下車。バスで博物館前まで行く。街中の路上に線路が残っているが、昨年、路面電車は廃止されてしまったと言う。ちょっと残念だ。バスを降りて、長良橋へと向かう。眼前に金華山が、聳えている。頂上に岐阜城が小さく見える。「十八楼の記」に「いなば山後にたかく」とある「いなば山」は、金華山の一部である。橋に出る。岸には、鵜飼の舟がずらりと並べられている。空梅雨で水量が少なくなっていると聞いていたが、本流は滔々と流れている。

橋のたもとにまさに「十八楼」という名の観光旅館があった。掲出句の句碑は、その中庭に立てられている。フロントに尋ねると、女性がていねいに案内してくれた。句碑越しに長良川が望める。傍らの木賊《とくさ》が青々としている。ただ、この旅館が「十八楼」の跡地そのものではないようだ。阿部喜三男他著『芭蕉と旅　上』によれば、この旅館から下流に向かって、百メートルほど歩くと、たばこ屋がある。ここが、鷗歩の居宅であった。その裏手の川に面している場所が、離れ座敷である「十八楼」の跡とのことだ。かつては川の上流から運ばれた材木を引き上げた場所でもあったと言う。現在は中華料理屋が立っているあたりとなる。土地にも歴史がある。

十八楼の由来

「十八楼ノ記」は「みのの国ながら川に望《のぞみ》て水楼あり。あるじを賀嶋氏といふ」と書き出される。意味は「美濃国（現在の岐阜県南部）長良川に臨む高殿がある。その主人は賀嶋氏と云う」。賀嶋鷗歩は通称善右衛門、職業は油屋であったという。芭蕉の門人としては、あまり重い存在ではないようだ。

描かれている長良川は次のとおり、「里人の行かひしげく、漁村軒をならべて、網をひき釣をたるゝ、おのがさまぐ〵も、たゞ此《この》楼をもてなすに似たり」。意味は「里人の往来が頻繁で、漁師の家が軒を並べていて、網を引いたり、釣糸を垂らしたりする漁師たちの姿が、楼からの眺望を豊かにしている」。長良川の豊かな恵みによって、漁師の生活の成り立っていたことがわかる。今、川に漁師の姿は見えないが、現在も鵜飼は続けられている。川は沿岸の人々の暮らしを潤し続けているのだ。

「十八楼」の由来については、次のように書いている。「かの瀟湘《しょうしょう》の八《やつ》のながめ、西湖の十のさかひも、涼風一味のうちに思ひこめたり」。芭蕉は眼前の長良川の美しさを讃えるのに、中国の名所、瀟湘八景（洞庭湖の南の瀟水、湘水のあたり）と西湖十景（浙江省杭州市の西にある湖）とを引き合いに出している。中国を代表する二つの名勝も長良川の涼風の気分に含まれているというのだ。芭蕉はもちろん、中国までは赴いていないが、胸中深い憧れを抱いていた。美しい水の風景と対していると、その憧れが胸の奥から湧き上がってくるのだ。後に『おくのほそ道』の「松島」を執筆する際、中国の名所、洞庭・西湖に負けないと書いている。その先駆けとなるものだ。「瀟湘八景」と「西湖十景」とを足して、計十八。それで、「若此《もし》楼に名をいはむとならば、十八楼ともいはまほしや」と書いているわけだ。意味は「もしこの楼に命名しようとするなら、十八楼と言いたいなあ」。眼前の景に中国の名所を重ねた、壮大な命名である。

旅館「十八楼」で、「川原町　町家の散歩道」というパンフレットをもらってきた。散歩の案内が楽しいのだが、ここには芭蕉の掲出句の句碑のことも、実際の「十八楼」跡地のことも掲載されていない。立派な観光資源になると思うのだが、もったいないような気がした。

川の堤防に身を寄せると、日に熱くなっている。ただ、川から吹いて来る風は強い。河原には草が繁っている。緑の色が涼しい。飛んできた雀が青薄にとまって、茎を揺らしている。燕が低空を飛び交っている。自然の鶺鴒もいて、川面低くを上流に向かって飛んでいく。向こう岸にローラースケート場があって、選手がゆっくり走っているのが見える。ぼくは、まさに掲出句の生まれた地にいる。それを確信した。

青薄すずめ摑んでゆらしけり　實

夏燕飛びかふ河原砂の上

（二〇〇五・〇八）

降《ふら》ずとも竹《たけ》植《う》る日は蓑《みの》と笠《かさ》

芭蕉

画賛の句の魅力

掲出句は、芭蕉の弟子の支考が芭蕉の句文を収集、それを中心に編んだ句文集『笈日記』に収録されている。季語は「竹植る日」。中国の古い言い伝えに「五月十三日に竹を植えると、かならず枯れないで根付く」というものがある。つまり「竹植る日」とは、竹を移植するのにもっとも適しているとされる日で、旧暦五月十三日のことである。日本では折から梅雨時で雨が多く、竹が根付きやすい。現在も夏の季語となっている。この季語を用いて初めて句を作ったのは、実は芭蕉なのである。その意味で重要な句である。

句意は「雨が降らない場合でも、五月十三日に竹を植える際には、蓑と笠とを身につけて作業するのがいい」。蓑と笠は雨具であるが、旅装も意味し、芭蕉たちにとっては、世俗を離れ風雅を極める生き方の象徴になっていた。

「画賛　竹　木因亭《ぼくいんてい》」と前書がある。美濃国《みののくに》大垣の木因の家で、竹の絵の余白に加えた画賛の句であった。木因も芭蕉も、ともに京都の俳人北村季吟の弟子である。竹の絵は芭蕉自身が描いた可能性があるが、詳細はわからない。しかしながら、竹の絵の画賛の句として、洒落ている。絵は竹数幹のみが描かれていたのだろう。掲出句によって、その竹が五月十三日に植えられた由緒正しきものになる。また、植えた際の人の姿、動きも加わって、絵に奥行きが生まれる。雨が降らなくても蓑と笠を身につけているということは、今日だけは雨が降ってほしい、そのたっぷりの水でしっかり竹が根付いてほしい、という願いも含んでいるのだろう。

さらに句の後に次のような意味のことを支考は注記している。「この句は五月の時節のことを詠んだのでしょうか、たいへん珍しいです」。これによって、支考が「竹植る日」という季語に驚いていることがわかる。まさに支考にとって、新季語だったのである。

この句がいつ作られたのかはわかっていない。大垣を芭蕉は生涯に四回訪れている。もっとも有名なのが、元禄二年旧暦八月の『おくのほそ道』の長旅の最終地としての訪問である。それ以前に二回、後には一回訪れている。夏の訪問は、元禄元年旧暦五月の『笈の小文』の旅の後の一回だけである。このため、本書では仮に元禄元年夏の句としてここに置いた。梅雨の季節感の中で詠まれたと考えるのが自然だろう。ただ、画賛の句なので、季節に関わりなく、すでに描かれてあった竹の絵の余白に句を求められた可能性もある。元禄元年五月の訪問だけには絞れないのだ。大垣への最後の訪問は、元禄四年秋の京から江戸に戻る際になる。厳密にはこの時以前に作られたとしか言えない。

新季語を見つける

東海道本線大垣駅南口を降り、駅通りをしばらく歩くと水門川《すいもんがわ》に出る。川に沿って南へ歩く。川辺の桜が満開を迎えていた。散り始めた花びらが水面を流れていく。川上へモーターを付けた舟がつぎつぎにさかのぼっていく。「水の都おおがき舟下り」という催しの期間中で、客を降ろした舟である。水門川は『おくのほそ道』の旅の後、芭蕉と曾良が舟に乗り伊勢へと赴いた川。そこに人の乗った舟が見られたのは、うれしい。二十分ほど歩くと、船町の奥の細道むすびの地記念館に着く。この地こそが船問屋を営んでいた木因の旧居跡なのである。以前訪ねた際には、大きなパチンコ店であった。芭蕉も泊まった木因旧居跡に、芭蕉の文学を紹介する大きな施設が建ったことを、喜びたい。

芭蕉の弟子去来がこの句に関して、弟の俳人魯町《ろちょう》と対話している。去来が書き残した俳論『去来抄』に記されている。まず魯町が「竹植る日は昔から季語でしたか」と質問している。それに対して、去来は「昔からの季語かどうか、知りません。芭蕉先生のこの句ではじめて見ました。昔からの季語でなくても、季語として適当なものがあれば、選んで使うべきだと思います。芭蕉先生がおっしゃっていたことですが、新しい季語を一つでも見つけることができたら、後世の俳人にいい贈り物をすることになります」。

去来の季語に対する姿勢は柔軟である。歴史をもつ季語だけを季語として認めるのではない。適切な新季語があれば使おうとしている。その根拠が芭蕉のことばで、芭蕉は新季語を見つけ出すことをたいせつに思っていたのだ。どの季語にも季語として使いはじめた先人がいる。その先人に感謝の気持ちを伝えることはかなわないが、新しい季語を見出し後世の俳人への贈り物にすることはできる。そこに俳句が未来まで詠まれつづけていくという深い信頼を感じる。俳句の世界にも何かしら新しみを加えたいという強い意志も読み取れる。

（二〇一七・〇六）

ともに歩きぬながれくだれる花くづと　實

橋の下へ花くづしばしさかのぼる

第四章／更科紀行

元禄元年（一六八八年）

『笈の小文』の旅の後、しばし岐阜に遊んだ芭蕉は、そのまま信濃路へと旅立つ。姨捨山で名月を賞し、善光寺に詣でる『更科紀行』の旅である。

【解説五】『更科紀行』 次の旅への予行演習

芭蕉が貞享五（一六八八）年の旅の記録を自身で残した、自筆草稿がある。版本には岱水《たいすい》編『木曾の谷』宝永元（一七〇四）年刊所載のもの、乙州編『笈の小文』宝永四年刊所載のものなどがある。

貞享五年旧暦八月十一日、四十五歳の芭蕉は、岐阜を発って、更科の里の仲秋の名月を賞するために信濃へと向かう。名月に間に合わせるために、六十数里を四泊五日で踏破する厳しい行程であった。名月を賞した後、善光寺に参拝して、江戸に戻った。『笈の小文』の旅から続く旅であり、江戸帰着後、約半年後には、ふたたび『おくのほそ道』の旅に出立することになるのだ。

『おくのほそ道』の旅は、古歌に詠まれた地、歌枕を訪ねることが大きな目的だった。歌枕探訪の中でも重要なものは松島で名月を見ることであった。『更科紀行』の目的が歌枕更科の月を見ることだったこととと完全に一致する。

また、『おくのほそ道』の旅では、しのぶもぢ摺りの石など巨石の歌枕を見ることも重い意味を持っていた。更科の姨捨山長楽寺の姥石は巨石、おそらく古代の磐座だったろう。その点もしっかりと重なる。

『おくのほそ道』の旅では、清水流るるの柳など木の歌枕を見ることも欠かせない。『更科紀行』には、木の歌枕は出て来ないが、山中の「とち」の木が詠まれている。「木曾のとち浮世の人のみやげ哉」である。

『おくのほそ道』の旅では、敬愛する歌人西行のゆかりの地を訪ねることも重かった。先の清水流るるの柳もそのひとつだった。『更科紀行』の姨捨で西行は歌を詠んでいるし、姨捨の長楽寺の下の田は、西行が「四十八枚田」と名付けたという伝説も残っている。

『おくのほそ道』の旅では、源義経主従の足跡を訪ねるということも大切な要素だった。しかし、『更科紀行』には義経は登場しない。ただ、『更科紀行』が描く難所木曾は悲劇の武将、木曾義仲が育ち、旗揚げをした地であった。

『おくのほそ道』において、神社仏閣を訪ねることも欠かせないもの。その最大の場所は出羽三山だろう。『更科紀行』ではそれに対応するのが、善光寺になろう。

『おくのほそ道』における芭蕉の関心のほぼすべてが、『更科紀行』において揃っている。『更科紀行』は『おくのほそ道』の小手調べといった意味があるのではないか。

木曾のとち浮世の人のみやげ哉《かな》　芭蕉

熊に注意

貞享五（一六八八）年の秋、芭蕉は美濃から中山道を更級へと向かった。『更科紀行《さらしな》』の旅である。同行は門弟、越人。姨捨山の月を見に行くのが目的だったのだが、木曾もまた、憧れの地であった。芭蕉の墓は遺言によって、大津の義仲寺、木曾義仲の墓の隣に定められる。芭蕉は悲劇の武将でありつつ女性を慈み、生身の人間であることに徹して生きた義仲が心底、好きだったのだ。木曾は義仲の育ち、旗揚げした場所であったからだ。

紀行文『更科紀行』所載。句意は「木曾で拾った橡の実を俗世で生きている人のみやげにしよう」。『更科紀行』の句は文章の最後にまとめられている。どこで句が作られたのか、明らかではない。ただ、この句の句碑が鳥居峠の上にあることを知った。今回はこの中山道第一の難所である峠を越えてみよう。実はぼくは小学生時代、この峠の北側の麓、楢川村で育った。家族でこの峠を越えたこともある。今回は芭蕉を訪ねると同時に小学生の自分を懐かしむ旅でもあるのだ。芭蕉は藪原から奈良井へ越えたのだが、ぼくは小学生のときと同様、逆に越えてみたい。

中央本線奈良井《ならい》駅で降りる。奈良井は町全体が文化庁選定重要伝統的建造物群保存地区となっている。町全体が古い木の色で統一されている。何カ所か井戸があって、水が湧き出している。これが「奈良井」という地名の由来でもあろう。

町外れの鎮《しずめ》神社を過ぎて峠道に入る。立札があって、「峠道で熊が目撃されました。ラジオ・鈴を鳴らすなど注意してください」とある。急に書かれてもラジオも鈴もない。

しばらく山道を行くと「葬沢《ほうむりさわ》」の表示があった。この地は、戦国時代に木曾義昌が武田勝頼を迎撃し勝利を得た古戦場で、武田方の戦死者五百人を葬ったという。古戦場なのである。鳥居峠という地名自体、木曾義元が小笠原氏に勝利して、鳥居を寄進したことによってついたようだ。「中の茶屋」は菊池寛の『恩讐の彼方に』の舞台。小説の中では昼は茶店、夜は強盗を働いた場所だという暗いイメージがある。

橡は深山のしるし

道に青い実が落ちている。杖で皮を落とすと栗色の実が出てきた。まさにこれが橡《とち》の実である。実はこの皮はたくさん見てきた。胡桃の皮かと思っていたが、橡だったのだ。この峠は橡の木が多い。皮しか残っていなかったのは、橡餅を作るために人が持ち去ったのか。それとも、熊か猪、あるいは猿だろうか。西行に「山深み岩にしだるる水溜めんかつがつ落つる橡拾ふほど」（『山家集』）という歌があった。意味は「山が深いので岩からしたたり落ちている水を溜めよう、時々落ちる橡の実を拾う間」。西行を愛読していた芭蕉にとって、橡の実は山の深さを示すものであった。実はこの西行も木曾を訪ねている。

楢川村と木祖村の分岐点を過ぎる。ここは分水嶺。雨水はここで日本海と太平洋とに分かれる。降りて行くと、道の脇の斜面から橡の巨木が並び生えている場所があった。道に影を落とし、路肩を固めている。古人が植え、大事にしてきたものであると感じた。中の一つは「子産の栃」。大きな洞があって、昔、中に子が捨てられていた。親となった人に成長した子は孝を尽したそうだ。これら古木は木祖村の天然記念物に指定されている。

御嶽神社遥拝所には不動明王などの石仏、碑が並べ立てられている。御嶽は雲の中で見えない。「義仲硯水」

は義仲旗揚げの際に、この水を使って戦勝祈願の願書を書いたものだという。手を入れてみると冷たい。水面にあめんぼが三匹遊んでいた。

掲出句の句碑が藪原方面に下りだしたところにある丸山公園に立てられていた。天保十三（一八四二）年建立。木曾の代官、風兆山村良喬《たかてる》の書である。この地で句が作られたという口碑が江戸時代からあったのだろう。橡の木の多さからして間違いないものと思われた。「浮世の人のみやげ」ということは、木曾は「浮世」ではないということ。山中の別天地ということだ。まさにこの峠は別天地のなかの別天地である。

この橡の実を芭蕉にもらった人がいる。名古屋の弟子、荷兮である。俳諧撰集『あら野』に次の句が見える。「木曾の月みてくる人の、みやげにとて杼《とち》の実ひとつおくらる。年の暮迄うしなはず、かざりにやせむとてとしのくれ杼の実一つころ〲と」とある。意味は前書が「木曾の月を見に行った芭蕉先生の土産に橡の実を贈られました。年末までなくさず、正月飾りにしようとして」。句は「年末である。橡の実ひとつを掌の上でころころころがしている」。荷兮はその橡の実を正月の蓬莱飾りに掲げようとしている。

道が整備されたこともあってか、小学生のころの記憶はまったくよみがえらなかった。そして、中年の身で峠道を歩くのは苦しかった。でも、仙翁花《せんのうげ》、水引草《みずひきそう》など秋の花は美しかった。峠の自然はみごと。藪原から上がってきた茸取りの人と会った。「かなり人が入っているようで、ボーズもクリタケもぜんぜん取れません」と言う。ぼくもそろそろ下ろう。藪原の浮世でビールでも酌もう。

ひろふため来し橡の実や拾ひたる　　實

橡老いて幹に人面実を降らす

（二〇〇四・一一）

俤《おもかげ》や姨《おば》ひとりなく月の友

芭蕉

面影塚の空蝉

芭蕉は姨捨山《おばすてやま》の名月を見るため、美濃から信濃へと向かった。『更科紀行』の旅である。貞享五（一六八八）年秋のことである。芭蕉の「更科姨捨月之弁《つきのべん》」（『芭蕉庵小文庫』）によれば、発ったのが八月十一日、それで、十五日の夜には姨捨にいた。六十二里をわずか四泊五日で踏破して、名月の姨捨で、掲出句を残した。この日数は事実だったかもしれない。が、名月の姨捨への思いの深さを示すための仕掛けとも考えられる。

句意は「面影は老婆がただひとり泣いている姿である。その面影を友として月を仰ごう」。紀行文『更科紀行』所載。其角編の俳諧撰集『いつを昔』（元禄三年・一六九〇年刊）にも収録。

JR篠ノ井線冠着《かむりき》駅を長野方面に向かうと、トンネルに入る。出ると急に視界が広がり、善光寺平を一望に見下ろせる。そこが姨捨駅。下車すると、ホームに掲出句の句碑があり、投句ポストまであった。

駅から急な坂を五百メートルほど下ると、長楽寺がある。境内にはたくさんの句碑類が建っている。寺で頒けてもらった『信州姨捨山縁起併境内碑文集』には、三十八の句碑、歌碑、詩碑が記録されていた。その中心となるのが、門の脇に立つ掲出句の句碑である。高さは二メートルを越える。明和六（一七六九）年、中興期俳人を代表する一人、加舎白雄《かやしらお》が師鳥酔の遺志を継いで、建立した。記念に『おもかげ集』という撰集まで出している。右横に掲出句が彫られていて、正面には「芭蕉翁面影塚」とある。掲出句から「俤」の字を取って、芭蕉の「面影」を偲ぼうという意であろう。塚のほとりで、蜩のものなのか、小さな空蝉を見つけた。蜩が鳴きしきっている。

「姨捨山」は歌枕であった。それがどこであるか、という問に二説がある。一つは冠着山。篠井線の松本方面へのトンネルの通っている山である。それから、長楽寺周辺の小山とする説もある。実際にどちらであったか明らかではない。歌枕とはそういうものだろう。しかし、芭蕉にとっては、後者だったと考えられる。

「更級姨捨月之弁」には次のようにある。「山は八幡《やはた》といふさとより一里ばかり南に、西南によこをりふして、冷《すさま》じう高くもあらず、かど〳〵しき岩なども見えず、只哀《あはれ》ふかき山のすがたなり」。意味は「姥捨山は八幡という里から一里程南で、西南に横たわっており、ひどく高くもなく、かどばった岩なども見えないで、ただしみじみと胸に迫る山の姿だ」。長楽寺は更埴《こうしょく》市八幡地区からは一里も離れていない。その半分くらいだが、たしかに南に位置する。「冷じう高くもあらず」もこちらにふさわしい。冠着山では高すぎる。「かど〳〵しき岩なども見えず」はこの寺の中心にある「姥石」を意識しての描写に思える。これは高さ十メートル以上の巨岩であるが、全体に丸みを帯びている。この岩は太古には磐座であったか。この存在が仏教渡来以前から、ここが聖地であったろうことを想像させる。名月は千曲川の対岸、鏡台山から出るという。姥石の上に座し、芭蕉は月光を浴びる。その姿を想像してみる。

西行命名の田

『大和物語』には次の説話が収められていた。妻の勧めで、年取った伯母を山に捨ててきた男が、帰って来てから月の光の差す、その山を見ていた。「我が心なぐさめかねつ更級やをばすて山に照る月を見て」と詠み、こらえきれなくなって、山に伯母を迎えに行ったという。この歌は『古今和歌集』にも収められている。意味は「自分の心を慰めようとしても慰めきれないでいる。姥捨山に照っている月を見ていると」。

芭蕉はこの話に感激している。「更科姨捨月之弁」に次のようにある。「なぐさめかねしと云けむも理《ことわ》りしられて、そぞろにかなしきに、何ゆゑにか老いたる人をすてたらむとおもふに、いとゞ涙落《おち》そひければ」。意味は「物語の中で『慰めかねし』と詠ったたろうこともっともと思われて、わけもなく悲しくて、どうして老いた人を捨てたのだろうと思うとたいそう涙も落ちたので」。その後に掲出句が置かれている。芭蕉は古歌に感激し、物語に酔っている。現代ではこの説話は事実ではなく、「姨捨」という地名から生まれたらしいと考えられているが、これだけは芭蕉に伝えたくない。

掲出句は、「俤や」と「や」で強く切ってあっても、イメージの転換をしているわけではない。「として」と言い換えればいいだろうか。一人の姨が泣いているのが、面影としてまざまざと見える。月の光が彫り上げたかのようにくっきりと見える。その面影をこそ、月見の友にしようというのだ。実際には、門弟越人が同行していたのだが、彼のことは忘れてしまったかのようだ。

寺の下の四十八枚田という、小さな棚田まで下ってみる。ここには西行が阿弥陀仏四十八願によって命名したという伝説がある。この一枚一枚の田に映る月は「田毎《たごと》の月」と賞翫されてきた。この周辺は農地として、初めて名勝に指定された場所だ。

今はすべてが青田。雀の群が発った。

蟬の穴面影塚のほとりにも　實

四十八枚みな青田なり風分けぬ

（二〇〇五・〇九）

吹《ふき》とばす石はあさまの野分《のわき》哉《かな》

芭蕉

追分まで

貞享五（一六八八）年の秋、芭蕉は美濃から中山道を木曾路を経て更級の里へ向かう。月の名所である姨捨山に上がる仲秋の名月を見に行くのである。とにかく、名月に間に合わなければならないということで、六十数里を四泊五日で踏破するという過酷なものであった。『更科紀行』の旅である。この紀行は後に書かれる『おくのほそ道』のように土地土地が詳しく書かれるのではない。木曾路の難所を通る際の感慨が中心である。そして、芭蕉の発句が十一句、この旅に同行した門弟越人の発句が二句並べられている。掲出句はその最後に置かれている芭蕉の句であった。

句意は「吹きとばす石、それは浅間山を吹く野分によるものだなあ」。『更科紀行』所載。

ぼくは浅間のおおらかな山容が好きだ。芭蕉の句を繰り返し読んでいるうちに、浅間を仰ぎたくなってきた。軽井沢駅で長野新幹線からしなの鉄道に乗り換え、信濃追分駅で下車する。

霧が濃くて浅間は見えない。標高約千メートル、かなり肌寒い。木々の間の道を歩いていく。背の高い楢の木の下にゆったりと別荘が建てられている。緑が美しい。注目したいのは別荘の石垣や門柱が焼石《やけいし》でできているということ。いかにも涼しげである。これは浅間山が噴きだした溶岩が冷え固まったもの。芭蕉が歩いたころ、このあたりは浅間の焼石に覆われていたのだろう。荒涼たる風景を野分が吹きわたっていたのではないか。

追分に行く。追分は宿場名であると同時に中山道と北国街道との分岐点を指す。そこには江戸期の道標や石仏などが立てられている。そのなかの一つに次の歌が刻んであった。

さらしなは右みよしのは左にて月と花とを追分の宿

歌意は「右へ道を取ると月の名所更級、左へ道を取ると、はるかかなたに花の名所吉野がある、月の名所、花の名所とを分かちている追分の宿場よ」。更級は先に述べた『更科紀行』の目的地だった。吉野もまたこの年の春、『笈の小文』の旅において芭蕉が愛した花の名所であった。芭蕉の作ではあるまいが、芭蕉をも愛した後世の人の作だろう。季語の月と花と、歌枕の更級と吉野とを愛した芭蕉の思いを形にしたようにできている。

句碑にたたずむ

浅間神社に向かう。畑にはとうもろこしがよく実っている。江戸時代以来の宿場だが、現在も営業している旅館が多い。堀辰雄文学記念館もある。追分は辰雄が愛した地でもあったのだ。

浅間神社の前には佐久平の農業用水、御影用水の澄んだ水が流れている。石橋を渡って境内に入ると、巨大な自然石の句碑があった。一字三十センチ角の大文字で「婦支飛寿《ふきとばす》／石裳浅間能《いしもあさまの》／野分哉《のわきかな》」と草書の変体仮名で刻んでいる。この句の形、中七が原句とすこし違う。土地に伝えられた改作の形か、あるいは誤伝か。本山桂川の考証（『写真・文学碑めぐり第2　芭蕉』芳賀書店・昭和三十九年・一九六四年刊）によれば、寛政五（一七九三）年旧暦八月、芭蕉の百回忌に、地元の俳人、長翠らによって立てられたもののようだ。江戸時代の芭蕉句碑は貴重である。この句碑の存在しているということは、追分あたりで掲出句を芭蕉が作ったという伝承があったのかもしれない。

この句は芭蕉が何度も手を入れている。改作の過程は真蹟草稿によって知ることができる。整理してみよう。

一、秋風や石吹颪《ふきおろ》すあさま山

二、吹颪すあさまは石の野分《のわき》哉

三、吹落《おと》すあさまは石の野分哉

四、吹落す石をあさまの野分哉

五、吹とばす石はあさまの野分哉

第一案では「秋風」によって石が吹き下ろされているのにすぎない。それが、第二案以下、「野分」と変わる。さらに、「吹颪す」、「吹落す」、「吹とばす」としだいに風の力が強くなってくるのもわかる。第四案まで山腹をころがり落ちていた石は第五案では空中を飛ぶ。噴火の際、火山が石を吹きとばす力と野分の力とがあえて混同されているのだ。

浅間は歌枕。和歌に詠み入れられた地名である。だから芭蕉はそれを詠った。芭蕉は先に松本盆地から見える常念岳を中心とする飛驒山脈の雄大な景色も見ているはずではあるが、句は残していない。歌枕ではないからである。浅間は活火山である。今でも煙が上がり、麓まで硫黄の匂いが漂うことがある。古歌では噴煙を燃える恋の思いにたとえることが多かった。

いつとてかわが恋ひやまむちはやふる浅間の嶽の煙絶ゆとも　『拾遺集』

歌意は、「いつかわたしの恋が終ることがあるでしょうか、浅間山の噴煙が絶えることがあっても、恋は終ることはありません」。ただ、火山は風流なだけではすまない。その溶岩によって村が埋まり、村人が死んだこともあった。芭蕉はその活火山に秘められた力を「吹とばす石」によって、見えるものにしているのである。

案内板によれば浅間神社は室町時代の建物。大山祇神《おおやまつみのかみ》と磐長姫神《いわながひめのかみ》とを祀る浅間大神遥拝の里宮である。社のかなたに浅間が聳えているはずであるが、今日は姿をまったく見せてくれない。それが逆に自然のはかりがたさ、荒々しさを感じさせてくれるようにも思うのだ。

焼石を積んで門柱蓼の花　實

雲中に浅間山塊冷えてあり

磐長姫硫黄の匂ひして秋よ

（二〇〇一・一〇）

叡《えい》慮《りょ》にて賑《にぎわ》ふ民《たみ》の庭《にわ》竈《かまど》

芭蕉

聖君・賢臣を詠む

元禄元（一六八八）年秋、信州更級の名月を訪ねた旅から江戸に帰った芭蕉は、深川の芭蕉庵で疲れを休めていた。旅に同行した名古屋の門弟、越人もそのまま同居していた。庵の芭蕉と越人を囲んで、其角や嵐雪《らんせつ》ら江戸の門弟たちが集まることがあった。その際の話題の一つが、中国の聖君（知徳のすぐれた君主）や賢臣（賢明な臣下）のことだった。芭蕉は、日本にもそのような人はいる、歴史上の人物を題にして、みなで発句を作ろうと提案したのである。聖君仁徳天皇を芭蕉が詠んだのが、掲出句であった。

句意は、「仁徳天皇のお考えで、民の庭の竈は栄えていることだ」。越人編『庭竈集《にわかまどしゅう》』（享保十三年・一七二八年刊）所載。越人は掲出句を基に書名を付けている。

前書には次のような意味のことが書かれている。「仁徳天皇の『高き屋にのぼりてみれば煙たつ民のかまどはにぎはひにけり』という御製《ぎょせい》の和歌のありがたさを今もなお思っていて、詠みました」。「高き屋に」の和歌を口語訳しておこう。「高楼に上って国の様子を見わたすと、民家から煙が立ち上っている。民のかまども栄えているのだった」。この和歌は『新古今和歌集』に仁徳天皇の御製として掲載されている。実際には別人の作であるが、芭蕉は仁徳帝の作と信じて、記憶していた。この和歌は『古事記』に記されている仁徳帝のエピソードと関わっている。人家のかまどから炊煙が立ち上っていないことに帝が気づいて、租税を免除し、その間は倹約して宮殿の屋根の茅さえ葺き替えなかったというもので、仁徳帝の政のすばらしさを示している。掲出句の「賑ふ」と「竈」は、仁徳帝の和歌から引用されているのだ。

「庭竈」は、新年の奈良の地方季語である。正月に奈良の家では、庭に竈をつくって、むしろを敷き、そこで食事をし、人の応対をするという風習があった。「庭竈」を季語として最初に取り上げたのが、芭蕉愛用の季吟著の歳時記『増山井』。芭蕉は、仁徳帝の和歌を思い出し、その中の「かまど」から、この新しい季語を用いようと気持ちが動いたのだろう。

古代への関心

仁徳天皇といえば、まず仁徳天皇陵が思い浮かぶ。今日は堺市に仁徳天皇陵を訪ねてみたい。ただ、この地を芭蕉自身が訪ねているかどうかの確証はない。

冬晴れの午後、阪和線百舌鳥《もず》駅に下車した。改札口に「仁徳陵」と大きな案内が出ている。陵のほとりを歩いていると、オレンジ色の旗を持った女性に声をかけられた。仁徳天皇陵案内のボランティアスタッフであるとのこと。ぜひにと案内をお願いする。

案内は、陵の巨大さを説くことから始まった。「世界三大墳墓の一つ」だと言う。「あとの二つはエジプトのクフ王のピラミッドと中国の秦の始皇帝の陵。残念ながら容積では負けています」とくやしそうだ。「しかし、底面積では世界一。甲子園球場を十二集めた広さです」と誇らしげな表情を見せた。二千人が十五年八カ月をかけないとこの陵はできないという。

宮内庁によって、仁徳天皇の陵墓と定められているが、異論を唱える学者もいるとのことだ。現在は大仙陵古墳と呼ばれることが多い。陵号は百舌鳥耳原中陵《もずのみみはらのなかのみささぎ》。その由来は次のとおり。陵の造営中に鹿が走り込んできて絶命、死んだ鹿の耳の中から鵙《もず》が現れたことからという。まさに一篇の詩のようだ。鹿も鵙もいる豊かな野がかつてはここにあったのだ。

仁徳帝の和歌「高き屋に」を知っているか、と聞かれて、本で読んだことがあると答えたら、褒められた。最近は知っている人が少ないという。江戸時代にはこの陵墓は「仁徳さん」と親しまれていたということなので、芭蕉がこの地を訪ねて帝を偲んだ可能性もないことはない。楽しい解説を一時間ほど聞いて、墳墓の外周三分の一ほどを歩いた。

この句に対する評価は、あまり高くないようだ。天皇を褒めているにすぎない、というわけである。しかし、ぼくはおもしろいと思う。一つは題詠による句とわかっていること。それも、季語以外の歴史的な人物を題にしているのだ。天皇を題として発句を詠んでしまうことに驚く。現代、題詠はあまり重視されていない。また、題詠を行う場合でも、題はほとんど季語である。その点、芭蕉は自由だ。発句の中の季節が、詠んでいる時点の季節と異なっていることさえあるのだ。掲出句の場合、秋に春（新年）の句を詠んでいる。

もう一つは、芭蕉が発句で古代の帝への関心を示しているということである。掲出句が詠まれた翌年の『おくのほそ道』の旅においては、東北地方に古代を探るという一面があった。古代への関心という点では、その先駆けになる句でもあった。

みささぎの鶚《みさご》ははばたき静止せる　實

仁徳天皇陵陪冢《ばいちょう》のどんぐりよ

（二〇一四・〇一）

菊鶏頭《けいとう》きり尽《つく》しけり御命講《おめいこう》

芭蕉

「御命講」という新季語の発見者

元禄元（一六八八）年旧暦八月に『更科紀行』の旅を終えて、江戸に戻った芭蕉は、ひさしぶりの芭蕉庵での生活を楽しみながら、翌年春に行われる『おくのほそ道』の旅への思いを固め、日々準備をすすめていた。

掲出句は、この年の十二月五日に近江の門弟尚白に宛てて、芭蕉が江戸の芭蕉庵において記した書簡に掲載されている。尚白編の俳諧撰集『忘梅《わすれうめ》』（安永六年・一七七七年刊）にも所載。

掲出句の季語は「御命講《おめいこう》」で、冬季。御命講は、日蓮宗の開祖日蓮の忌日《きじつ》。江戸時代には旧暦十月十三日に営まれた法会のことである。「菊」も「鶏頭」も秋の花の季語で、季重なりの句になるのだが、句の季節を示し、句の中心となっているのはあくまで御命講なのである。

句意は「冬に入って、残っている菊の花も鶏頭も少なくなってきたが、そのすべてを切り尽くしたなあ。法会において祖師日蓮の像に捧げるのだ」。

芭蕉自身が、先の尚白宛て書簡のなかで掲出句について次のような意味のことを記している。「まずい句ではございますが、この五十年間、人が見つけなかった季語を、わたしのつたない句に取り上げました。もし日蓮聖人の霊がどこかにいたとしたら、私の名前を知ってほしいと言って、門人と笑いあいました」。芭蕉は季語「御命講」をはじめて使った作者であると名乗りをあげている。

尾形仂・小林祥次郎編『近世前期歳時記十三種本文集成並びに総合索引』（勉誠社・昭和五十六年・

一九八一年刊）を引いて、「御命講」の季語の歴史を調べてみた。すると、この語が最初に季語として収録されたのは、立圃《りゅうほ》編の俳諧作法書『はなひ草』（寛永十三年・一六三六年刊）で、「日蓮御影講《にちれんみえいこう》」という語として掲載されていることがわかる。この書において、はじめて季語として認識されたのだが、音数が九音もあるためか、誰も使いこなすことができなかった。はじめて「御命講」というかたちで掲載されたのは、季寄せ『増山井』である。この書の編者季吟は芭蕉の師。芭蕉は本書を見て、「御命講」という行事を季語として意識した可能性がある。

新季語の発見については、新季語を収録した歳時記編纂者と新季語を用いた第一作の作者、その両者が、栄誉を担うものと思う。両者ともに明らかになっている季語は珍しい。

日蓮の激しさを受け止める

「御命講」は各地の日蓮宗の寺で営まれる法会だが、その最大のものは日蓮が死去した場所に建立された、東京・大田区の池上本門寺《いけがみほんもんじ》で行われる。芭蕉が、実際に池上本門寺を訪ねているかどうかは明らかではないが、今日はこの寺を訪ねてみたい。

東急池上線池上駅下車。参道である本門寺通りを十分ほど歩き、総門をくぐると石段がある。ただの石段ではない。立て看板によると、戦国大名加藤清正が寄進したものとのこと。「此経難持坂《しきょうなんじざか》」という名がむつかしくもありがたい。お経を誦《しょう》しながら上ると楽に上がれるそうだが、ぼくには唱えられる経典がない。近くの高校の野球部の生徒がこの階段でランニングをしていた。ゆっくり上っていくぼくの横をさっと追い越してゆく。

大堂は戦災で焼失し、戦後再建された建物。夕方五時近くで、参詣者はぼくしかいない。ここで寺僧の方のお話をうかがうことができた。「現在の御命講は、新暦の十月十一日から十三日まで行われます。ことに日蓮聖人の御逮夜《おたいや》、十二日には万灯練り行列が繰り出され、三十万人もの方がおいでくださいます」ということだった。今日の静けさからは考えられない。江戸時代においても、多くの人が集まっただろう。御命講の句を残した芭蕉が、当寺に参詣したとしても不自然さはない。

寺の五重塔は、徳川二代将軍秀忠が慶長十二（一六〇七）年に寄進したもの。関東にある五重塔のうち、最古の塔である。空襲の際、焼け残ってくれてよかった。ということは、この塔そのものを芭蕉が見上げた可能性がある。

日蓮聖人像は北村西望《せいぼう》作。右手を前に突き出した男性的なものである。日蓮は鎌倉時代の僧であった。この国に災害が相次いでいる原因は、人々が正法《しょうぼう》である法華経を信じないで、浄土宗などの邪法を信じていることにあると、浄土宗など対立宗派をつよく非難した。この、ある意味、他宗派への攻撃的な姿勢が、掲出句の「きり尽しけり」の勢いに反映している。季語を御命講以外には変えがたい句にしているのだ。

犬と犬会つて嗅ぎあふ曼珠沙華　實

山門に呼ばはる烏秋のくれ

（二〇一六・一一）

元日は田《た》毎《ごと》の日こそ恋しけれ

芭蕉

名月を太陽に変えた句

元禄元（一六八八）年旧暦八月十一日、岐阜に滞在していた芭蕉は、信濃の月の名所、更級の里の姨捨で中秋の名月を見るために出立する。そして、みごと十五日に姨捨に到着した芭蕉は、名月を見ることがかなった。その旅を芭蕉は紀行文『更科紀行』に記録している。

掲出句は、翌元禄二年の正月の句である。芭蕉は更級を出て、八月末に江戸に帰り着いて、そのまま江戸で過ごしていた。芭蕉書簡に載せられている句であるが、残念ながら書簡の宛先の部分は失われてしまっている。

句意は、「元日には棚田一枚一枚に映る太陽が、恋しいのだ」。姨捨は月の名所で、「田毎の月」が有名である。棚田の一枚一枚の水面に映っている月を賞するイメージである。実際のところ名月のころ田には稲が育っていて、田の面に月の姿を見ることはかなわない。あくまで想像上のことばであるが、その月を元日の太陽に変えてみたところに、芭蕉の遊びごころがあった。しかし、単なる知的操作ではない。江戸に帰ってからも芭蕉の記憶のなかで、姨捨の月が皓々《こうこう》と輝いていただろうことが、想像できる。

今日は姨捨の棚田を訪れて、なぜ江戸にいた芭蕉が元日に姨捨のことを思い出しているのかを、考えてみたい。

篠ノ井線姨捨駅下車。駅からの眺めがすばらしい。眼下には善光寺平が広がり、千曲川が流れている。秋の終わりで、至るところに稲刈りを終えた棚田が見える。いったん駅を出て、坂を下っていく。この駅の下手に、芭蕉が月見をしたと考えられている長楽寺があるのだ。

道の両脇は畑になっている。大根が育っている。トマトが実っている。黄と紫の菊が咲いている。食用菊だろう。畑で忙しそうに働いている女性に挨拶をすると、挨拶を返してくれた。ゆっくり下って十五分ほどで、長楽寺である。

縄文時代よりもさらに古い文化

長楽寺には姥石と呼ばれる高さ十メートルにもおよぶ巨石がある。姥捨山とは、もともとは冠着山《かむりきやま》(篠ノ井線の松本方面へのトンネルが通っている山)のことだが、芭蕉のころには姥石が、姥捨山と考えられていた。「姥捨」の名は、年老いた伯母をこの山に捨てた男が名月を見て後悔して、翌日連れ帰ったという説話による。この説話は平安時代の物語集『大和物語』に収められているもので、男の変心を「我が心なぐさめかねつ更級やおばすて山に照る月を見て」(『古今和歌集』)という和歌によって、説いている。歌意は「わたしの心をなぐさめることはかなわなかった。更級の姨捨山を照らしている月を見ていて」。

柳田國男の「親棄山」(『村と学童』所載)によれば、老人を捨てるという棄老伝説は、古代インドの仏教経典『雑宝蔵経《ぞうほうぞうきよう》』の説話に原点があるとのことである。人類が移動を続けている時、足手まといとなる老人は捨てざるをえなかった、旧石器時代にまでさかのぼりうる説話ではないかと、ぼくは想像している。

実は八月十五日の夜、芭蕉は長楽寺で句を遺している。「俤《おもかげ》や姨《おば》ひとり泣《なく》月の友」である。句意は「一人の老婆が泣いているのが、面影としてまざまざと見える。その面影を月見の友にしよう」。芭蕉は伝説の核心である老婆の姿を感じ取っている。棚田という、弥生時代以来の稲作文化の究極ともいえるものの奥に、縄文時代よりもさらに古い文化が重なり見える不思議を思う。

長楽寺からさらに下ると、四十八枚田という小さな棚田がある。立札によれば、ここは西行が阿弥陀の四十八願にちなんで、一反歩《いったんぶ》（三百坪）を四十八枚に分けた場所だという。この田に映る月が「田毎の月」として、愛でられてきたわけだ。

西行の歌集『山家集』にも「姨捨」を詠んだ歌が見える。「くまもなき月のひかりをながむればまづ姨捨の山ぞ恋しき」。「曇りもない月の光を眺めていると、まず姨捨の山が恋しくなる」という意。西行は月の光を眺めていて、姨捨が恋しくなっている。この和歌が、掲出句に直接関わっていよう。芭蕉は西行の月に対して、元日の陽光を見ていて、姨捨が恋しくなっているのだ。

歌枕、石、文化の古層、西行の古歌と並べてみると、『おくのほそ道』で芭蕉が訪ねた陸奥との関連を思わざるをえない。これらの要素を含んでいた姨捨に、芭蕉は強く引き付けられているのだ。それは陸奥の芭蕉への引力とほぼ同じもの。この句が作られた元禄二年は、『おくのほそ道』の旅が行われた年であった。

棚田なべて刈田となるに威銃《おどしづつ》　實
敷藁《しきわら》に穭《ひつじ》の緑あはきかな

（二〇一五・〇一）

うたがふな潮《うしほ》の花も浦の春

芭蕉

文台裏の発句

「二見文台《ふたみぶんだい》」というものがある。家庭で使う横長の木製の盆、その両端に短い脚が付いたようなかたちである。表には「二見浦《ふたみがうら》の夫婦岩《めおといわ》の初日の出」の図を描かせてある。裏には芭蕉自身が掲出句を大きく墨書している。文台とは俳諧の席において、句を記録する懐紙を置くために用いられるもの。芭蕉の「文台引《ひき》おろせば即反古《ほご》なり」（『三冊子』）ということばが有名である。芭蕉のころの俳諧の集まりは連句を巻くことが多かった。「連句を完成し、文台から降ろした作品には、もはや価値がない」と芭蕉は言う。連句を巻き上げる過程の楽しさと、座そのものが重要であることを表した名言である。文台は俳諧の席の中心となる道具であった。俳諧の精神の象徴とも言っていい。文台に直接記した句は、俳書や書簡に見える句よりもずっと重い意味を持っている。

元禄二（一六八九）年旧暦二月、芭蕉は『おくのほそ道』の旅を前に江戸に滞在していた。旅立ちの準備として芭蕉庵を人に譲る。その直前に「二見文台」に掲出句を記したのである。芭蕉の句意は次のとおり。「夫婦岩に潮が散ってしらじらとして花のように見える。それは二見浦の新春を示すもの、疑ってはならない。めでたい浦の景色は伊勢二見の神そのものを表すものでもある、けっして疑ってはならない」。U音が上五、中七、下五、それぞれの語頭に置かれている。力強く訴えかける感じだ。また、「潮の花」は春という季節を代表するもの、桜の花を連想させている。

其角編の俳諧撰集『いつを昔』所載。

今日は二見を訪ねてみたい。参宮線二見浦駅を降りた。日は少し差しているが、風が強く、寒い。表参道を十分ほど歩くと、二見興玉《おきたま》神社である。

神社に詣で、海中の夫婦岩を拝す。波が高い。宮司によれば、二つの岩の間から夏至のころ太陽が昇り、冬至のころ満月が昇るという。空気が澄んでくると岩の間にはるか富士山も望めるということだ。伊勢神宮参拝の前に心身を清める浜参宮の地。古代から祀られてきた岩であることを確信した。

境内には大小の蛙像が献納されている。蛙は祭神猿田彦大神《さるたひこのおおかみ》のお使い、「帰る」が掛けられ、無事帰ることを可能にする縁起物だという。これを見てはっとした。文台に二見の句を書いたのは、『おくのほそ道』の旅から無事帰還するための願掛けだったのかもしれないと思ったのだ。夫婦岩の姿は、同行の曾良と芭蕉二人の姿にも見える。また、発句とそこに添えられた脇句とも見立てられる。曾良と二人句を詠み合いつつ、旅を無事終えたいという思いがこの句に託されたのではないか。

そもそも文台の二見の絵が仕上がってきたのは、掲出句を詠んだ前年の年末である。芭蕉はさっそく二見の句を作っている。「皆拝め二見の七五三《しめ》をとしの暮」。弟子たちに「夫婦岩の注連縄《しめなわ》を拝んで、いい年を迎えよ」と詠ったのである。「二見」を詠んだ句が二句あることも、帰還の願掛けと考えれば納得できる。さらに『おくのほそ道』の結びの句は、「蛤《はまぐり》のふたみにわかれ行《ゆく》秋ぞ」だった。結びで「二見」を詠んでいるのは、大垣まで帰り着けたことを二見の神に謝しているのではないか。

西行の扇と古歌

二見は芭蕉が敬う歌人、西行との関わりが深い地だ。治承四（一一八〇）年から数年間、滞在している。西行、六十二歳の時からである。文台に二見の絵を描かせること自体、西行の故事に由来している。西行の弟子蓮阿《れんあ》（荒木田満良）が、聞き書きした鎌倉時代の歌論書『西行上人談抄』に、二見での生活を記して、次のようにある。「和歌の文台には、或時は花がたみ、或時は扇がやうの物を用ひき」。西行は文台として簡便な「花がたみ」（花や若菜を摘み入れる籠）や「扇」のようなものを使っていたという。いかにも西行らしい。その西行への敬愛の思いが、二見文台を作らせているのだ。西行は二度、東北へ赴き、二度とも生還している。西行ゆかりの文台には、自分も無事帰りたいと縁起をかつぐ意味もあったのではないか。

また、掲出句自体が、西行の当地で詠んだ和歌の影響を受けている。「過ぐる春潮《はるしお》のみつより舟出して波の花をや先に立つらん」。「過ぎて行く春は、潮の満ちる三津の浜より舟出して、舳先に波の花を立てていくのだろう」という意。「みつ」は地名の「三津」と動詞の「満つ」とを掛けている。出港する舟の舳先に立つ「波の花」から、芭蕉は「潮の花」を発想しているのだ。港はないが、「三津」という地名は現在も残っている。五十鈴川をさかのぼったあたりになる。

二見の浜に降りると、貝殻が厚く打ち上げられている。伊勢は豊かな海なのだ。芭蕉が発句に詠んだ、はまぐりの貝殻も少なくない。しらじらとした貝殻の上を歩くと、貝殻が割れて音を発した。

荒波に夫婦岩あり神の留守　實

冬波に鵜の浮かびたり夫婦岩

（二〇〇八・〇一）

西行の庵《いおり》もあらん花の庭

芭蕉

挨拶詠に挨拶詠で応える

芭蕉が江戸に庵を結んでいたころ、江戸には大名家に生まれた著名な俳人がいた。陸奥国磐城平藩（現在の福島県）藩主の次男、内藤義英、俳号露沾《ろせん》である。露沾は、家中の内紛によって、公の仕事すべてから身を引き、江戸六本木の内藤家屋敷に移ったのだが、そこで俳諧を学び、俳人として名を残すに至ったのである。

掲出句は、最初の芭蕉句集である『泊船集』に所載。「露沾公にて」と前書が付けられている。貴人である露沾の六本木の屋敷に招かれ、その御前で詠じた挨拶の句である。残念なことに、掲出句がいつ作られたのか、制作年は明らかになっていない。いつなのか考えてみたい。

句中の「西行」は、言うまでもないが、芭蕉がもっとも敬愛した平安時代末期の歌人。桜を愛し、多くの花の名歌を残した。「花の庭」は、桜の花が咲いている庭である。句意は「こちらのお庭には桜の花が奥深くまで咲いていて、その中に西行の庵もあるかのようです」。西行は、京、吉野、讃岐の善通寺、伊勢の二見浦など各地で庵を結んでいる。掲出句には、どこの西行の庵を意識していたのか、諸説がある。どの場所の庵であるのか、考察してみたい。

露沾は芭蕉を篤く遇していた。『笈の小文』の旅の際も『おくのほそ道』の旅の際も、芭蕉が出立するにあたり、はなむけの句を贈っている。西行の庵について考えるにあたり、露沾が『笈の小文』の旅出立の時に贈った句に注目してみよう。すなわち「時は冬よしのをこめん旅のつと　露沾」。「よしの」は吉野、西行ゆかりの花の名所である。句意は「現在は冬でありますが、花のころには吉野をお訪ねになって、旅の土産には花の吉野を詠んだ秀句がたくさん入ることでしょう」。この句を芭蕉は『笈の小文』の本文にも引用している。

芭蕉はこの露沾の挨拶を受けて掲出句を作っているのではないかとぼくは考えている。すると、次のような含意が読めてくる。「吉野の花を詠めと挨拶詠《あいさつえい》をいただきましたが、花の句は何も吉野まで出かけて作るには及びません。露沾様の庭の桜は吉野を見てきた私にとっても、遜色がありません。奥に西行の庵まであるかのようで、この庭の桜をご覧になっていれば十分です」というふうに解釈できないだろうか。だとすれば、句中の西行の庵は、吉野の庵を意識して置かれたものとなろう。

そう考えると、掲出句の成立は『笈の小文』『更科紀行』の旅から帰った翌年、元禄二（一六八九）年の春、『おくのほそ道』に出立する前である可能性が高いのではないか。奥州への旅の前に露沾を訪ねた際に詠まれている可能性があると考え、本書ではここに置いた。

芭蕉が露沾の作品を高く評価していたことは、芭蕉一門を代表する俳諧撰集『猿蓑』巻之四、春の発句の巻頭に露沾の句が置かれていることで明らかである。句集各章の冒頭と末尾に置く句は、特別に重要なものであった。「梅咲《さい》て人の怒《いかり》の悔《くい》もあり　露沾」。句意は「梅の花の静かさにあって、人のことを怒ったことが悔やまれるのだ」。梅の花と怒りの気分の収まりゆく変化を端的に詠んだ秀句である。芭蕉と露沾とは身分は大きく違っていたが、互いに認め合った俳諧の友であったにちがいない。

広大な内藤家屋敷

さて、今日は東京六本木に、露沾が住み、芭蕉が訪れた内藤家の屋敷跡を訪ねてみたい。東京メトロ日比谷線・都営地下鉄大江戸線六本木駅下車。屋敷は六本木交差点のあたりに広大な面積を占めていた。幕末の記録では九千三百六十一坪。交差点から外苑東通りを歩き、東京タワーの方へと向かう。この外苑東通りがちょうど、屋敷の南側の境界線である。ドン・キホーテ六本木店の手前を北東に入ると、そこは閻魔《えんま》坂という坂道。こちらは屋敷の東側の境界線にあたる。閻魔坂の東隣には六本木墓苑が広がっている。高層ビルに見下ろされている墓地である。墓地のフェンスに薄桃色の椿の花が一つ咲いていた。

内藤家の屋敷跡の位置は、『復元・江戸情報地図』（朝日新聞社・平成六年・一九九四年刊）によって知りえた。江戸時代の地図と現代の地図が重ねられている書である。また『藩領と江戸藩邸〜内藤家文書の描く磐城平、延岡、江戸〜』展（明治大学博物館・平成二十六年・二〇一四年）の図録には「江戸六本木御屋敷絵図」（明和七年・一七七〇年刊）が掲載されていた。芭蕉、露沾の時代から八十年ほど下るが、六本木屋敷の精細な絵図である。図を見ると、敷地の北隅から東隅にかけて広い庭が作られてあり、そこには膨大な木々が描き込まれてある。この絵図は、芭蕉が詠んだ「花の庭」を視覚的に現代に伝えるものとして貴重である。

閻魔坂くだりゆきたる椿かな　實

墓地の端《はし》椿ももいろひとつ咲く

（二〇一八・〇四）

（下巻に続く）

著者略歴

小澤《おざわ》 實《みのる》

昭和31年、長野市生まれ。昭和59年、成城大学大学院文学研究科博士課程単位取得退学。15年間の「鷹」編集長を経て、平成12年4月、俳句雑誌「澤」を創刊、主宰。平成10年、第二句集『立像』で第21回俳人協会新人賞受賞。平成18年、第三句集『瞬間』によって、第57回読売文学賞詩歌俳句賞受賞。平成20年、『俳句のはじまる場所』(3冊ともに角川書店)で第22回俳人協会評論賞受賞。句集に『砧』(牧羊社)および『立像』『瞬間』、鑑賞に『名句の所以』(毎日新聞出版)がある。俳人協会常務理事、讀賣新聞・東京新聞などの俳壇選者、角川俳句賞選考委員などを務める。

芭蕉の風景（上）　澤俳句叢書第三十篇

2021年10月20日　第1刷発行

著者　小澤　實
発行者　江尻　良
発行所　株式会社ウェッジ
〒101-0052
東京都千代田区神田小川町1丁目3番1号
NBF小川町ビル3階
電話03-5280-0528
FAX03-5217-2661
https://www.wedge.co.jp/
振替　00160-2-410636
装丁　山口信博＋玉井一平＋宮巻麗
イラスト　浅生ハルミン
組版　株式会社リリーフ・システムズ
印刷製本　図書印刷株式会社

ISBN 978-4-86310-242-2 C0092

芭蕉の風景(下)

いよいよ円熟する芭蕉の俳諧、
旅もクライマックスの「おくのほそ道」から
終焉の地、大阪へ。２０００年から約20年にわたり、
狂おしいほどの熱情で芭蕉の旅を追いかけた
俳人・小澤實のライフワーク。
句集未収録の約２４０句を収録。

第五章／おくのほそ道
第六章／上方漂泊の頃
第七章／晩年の世界
巻末附録
芭蕉の各紀行の足跡
索引（掲出句季語別、引用句、引用歌・漢詩、
人名、地名、文献、小澤實俳句）

A５判上製
定価（本体３０００円＋税）
ISBN978-4-86310-243-9 C0092